# マジカルグランマ

柚木麻子



朝日文庫

本書は二〇一九年四月、小社より刊行されたものです。

# マジカルグランマ　目次

正子、おおいに嫌われる　7
正子、ものを売る　79
正子、またセクハラされる　153
正子、お化けになる　217
正子、虹の彼方へ　327

解説・宇垣美里　370

# マジカルグランマ

# 正子、おおいに嫌われる

「売れっ子になりたいなら、まずはその、髪の色を変えるべきよ」

一九六二年にパリを訪問した際、政府の要人に黒曜石と称《たた》えられた大きな瞳で、じっとこちらを見据えながら助言をくれたのは、いつものように紀子《のりこ》ねえちゃんだった。

彼女と知り合ってかれこれ五十六年になるが、こうして呼び出せば二十三区外の丘の上の住宅地でも、一人で暮らす赤坂見附《あかさかみつけ》の自宅マンションからお抱え運転手付きのベンツですうっと会いに来てくれ、年上としていろいろアドバイスを授けてくれる先輩は本当に貴重だ。八十代を迎えてなお足腰も丈夫で美しく、おまけにこの業界に誰よりも精通しているとなればなおさらである。

紀子ねえちゃんを前にすると、正子《まさこ》は自分が七十代半ばであることを忘れてしまう。

ここから歩いて五分の土手沿いにある映画撮影所で声をかけられて、お運びの役にありついてからというもの、正子は紀子ねえちゃんの妹分のような存在だ。ドーランの塗り方も、台詞《セリフ》がどうしても暗記できない時は濃い赤鉛筆でひたすら書きなぐるというやり方もみんな彼女に教わった。でも、十年もすると、マチュアでファムファタルな紀子ねえちゃんに憧れ、そうなれない自分が嫌になる、そんな日々にくたびれ果ててしまった。脇役が嫌になったのではない。六〇年代の映画業界に蔓延《まんえん》していた、女優や女性の裏方への性的なからかいやいたずらを、紀子ねえちゃんのようにさらりと笑ってかわすことも、仕方のないこと、と慣れることもできなかったのだ。映画監督・浜田《はまだ》壮太《そうた》郎《ろう》にプロポーズされた時は、潮時だと思い、未練はなかった。結婚への憧れも人並みにあった。しかし、義母の介護にも子育てにも、まったく介入せず、一年のほとんどを撮影所に泊まり込み、女の噂《うわさ》が絶えない夫とは、五十年近く一緒に暮らしても、家族になったという実感をついぞ得られないままだった。

夫とはこの四年間、一度も口をきいておらず、お互いに極力顔を合わさないように努力している。どうしても情報をやりとりしなければならない時は、ＬＩＮＥを使う。そのために息子にスマホを持たされたようなものだ。離婚にはどう頑張っても応じてくれない。義母を看取ったあと、正子が家出をした時に孝宏《たかひろ》が仲裁に入って、ひとまず敷地内で別々の暮らしをすることに落ち着いた。一刻も早く、自活できるだけの収入を手に入れて、使い勝手のいいアパートを借り、別居の実態を作って裁判に持ち込むのが、正子の目標だった。生活費の受け取りは拒否している。かろうじて自分で稼ぐことのできる月一万円から三万円の間で暮らし、必ず自炊し、一円でも多く貯金に回すように心がけていた。七〇年安保闘争で、撮影所の組合を夫が抜けてしまってから国民年金を払っていなかったため、正子は六十五歳を迎えても年金が支給されなかった。慰謝料には期待していない。義母が遺言で、「この家と土地を売った時の半分は、籍を抜いていようがいまいが、最後まで介護してくれた正子さんに」と残してくれたのだ。

こうした夫婦関係を紀子ねえちゃんはずっと心配していたせいか、七十代にしてスタートした正子の再就職活動には、いつも以上に親身だった。レジ打ちやホテルの清掃業を真剣に考えていたところ、今の事務所を紹介してくれた。

元ロマンポルノ女優の六十代の設楽《したら》さんが経営する、脇役専門のシニア俳優の派遣に特化した事務所「ブーゲンビリア」で、正子は過去の経歴は話した上で、昔の芸名「尾上《おがみ》まり」は捨て、旧姓の本名「柏葉《かしわば》正子」としていちから新人の気持ちで頑張る、という意気込みをみせた。素直な姿勢が気に入られ、すぐにいくつかのオーディションを紹介されたが、正子より演技経験のはるかに少ない、素人同然の同世代たちが次々に役を手にしていくので、あっという間にめげてしまった。

とうとう紀子ねえちゃんはこう切り出したのである。庭先に金木犀《きんもくせい》の香りが漂い始める季節だった。

「その髪ね、黒くするんじゃなくて、むしろ真っ白にするべきだわよ」

熱心に前にのめりながら、彼女はこちらのつむじに軽く触れた。その頃はすでに寝ても覚めても節約のことばかり考えていて、駅前の美容院に通わなくなって随分経《た》っていた。ドラッグストアで手に入る安価な白髪染めで焦げ茶にしている髪を、さらに明るい色にしろ、と言われたのだと思っていたので、正子は面食らった。

「できるだけ、老けて見えた方が仕事の幅が広がると思うの。正子ちゃんみたいなタイプは」

面接やエキストラの細かい仕事が続いていたせいで、掃除を怠っていた。目の前のテーブルは艶を失い、曇りかけたガラス窓の向こうには、荒れ放題の庭がぼんやりとひろがっている。藤棚の先に見える、すらりとした白樺《しらかば》から木肌が剝がれかかっていた。義父が軽井沢からわざわざ取り寄せた、当時はまだ東京で見かけることが珍しかった品種だ。

敷地面積二百三十坪、丘の傾斜に寄り添うようにして建つ七十三坪のこの邸宅は、市からは文化財に指定され、この辺りの名物である。好事家だった亡き義父がイギリス人建築士に戦前に造らせた、切妻造りの二階建て木造建築は、増築や改装を繰り返したため、それぞれ用途が決まっている小部屋が延々と連なり、長年住んでいる身からしても巨大迷路のようだ。正面玄関から見るとステンドグラスが嵌《は》め込まれたアーチ窓が印象的なゴシック様式の洋館だが、南からは猫がくつろぐのが似合いそうなのどかな縁側といかめしい瓦屋根が見える。和風と洋風がそれぞれ強調された造りなのは、頻繁にやってくるイギリスからの来訪者を意識したためらしい。両サイドにベンチの置かれたポーチを通って玄関を入ると、ホールを挟んで、北側にはかつて女中や書生が住んでいた小部屋が二つと貯蔵室。L字型の廊下を進めば建築当時としては広い十二畳の台所、ボイラー室、奥には脱衣室、洗濯場、浴室がある。南に進めば外国人客のための和室の次の間と客間に通じ、その反対側には応接室と食堂。さらに行くと義父がその母のために造らせた茶の間と縁側が続き、広々とした渡り廊下を進めば納戸に突き当たる。二階にはかつて義父と義母が使っていた寝室、宿泊施設時代の名残の簡易台所、物置がある。バルコニーとサンルーム付きの小さな子ども部屋が今の正子の住処《すみか》になっていた。夫は現在、庭を隔てた、蔦《つた》の絡まる離れに住んでいる。もとは庭仕事の大好きだった義母が肥料や鍬《くわ》を入れる物置にしていたプレハブ小屋を、高度成長期にホームシアターとして改装したものだ。最近になってガス、電気、水道を整えた。出て行きたいのはこちらの方なのに、母屋を使うのは気がひける、私が離れに住みます、と譲ったのに、強引に引きこもられてしまった。

「今、六十代、七十代の人気俳優は男も女もみんな白い髪か銀髪よ。ありのままを楽しむ姿勢が同世代を勇気付けていて、その下の世代には憧れられるの。メイクの子が言ってたけど、最近じゃ、私たちよりずっと若い人たちでも、美容院で白髪染めをやめる相談をする人が増えているんですってよ」

「でも、紀子ねえちゃんは、若々しい髪型で、それがよく似合ってるじゃないの」

紀子ねえちゃんの斜め下がりの短い髪はアシンメトリーショートというそうだ。濃い褐色は濡《ぬ》れたように、つやつやとしている。

「そうねえ。私は七十代、八十代から共感されるっていうより、どちらかというと、ぐんと若い世代に人気があるみたいなのよね。昔は同世代のジャンヌ・ダルクみたいな存在だったのに、よくわからないわよねえ」

そういえば孫くらいの娘向け雑誌で、紀子ねえちゃんの特集が組まれているのを本屋で見つけて、驚いたことがある。身の回りの世話を焼いてくれる付き人の夕夏《ゆか》ちゃんの手引きで、Instagramを始めたらしくそれは若い世代に大変な人気らしい。

「ね、一度、私の行きつけの美容院に行ってみましょうよ」

いつもなら、紀子ねえちゃんの助言には、いちもにもなく従うところだが、決心するのに時間がかかった。自分のささやかな活動再開について夫が「あんなつまらないばあさんに今さら何ができるんだ」と話していたというのを、昔の知り合いから聞いたせいもある。二十代は平凡な容姿で華もなく、子どもっぽい童顔がまったく芸能人には見えないのが悩みの種だったのだが、六十歳を過ぎたあたりから、近所の主婦仲間に「正子さんてすごく若く見えるわ。さすが元女優さんね」と褒められることが多くなった。それなのに、今になって実年齢よりわざわざ上に見せるだなんて、ようやく手に入れた長所が損なわれるようで、気がすすまない。

とにかく話をするだけでもいいから、と紀子ねえちゃんに車に引きずり込まれるようにして訪れたのは、青山にあるガラス張りの美容院だった。どこもかしこもピカピカ光っていて外から丸見えで、実際、通りをいく何人かは紀子ねえちゃんに気付いて足を留め、覗《のぞ》き込んでいた。紀子ねえちゃんほどの常連だと普段は奥の個室に通されるのだという。聞けば会員制で何ヶ月も先まで予約が入っている、知る人ぞ知る芸能人御用達《ごようたし》のお店だという。

本職の美容師に自己流で切りそろえた毛先に触れられると、恥ずかしくてたまらなくなる。紀子ねえちゃんの紹介で、お友達価格にしてくれるということだが、アシスタントらしき女の子にこっそり散髪代を聞けば、目玉が飛び出るような値段で、逃げ帰りたくなった。しぶしぶと大きな椅子に腰を埋め、赤ん坊のよだれかけじみたビニールに首回りを囲まれた、肩をすぼめる鏡の中の自分に向き合った。

「どうせなら、一気に真っ白にできないものかしらねえ。時間もお金もないんだもの。ほら、あなたみたいなそういう髪よ」

短い髪を透き通るような金色に近い白色に染めた、男か女かよくわからない、ぺらぺらの身体《からだ》の美容師に、鏡越しに問いかけたら、甲高い声が降ってきた。

「これはホワイトブリーチですよぉ。それだって一気にってわけにはいきませんよ。四回かけて色を抜きました。それに、頭皮への負担が大きいから、お年を召した方には、おすすめしませーん」

腕組みをして背後に座っていた紀子ねえちゃんは、こう宣言した。

「まず、完全に白髪染めをやめてみるのよ。ゆっくりここに通いながら、正子ちゃんの自然のままの髪色を育ててみて」

この年になって、なにかを「育てる」なんて。本格的な保存食作りや園芸だっておっくうで、あきらめているのに。ちょっぴりときめいたのは否めない。

「でもねえ、頑張って育てたところで、私の白髪はあまり綺麗《きれい》な色じゃないんですよ。汚れた雪みたいっていうんですか……」

正子はもごもごと言った。五十代半ばから髪に白いものが交じり始め、夫に「老けたなあ」と揶揄《やゆ》されてから、それはできるだけ直視したくないものだった。

「でも、日本人で完全な真っ白の髪っていう人は実はほとんどいないんですよ。黄みがかっている人が大抵です。ちょこちょこカラーリングして調整するんです」

「じゃあ、……さんも、……さんも、本当は手を入れているっていうこと?」

白髪がトレードマークの名優の名を、正子はいくつか挙げてみた。

「ええと、詳しいことはわかりませんが、あんなに真っ白ってことは、天然ではほぼありえないですよ」

八十代を超えてなおスターとされ、そのひょうひょうとした佇《たたず》まいで知られる彼らが、そんな風に目には見えない工夫をしているなんて。

「銀髪が増えたタイミングで、そこにラベンダー色を加えていくんです。そうすると、肌馴染《なじ》みのいいきらきらしたグレイヘアになるんですよ」

ラベンダー――。思わず、口元をほころばせる。紀子ねえちゃんはそれをどうやら、了解の意と受け取ったらしく、美容師と顔を見合わせて頷《うなず》き合っている。

親友に誘われて、あの花を初めて目にしたのは、まだ女優になる前だ。

陽子《ようこ》ちゃんは街で唯一の映画館の一人娘だった。家庭になんとなく居心地の悪さを感じていた頃だったので、正子はいつも陽子ちゃんの家に入り浸り、映写機を回している彼女のお父さんの背後に二人で陣取り、あらゆる作品をタダで観《み》ていた。

さるハリウッド映画のラストシーン、ヒロインがようやくたどり着いた故郷に広がるラベンダー畑。しかし、モノクロなので、さっぱり感動が伝わらず、陽子ちゃん家族の住まいである、劇場の二階で、あれは一体どのようなものなんだろう、と、冷えた甘酒を飲みながら討論した。

――ラベンダーがどんな色だか、この目で確かめてみたくない？

いつも大人しい陽子ちゃんが、いきなりそう誘ってきた時は驚いた。高校卒業を前にして、両親を説得し、汽車と船を乗り継いで、当時日本では数少なかったラベンダー畑がある北の街に出かけた。生まれて初めてにして最後の女二人だけの旅だった。冴《さ》え冴《ざ》えとした青紫は、ポスターで見たその映画のヒロインの瞳と同じ色だったので、二人は手を取り合って喜んだ。それから間もなくして、「北条《ほうじょう》紀子の妹」役のオーディションに行くことを勧めたのも、彼女である。

——正子ちゃんならきっと受かるわ。なんだか物語の中の女の子というような気がするんだもの。「風と共に去りぬ」のスカーレット・オハラのようなヒロインを絶対に演じてね。

控えめに見えて誰からも一目置かれている博識の陽子ちゃんの言うことは、あの頃、なんでも信じることができた。

陽子ちゃんは本人の希望通り、実家の映画館を守るために、婿養子をとった。子どもはいないが趣味の合う、仲の良い夫婦だったらしい。夫亡きあとは、女主人として一人劇場を切り盛りしていたが、二〇〇〇年代に入り、シネマコンプレックスが近所にできたせいで、潰れてしまい、現在は離れた地に住む親戚の家に身を寄せているという。もう四年以上会っていない。年賀状のやりとりもここ一、二年は途絶えている。お互いの環境の違いもあるけれど、なんとなく疎遠になっていったのは、約束を果たせなかったという引け目が大きいかもしれない。

紀子ねえちゃんは、こちらがぼんやりしているので、もどかしそうに口を開いた。

「マリリン・モンローはね、ノーマ・ジーンと名乗っていたピンナップガール時代は褐色の髪だったのよ。プラチナ・ブロンドに染めて名前を変えたら、あっという間にスターになったの」

　そんな奇跡は、もともと才能ある女優だったから起こるべくして起きたのではないだろうか。そう言うと、紀子ねえちゃんはきっぱりと否定した。

「ちがうわよ。ノーマはブロンドにすることで、現実にはいない、夢の女になったの。正子ちゃんも真っ白な髪になれば、みんなにとっての理想そのもの、になれると思う。言いにくいんだけど、あなたはシニア俳優として売り出すには、外見が若すぎて、中途半端なの。しっかりとした老け作りをすることで、立ち位置が明確になるわ」

　美容師がいかにもお追従じみた笑顔を浮かべ、へらへらと言った。

「そうですよ。超ユメかわいい、ユメのおばあちゃんですよ〜」

　こっそりスマホで検索したところ、「ユメかわ」とは流行《はや》りの言葉で、少しだけ不気味なおとぎ話めいた魅力のことを指すらしい。確かに、こんな世の中だから、誰しもおとぎ話が欲しいのかもしれない。正子は心の中で、その美容師を「ユメかわ」と呼ぶことに決めた。

　さらに、もう一押し、と踏んだのか、紀子ねえちゃんが黒曜石の目を見開いた。かつては羽根のような付けまつ毛を愛用していたが、今はエクステなる自然な人工毛で取り囲まれている。

「あのね、自分を変えるなら、正子ちゃん、ピチピチの今、おやんなさいよ。今しかないわ。八十を過ぎたら、ぐんと疲れやすくなって、誰でも守りに入っちゃうの。すぐに、立ったり座ったりするので、やっとになってくるんだから」

バネが通っているようなしなやかな体つきの名女優は、わざとのように疲れた表情を浮かべ、腰をさすってみせながら、そう言った。

正子の心は決まった。

失うものなど何もない。自分のような平凡な俳優がスポットライトの前に飛び出すには、もう一つ、付加価値が必要なのだろう。

そして、紀子ねえちゃんの言った通り正子のキャリアは上昇気流に乗るのである。

染めるのをやめて、白髪交じりのまま放置し、美容院にこまめに通うようになってから、正子はオーディションに受かるようになり、仕事量は目に見えて増えていった。それだけではない。通行人ではなく、ちゃんと台詞があり、エンドロールにクレジットされる正式な役にありつけるようになったのだ。最初は二時間ドラマや昼ドラの端役がほとんどだったが、やがてゴールデンに放送される人気ドラマからも声がかかるようになった。いつしか、事務所に出入りするシニア俳優の卵たちに羨ましがられる出世頭になっていた。

すっかり銀色になった髪に、仕上げとしてラベンダーのカラーリングを施した。ユメかわの提案で短くカットし、顔全体が後光で包み込まれるような、ふんわりとしたパーマをかけた。毛先に手をあてると、ポワポワとした綿あめのような弾力があって髪全体が弾んだ。肌の馴染みがよく、表情はむしろ若やいで見えた。

不思議なもので、髪が徐々に淡い色に移行するにつれて、愛らしいとぼけた表情が自然と引き出されるようになった。慣れてしまえば思いの外、楽しかった。人を喜ばせることは昔から好きだった。


日米開戦の翌年に生まれた正子は、まだ言葉もおぼつかないうちから一人、銀行員だった父親の遠縁だという農家に疎開に出され、終戦後もしばらくそこでの暮らしが続いた。かなりの心付けが渡されたらしいが、大家族の中で、幼いなりに何かと気を遣うことが多く、我慢は当たり前だった。実家に呼び戻された頃には弟が生まれていた。両親はそれまでの時間を取り戻すように正子に優しかったけれど、成長しても、手放しで甘えたりわがままを言うことができなかった。大人になってもなお、くつろぐより前に、まず自分は何をすべきか、とその場をじっと見回すくせがある。

そんな常識人めいたところは、夫によく、

――まあちゃんは女優っぽくないんだよなあ。人を押しのけてでもっていう気迫がないし、何をやっても狂気がまったくないんだもの。

となじられたものだ。「狂気」は夫のお気に入りの言葉で、後年は自作にそれが溢《あふ》れていると評されて、随分と得意そうだった。

でも、時代は変わった。どうやら、最近はそれが長所として生きる風潮にあるようだった。

「わあ、可愛《かわい》いおばあちゃんですねえ」

旬の主演女優さえわざわざ正子の側《そば》までやってきて、赤ん坊かパンダを見るかのようにして目を細める。正子が得意とするのは、おっとりとしていて上品で、問題を抱えた若者をそっと包み、見守りながらも、時折ズレた言動で笑いを誘いまわりを和ませる、穏やかな老婦人の役回りだった。グレイッシュな髪色はスタイリストが用意するふんわりした素材のショールや甘い色のカシミアなどともよく調和し、最近の安っぽいライトに照らされると、銀に潜んだラベンダー色が分裂して虹のようなきらめきが生まれる。

ある日、同じ局の撮影だったので、紀子ねえちゃんの個室楽屋まで訪ねていって、半ば得意な気持ちもありながら、ほんのりと己の役割を自嘲気味に愚痴ったところ、

「あら、私と正反対ね。私のは何もかもできすぎる魔女みたいな役ばっかりよぅ」

と、黒に近い紫のシルクブラウスの中で泳ぐ尖《とが》った肩をすくめられた。

確かに紀子ねえちゃんがドラマや映画で演じるのは、ここぞという時に仕立ての良い高級服を身につけて、ゆったりと姿を現す、引退した伝説の女実業家、普段は清掃員に扮《ふん》しているが学園の先の先まで見越している理事長、富豪一族の陰のトップなどだ。

年をとったら最後、愛玩動物系か、すべてを救済する魔法使いか、どちらかしか許されないような気がする。

そもそも、映像制作そのものが、昔とは何もかも違い過ぎていた。なんだか作品を撮っているというより、時々、「あんよは、上手、あんよは、上手」と、口をすぼめて、おどけた顔を作り、赤ちゃんの機嫌をとってあやしているような気がしないでもない。遠い昔、我が家のサンルームで孝宏にそうしたみたいに。一時期は片時も正子の側を離れない甘えっ子だったのに、今は年に数回顔を見せればいい方だ。視聴者に合わせたつもりになって目線を低く低く設定しても結局、番組が話題になることはほとんどないのに似ている気がした。

こういう感慨はいかにも老人くさくて嫌だけれど、あの頃の撮影所は楽しかったなあ、と正子はつくづく思うのだ。紀子ねえちゃんみたいな、誰が見ても釘付《くぎづ》けになるような圧倒的スターがいて、彼らの発する熱気にそこにいる全員が、ぐるぐると巻き込まれていた。鉄のにおいがプンとする巨大なカメラを前にすると、ここに立ったたくさんの名優が思い浮かび、こんな自分でもその世界の一員であるという喜びで、存在ごと許されていく気がした。けれど、紀子ねえちゃんほどの女優でさえ、最終的に求められるのは同じ「夢のおばあちゃん」だと思うと、なんだか自分の役割というものに、開き直れる気もするのだ。

午前中に事務所に行くと、設楽さんが新聞を手に血相を変えて駆け寄ってきた。年が明けてすぐのことだ。

「七十五歳にならないと高齢者とは言えなくなるんですって。大変だわ。正子さんて、七十四歳よね？」

正子は頷いた。そのニュースはちょうど朝方、ラジオで聞いていたのだ。

『一般的に六十五歳以上とされている高齢者の定義について、日本老年学会と日本老年医学会は五日、七十五歳以上とすべきだとする提言を発表した』

『六十五〜七十四歳は「高齢者の準備期」と位置づけた。この世代を「社会を支える人たち」と捉え直し、より多くの人が参加する活力ある超高齢社会につなげる狙いがある』

正子にはその主張は、しごく妥当に思えた。

実は今なお老人と呼ばれることにピンとこない時があるし、六十五歳の自分を振り返ってみても、あの頃はまだまだひよっこで、中年の領域だったと思う。この感覚にドラマの世界も早く追いついてほしいものだと思う。

設楽さんには、正直に一九四二年三月生まれだと答えた。誕生日をこれまで公開したことはあるか、と真顔で問いただされたが、撮影所に入った十八歳の頃、芸能誌のニューフェイス特集号『注目の十二人』のうちの一人として、敬愛するスターと、愛読書を答えたのが最初で最後だと記憶している。あれが生涯で受けたたった一度のインタビューだ。

「そう。それだったら、多少はサバ読んでも、バレることはないわねえ。誕生日を何ヶ月かごまかせばなんとかなる」

設楽さんはどうしても、正子を今すぐ七十五歳にしたいのだという。嘘《うそ》は嫌です、それに一歳多めに申告したところでそんな違いが出るとは思えません、と眉をひそめると、彼女は拝むような手つきになった。

「お願いよ。生まれ年をごまかしているわけじゃないから、問題ないでしょう。それにね、サバを読むといっても、若造りじゃなく、多めに申告するんですもの。バレても叩《たた》かれないし、誰も傷つけない。というのもなにがなんでも受かってもらわなきゃならないオーディションが再来週、ひとつあるの。それには、正子さんがどこからどう見ても、現代日本のシニアの平均値というふうに、見せないといけないのよ。ばかばかしいと思うかもしれないけど、CMオーディションにおいて数字って一番重要視されるんだからね」

なんでも、その役を取れたら、正子をここの看板女優として掲げることができる、「ブーゲンビリア」の広告も大きく打てるようになるとのことだった。

結局、二人で話し合って、ポートフォリオや年鑑に載せる誕生日を更新し、二ヶ月だけ早めに申告することにした。そうすると、正子はオーディションの日、一月二十二日にはすでに後期高齢者になっているということになる。抵抗はあったが、言われてみれば、もっとひどい捏造《ねつぞう》は撮影所時代に嫌になるほど見聞きしている。そういえば紀子ねえちゃんとよく比較された清純派女優は八歳も若く申告したおかげで、「理想の嫁」としてもてはやされていたっけ。

設楽さんによれば、そのオーディションとは日本で一番有名な携帯電話会社のCMだ。ここ三年は、若手人気俳優の蔵元俊《くらもとしゅん》が主演起用され、ほぼ本人のキャラクターを投影した同じ名前の高校生役で、家族や友人との付き合いにおいて最新のスマホを活用する様を演じている。正子が狙うのは、離れて暮らす彼の祖母「ちえこばあちゃん」役だ。苦手意識のあったスマホを、俊の説得によって使い始めたことで、暮らしが豊かになり、みるみるうちに幸福に浮き立っていく様を、十五秒間で描き出すという内容らしい。

——ちえこばあちゃんは、俊ちゃんの顔が見られれば十分。他にはなーんにもいらないの。

俊から送られた部活の動画を眺める笑顔のアップが、最大の見せ所だ。

嘘っぽいわ、と、初めて台本に目を通した時、正子は意地悪な気持ちでくすくす笑った。

正子がよく知る、近隣に住む同年代の女たちは、みんな自分たちの暮らしで手一杯だ。もっとしたたかに頭脳戦を生きていて、金銭感覚が研ぎ澄まされている。情報にも機械にも強い。いずれの子どもたちも晩婚の高齢出産、共働き。それ以上の給与の上昇が見込めない彼らにとって、頼みの綱は自分たちしかいないという重圧がのしかかっている。そういえば、最近も近所の保育園設立反対の嘆願書が、回覧板と一緒に回ってきたばかりだ。そう離れて暮らす子どもたちが孫を保育園に預けられるのかに気を揉《も》みつつ、自分の暮らしが騒音で乱されるのを恐れることは、彼らの中で矛盾しないのだ。正子だって、この静かな環境が失われ、これ以上、不眠がひどくなっては仕事に支障が出るので、ちょっと後ろめたく思いつつも署名した。

「ちえこばあちゃん」に余裕があるのは、よっぽど豊かな暮らしをしているか、ボケ始めてすべてがどうでもよくなっているかのどちらかだろう。

「もし、決まったら、日本のシニアの顔になるんだからね。絶対にどこからどう見ても、文句のつけようがない、おばあちゃん、じゃなくちゃいけないわね」

設楽さんの気迫に促される形で、正子はオーディションになにがなんでも間に合わせたい一心で、青山に直行した。せっかく自然な髪色に整えたのにと、乗り気ではないユメかわを説得して、通常なら何回かに分けて行うところを一度で済む、強力なホワイトブリーチを決行した。四時間後、鏡の中には、白髪の老婦人が座っていた。眩《まぶ》しくて目がちかちかするほど強烈な純白で、もともと色素の薄い目がいささか青みがかって見えるほどだ。老けているというより、もはや年齢どころか、国籍さえもよくわからない。絵の具で描かれた「誰か」に見えた。

「なんだか、クリスマス映画に出てくる老婦人みたいですね。それか、妖精さんみたいです。ユニコーンみたいな甘～いホワイト。超ユメかーわいい!!」

しぶっていたくせに、ユメかわは正子の仕上がりにいたく感動した様子だった。ダメージが大きい、という彼の言葉は正しかった。その日から頭皮がじんじんと痛み、うっすらと鼻の奥が沁《し》みるような不快感が、消えなかった。痛みが去ると、今度はかきむしりたいほどの猛烈な痒《かゆ》みが襲ってきた。疎開先の家の男児にしらみをうつされた時のことを思い出した。

違和感が完全に消えた頃に、正子は確かに生まれ変わった気がした。真っ白な前髪が視界を輝かせるせいか、まるで雪の日の朝のように目に入るものすべてが発光して見えた。

オーディション当日は大人しい藤色のコートとゴブラン織りの重いスカートを身につけ、裏の間島《まじま》さんにプレゼントされた手作りのカラフルな首巻きに老眼鏡、義母の形見のベレー帽を斜めに被《かぶ》り、蝶《ちょう》のブローチを付けた。これはさすがにやりすぎかと思ったが、季節の変わり目に腰があまりにも痛んだ時に購入した、木製の杖《つえ》もつくことにした。以前年賀状で目にした陽子ちゃんの姿を真似《まね》たつもりだ。映画館の元常連さんたちの家族だという子どもたちに囲まれ、おっとりと微笑《ほほえ》む陽子ちゃんは、まさに誰からも愛される「幸せなおばあちゃん」そのものだった。

オーディション会場に足を踏み入れるなり、これは勝てるかも、といつにない手応えを感じた。ずらりと並ぶ女優の中で、正子はもっとも老いの醜さや重さを感じさせず、それでいて一番「おばあちゃん」ぽかったのである。

監督だという、短い髭《ひげ》を生やした息子くらいの年齢の男に、

「日頃、スマホは使いますか？」

と聞かれた。

「ネットで自分の名前を検索することもたまにありますよ」

そう言うと、プロデューサーらが一斉に笑った。女優に復帰したのは離婚資金を貯《た》めるため、リタイアした夫とはこの五年間一度も口をきいていない、と言った。夫が浜田壮太郎であることは、ひょっとしたら設楽さんが事前に耳に入れているのかもしれないが、自分からは言い出さなかった。ここは一人の力で勝負したかった。家族は、と言いかけて息子は応援してくれています、とだけ注意深く発言した。

「もしこの役に決まったら、あまり進歩的な発言はしないでくださいね。契約期間中は役のイメージにあわせた振る舞いや服装を心がけてください。今の時代、どこで誰が見ているか、会話を盗み聞いているか、わかりませんからね。決して商品イメージを損ねるようなことはなさらないでくださいね」

広報部長だという、一人だけスーツ姿の男が最後に、そう言った。

正子は首を傾《かし》げた。自分は果たして「進歩的」だろうか。若者にもてはやされる紀子ねえちゃんに比べたら時代遅れもいいところだ。

事務所に合格の通知が来たのは一月の終わりで、正子はとても嬉《うれ》しかった。ひょっとすると、十八歳のあの日、紀子ねえちゃんの妹役に落ちたものの、ヒロインの行きつけの甘味処のお運び役にありついた、あの時の喜びに勝るのかもしれない。

七十四歳にして、正子の人生の本番はようやく始まったのだ。


あれから四ヶ月が経とうとしている。

正子は七十五歳になり、もう誰にも嘘をついていない。

正子の名前を知る人はそう多くないかもしれないが、「ちえこばあちゃん」を知らない日本人はいないだろう。携帯ショップばかりではなく、街のあらゆるところで、蔵元俊をひざまくらしている和服姿の正子のポスターや看板を見かけるし、テレビであのCMが流れない日はないのだから。それらを目にするたびに、撮影時のびっくりするほど小さくて軽かった俊の頭を思い出す。まるで、端整な目鼻と柔らかい茶色の髪がくっついた、お手玉みたいに感じられた。

一見、さわやかでそつのない俊が、共演してみると、いつも自分がどう見えるかばかり考え続け、クヨクヨと暗いくせに、他人に無関心なので、正子はうんざりしてしまった。でも、先の先まで考えて行動するタイプなので、スタッフ受けは抜群に良い。プロとして学ぶことは多々あり、最近ではLINEも交換するまでの仲になった。俊はそのことを、メディアで過剰に口にする。先週の新型機種の発表会でも、こんなことを言い、場を盛り上げた。

「僕の一番のスマホ友達は正子さん。正子さんからくるＬＩＮＥって面白くて、癒されるんですよね。僕たち、ＣＭよりもずっと仲がいいくらいなんです。年の差なんて関係ないですよ」

ほらね、という風にカメラが回っていないところで、俊はこちらに目配せする。この発言は話題を呼び、正子の出演するシリーズは新たに二作、追加制作が決定した。

「あ、ちえこばあちゃんだ」

地元の商店街で、ロケ先で、様々な層の人間から呼び止められることが多い。自分のサインを欲しがったり握手したがる人がいるなんて、少し前までは考えられないことだった。持ち歩いている筆ペンを握り、緊張で震えそうになる手で、手帳やノートの片隅に名前を書き付けた。写真を一緒に撮ってくれ、と願い出る若者は良いほうで、スマホで隠し撮りされることも増えた。怖い気持ちもあったけれど、それが針の穴のような小さいレンズだとしても、やっぱりあのカメラの前に立つ時の、存在が許されていくような思いは同じだった。

紀子ねえちゃんのように、事務所からの車がテレビ局やロケ先まで送り迎えしてくれるようになった。紀子ねえちゃんにメールで報告すると、自分のことのように喜んでくれ、「ね、ね、私の言った通りになったでしょう」と返ってきた。もう長いこと、彼女には会っていない。現在は、仕事でアメリカに長期滞在しているようだ。一番最近 Instagram に投稿された写真によれば、ロサンゼルスに居るらしい。会えない寂しさが気にならないくらい、正子もまた仕事に追われるようになった。

テレビ出演ばかりではなく、新聞や女性誌のインタビューを何十回も受けた。設楽さんにアドバイスされるままに、「昔は女優を目指したこともあったけれど、長らく主婦をしていて、家族に勧められるままにオーディションを受けたら、たまたま受かった」と控えめに答えた。

「このお仕事が決まって、初めてスマホを使うようになりました。とても便利で、毎日が楽しくなりました」「七十五歳にしてこのようなお仕事ができるなんて夢のようです。周囲のみなさんや協力してくれる家族に感謝しています」

設楽さんいわくネットでは、すぐに「尾上まり」時代の写真が発掘され、『ちえこばあちゃんの若いころ、可愛すぎる』と話題になっているそうだ。夫が浜田壮太郎であることはすぐにばれたようだが、正子のひけらかさない姿勢のおかげで、それもごくごく好意的に受け入れられた。初めて知ったことだが夫はネットの世界で人気があるらしい。Twitter で定期的にあげるかつてのスターとのツーショット写真や格言の投稿が評判を呼んでいるとのことだった。新しもの嫌いな彼がネットを使っているだなんて意外だった。名前で検索し、日々の「つぶやき」をちらりと覗いてみて、すぐにうんざりして二度と見まいと決めた。

『丁寧に暮らしている人が手がけた作品は、適当に生きている人のそれより、段違いに旨《うま》味《み》がにじんでいる。素晴らしい作り手になりたいのなら、まずはシャツにアイロンをかけようよ』

夫がアイロンをかけているところなんて、一度も見たことがない。たったそれだけのことでなんだか疲れてしまい、正子は応接室の長椅子に横たわって、顎を引いて庭を眺めた。

明美《あけみ》さんが持ってきたのは、アヲハタの空き瓶に入れたここの庭で採れたビワのシロップ煮だった。

浜田邸の裏に住む間島家の長男、武《たけし》くんは、自律神経失調症で退職してから、お嫁さんの明美さんと二歳になる娘の真美《まみ》ちゃんとともに、両親のもとに身を寄せている。明美さんは週に三回は駅前のスーパーマーケットで働いていて、そうでない日は、娘と、この家の庭で遊んでいる。真美ちゃんの人見知りが災いして公園デビューしても友達がまったく出来なかったそうだ。

間島さんからその話を聞いた時、つい柄にもなく、おせっかいを口にしてしまった。

「そうだ。お嫁さん、ここを公園だと思って、二人で好きなだけ、遊べばいいじゃない?」

次の日には親子がやってきて、本当に庭に入り浸るようになったが、その頃は、正子もすでに外に出て働くようになっていたため、ほとんど顔を合わせることもなかった。万が

一、離れに住む夫にでくわしても、挨拶すればなにも問題ないから、とだけ最初に言っておいた。明美さんいわく、夫は優しく、真美ちゃんにもよく声をかけて、お菓子をくれたり、可愛がってくれるという。真美ちゃんはあまり笑わず言葉もほとんど発さない。おそらくは父親似なのだろう。母親とは相性がいいようで、二人でいつまでも草花を摘んだり、隠れん坊に夢中になっている。

明美さんは荒れ放題の庭から、いろいろなものを発見した。柚子《ゆず》や柿をもいでもいいか、ヨモギを摘んでもいいか、栗《くり》を拾ってもいいか、と屈託なく尋ねるので、正子は、どれも野生化していて、しぶくて食べられたものじゃないわよ、でも、欲しいならいくらでもどうぞ、と笑った。明美さんが真美ちゃんと競争ゲームのようにして収穫したものが、すぐにおやつになって舞い戻って来た時は驚いた。ヨモギはもちもちとした団子になり、落ちて腐るままにしていた果実は甘さ控えめの軽やかなジャムに、栗は柔らかい甘露煮やきんとん、おこわになった。

「全部クックパッドの節約レシピですよ。うち今、収入がほとんどないんで、あるものでサバイバルしないと」

聞けば、義母に教わった作り方より、ずっと簡単で、時間も金もかからないものばかりだ。

明美さんは白くて大きな顔をしていて、化粧っ気がない。雰囲気も形も冷たい木綿豆腐によく似ていると思う。

　彼女は決して踏み込んでこないし、かといって低姿勢でもない。お礼はおやつで十分と考えているようだ。

——息子があんなになったっていうのに、少しも落ち込まないし、自分を責めるのでもなく、毎日あっけらかんと生きてるの。いい子だとも思うけど、神経が太いなあ、私たちの世代とは違うなあ、とあきれてしまう。

　と、間島さんはこそこそ言うが、正子は義母の形見のすみれのティーセットを出して、彼女とお茶を飲むのが楽しみになっていた。

　たあくんの体調も一時よりはよくなっている、いつまでもやっかいになっているわけにもいかないが、就職活動しようにも、この辺りは認可外保育園も託児所もいっぱいで、子どもを預けて動くことが困難だ、さすがに週五日、義父母に真美を任せて働くのは気が引けるんですよね、と明美さんは話した。

「義母《はは》が元気だった頃は、この庭、果樹園みたいだったのよねえ」

「そうなんじゃないか、と思ってました。お義母《かあ》さんが言ってたんです。昔、ここのお庭はとっても綺麗で、このへんの主婦がこぞって、果物や野菜を収穫しに集まったって」

「そういえば、義母と一緒にいると、庭や家の維持と食事作りだけで、一日があっという間だったものねえ。外で働いているのと一緒ねえ、あれ」

明美さんが帰った後、そういえば、最近夫を見ないなあ、と急に思った。窓から覗いて見ると、今夜も離れには灯《あか》りが灯《とも》っていた。念のため、寝る前にスマホから夫にメッセージを送っておいた。CMと同じものに機種を変更させられたため、まだ使い方に慣れていない。

——大きな仕事がまた一つ、決まりました。常備菜と朝食は用意しますが、もうちのことはできません。明日から、クリーニング回収含め、自分でお願いします。

返信はなかったが、いつものことなので、正子はすぐに忘れてしまった。

正門の周りを竹箒《たけぼうき》で掃いていると、

「よお、大女優さん。早起きだね」

そう声をかけられた。朝靄《もや》の向こうには、裏の間島家の向かいのさらに三軒先に住む、地区でも有名なゴミ屋敷のおじさんが、鉄屑《てつくず》が山積みのリヤカーを引いていた。いつ見ても、なんとなく目に覚えのあるリヤカーである。

「おじさん、今日はあげられるものはなにもないわよ」

おじさんと呼んでいるが、正子とそう年齢は違わないか、むしろずっと若いのかもしれない。オールバックの銀髪にバンダナを巻き、左右の位置がぎくしゃくしたひび割れた丸メガネ、女物らしき花柄のカットソーにニッカボッカと長靴を合わせ、汚れたダンガリーシャツを羽織っている。適当にその辺にあったものを身につけているだけなのだろうが、不思議と様になっていて、共演中の若手俳優、俊の私服姿と似ていなくもない。おじさんはいつ会っても、錆《さ》びたドラム缶と濡れた土のようなにおいをぷんと漂わせている。馴《な》れ馴れしく話しかけられるようになったのは、多忙になってきたここ半年、家事をまとめて片付けるため、こうして早起きを始めてからだ。

主婦仲間の噂によれば、彼は定年後に妻を亡くしてから、ずっと引きこもっていたらしい。近所付き合いのおぼろげな記憶を辿《たど》ると、肺が弱かったという妻の顔はぼんやりとか思い出せないが、確かに以前は普通の背広姿だったような気がする。出社前の彼とあいさつを交わしたこともあったかもしれない。最近になってどこからかこのリヤカーを見つけ出したらしく、それからすっかり活動的になって、近所を徘徊《はいかい》するようになった。あちこちに声をかけては廃品を集めて回り、自宅に溜《た》め込んでいる。彼の家は日に日に混沌《こんとん》とした様相を強め、庭には洗濯機や掃除機が山積みになっている。遠くから見ると、静止した黒い竜巻のようだ。おじさんは、家電やアルミ製品に興味があるらしく、生ゴミを一切溜め込まないため、近隣住民が異臭やカラスで煩わされることは今のところない。愛妻家で長く介護にあたり、彼女の死をきっかけに少し言動がおかしくなった、もともと生真面目で無口で何もかも溜め込む性格だったらしい、息子は海外生活が長く疎遠で、身につけている女物は妻の遺品、という噂もあり、同情が集まっている。ひとなつこい言動も手伝って、トラブルが起きるにはぎりぎり至っていない。

「大女優さん、今日もはりきって撮影かい。スターは大変だね。また、付き人を変えたんだろ？」


「私はスターじゃないわよ。脇役俳優。新人みたいなもの。付き人もいない」

「ふうん、俺は北条紀子みたいな立派そうなタイプより、あんたみたいに喜劇ができる女優が好きだね。昔っから深刻ぶった映画は好きじゃないんだ。すぐに眠くなっちゃうの。けいこさんもそう言っている」

けいことは確か奥さんの名前だ。何度訂正しても、おじさんは正子を大女優と勘違いしているようだ。もう面倒なので、そのままにしている。

「そんなもの、持って帰ってどうするの？」

リヤカーに積まれたラジカセや給湯ポットを正子は示した。

「いつか修理して、真新しくして、大切に使うんだ。それは今じゃないんだけどね。いよいよ足腰がダメになって動き回れなくなったら、それがその時かなと思う」

「いつか、なんて私たちの世代にないわよ。整理整頓して明日できることも今日やらなきゃ。みんなに迷惑かけちゃうわよ」

できるだけ穏やかにたしなめたが、彼はむきにならず、楽しそうに返した。

「そんなことないよ。あるよ。いつか、がなきゃ、人間生きていけないよ。明日できることは明日でいいじゃないの。そんなことより、そうちゃんは元気？」

　ゴミ屋敷のおじさんは、夫と幼馴染《おさななじみ》で、昔はよくこの家で隠れん坊して、大きな壺《つぼ》の中に入ったりして、親父さんにしかられたものだ、と主張する。夫からそんな話はいっぺんも聞いたことがない。おじさんは正子を壮太郎の妻ではなく、妹かなにかだと思っている節がある。

「あのサンルームの辺りの子ども部屋でシャボン玉したなあ。お袋さんが優しい人でね、よく見たこともないようなお菓子を作ってくれたの」

　そう言って、二階の正子が寝ている辺りを指差す。間取りまでよく把握しているところを見ると、作り話ではないのかもしれない。

「うん、うん。わかった。これ、あげるから、帰って、ね」

　孝宏が忘れていったとおぼしき、壊れたビニール傘がずっと傘立てに入っていたのを思い出し、すぐに取りに行ったら、彼は満足そうな笑みを広げた。

「やあ、それはどうも、ありがとう。大事にするよ」

　傘を受け取り、飛び出た骨組みを撫《な》でて荷台に積むと、ガラガラとリヤカーを引きながら、ゴミ収集車とすれ違っていく。

　ゴミ屋敷のおじさんは、自己完結していて、なんとなくいつも少女のようにいそいそしている。同世代の男としては珍しく、不機嫌でも偉そうでもなく、モゴモゴと口ごもるでもないので、こちらとしてもあれこれ気を遣わずに、ポンポンものが言える。おじさんは、夫からないがしろにされた仲間だろうとわかるのだ。無価値とみなされ、放っておかれたがらくたの山の一部だ。同胞意識も手伝って、邪険にできないのかもしれない。

夫、浜田壮太郎は一九四〇年、東京生まれ。

家具輸入業を営んでいた彼の父は、大地主の一人娘と結婚し、その好事家ぶりに拍車をかけ、趣味として世界中の骨董品《こっとうひん》を収集し始めた。やがて、近所の映画撮影所に、小道具として絵画や壺を気前良く貸し出すようになる。浜田邸の外観や庭が使われた五〇年代の映画はいくつも存在する。幼い頃から監督や美術係が当たり前のように自宅に出入りする環境で、壮太郎は可愛がられ、当然のように業界への憧れを募らせるようになる。十七歳の時、周囲から勧められカメラテストを受けたが、身長が足りないのと、目が離れすぎているという点で落とされ、それを機に俳優の道をあきらめ作り手を目指すようになるが、容姿のコンプレックスはその後、尾をひくことになる。様々な名監督の下で助監としての経験を積むうち、二十歳の頃、「お嬢さま上位時代」で、ヒロイン・北条紀子の妹役オーディションを受けに来た高校卒業間近の正子と知り合う。初監督・脚本のミュージカル作品「百貨店三人娘」はヒロイン三人のうちの一人を正子に当て書きした。実際に正子が演じることは叶《かな》わなかったが、三人娘にやたらとつっかかる赤縁メガネの寝具売り場の販売員役を摑《つか》んだ。

　正子が二十七歳、壮太郎が二十九歳の時に結婚する。

　夫の初期の作品は、いずれも適齢期の女たちのドタバタを描いた東京が舞台のおしゃれなコメディだ。育ちが良くてちょっぴりスノッブ、明るいおぼっちゃん気質の彼の長所が素直に表れていて、正子は自分が出演していないものも含めて大好きだ。底抜けに明るい世界観ながら、鋭い社会批判や女たちの複雑な内面が実にさりげなく盛り込まれていて、一部の見る目がない批評家が揶揄するような「アイドル女優のチューインガム映画」にはまったく思えなかった。あの頃、正子は確かに夫を尊敬していた。落ち込んでいる彼を見ると、全力で励ました。撮影所の人々を近所だからという理由で家に連れ帰ってきても、義母と家計をやりくりしてたっぷりと食事を用意した。夫が目をかけた助監や若手俳優を数ヶ月寝泊まりさせたこともある。浮気はしょっちゅうだったが、壮太郎が短期間、夢中で追いかける楽しい美女たちは、まさに彼の作品世界そのものなので、恨む気にはなれなかった。

　しかし、八〇年代を迎えたあたりから、夫は次第にシネフィルの男たちにも好まれるような、ユーモアや洒脱《しゃだつ》さからかけ離れた作品を撮り始める。本来はまったく興味がないであろう、金融業界やヤクザの世界や暴力的な性を扱い始めるのだ。長年にわたって受け続けてきた「軽い」という批判への反発か、同世代の天才監督らへのライバル心からかはわからないが、夫はその朝一番のニュースになるような題材を次から次へと追い続け、ようやく大きな賞を一つ獲《と》って「社会派」の称号を得た。それならそれでいい。夫の何が嫌だといって、それですっかり気が済んでしまって、創作欲をみるみるうちに失ってしまったところである。六十代を前にして現場を離れ、その後は映画評の執筆やコメンテーターの仕事が中心となった。近年ではカルチャーセンターの講師や講演会で飛び回っている。世間では一応、名監督ということになっていて、不遜な振る舞いも許されているが、ハンチング帽に薄い色のサングラスといったいでたちで、威丈高に説教をする夫をメディアで目にするたびに正子は気恥ずかしくて目を逸《そ》らしてしまう。

あんな風になるくらいなら、求められる役割をまっとうできる、人をびっくりさせないチューインガムでいい。ユメかわでかまわない。夢のおばあちゃんでかまわない。マリリン・モンローのように与えられたイメージを引き受けてみせる。

ユメかわのもとに通うようになってから、もう半年が経とうとしている。

最近ではオーディションを通さずとも仕事の依頼が入るので、予定の見通しが立ちやすく、正子はかえって足繁く美容院に足を運んでいる。黙っていても個室に案内されるようになった。髪に銀や黒いものが覗くなりすぐに電話予約を入れ、道路を舗装するように、真っ白なきらめきの中に押し込める。ブリーチ代にけちけちしなくていいほどの収入は得ていた。頭皮の痛みや痒みも、慣れてきたせいでもはやどうということもない。寿命が縮もうが、稼げるだけ稼ぐぞ、というせいせいした気持ちだった。

その日は特別なふうに過ごしたかった。というのも昨日事務所で、設楽さんからCMの契約延長の報告を受けたからだ。新春に放送するスペシャルドラマのオファーまで来た。引き続き蔵元俊と共演する、「ちえこばあちゃん」とほぼ同じような役柄だが、準主役扱いだそうだ。今後は、専属マネージャーとメイクと運転手もつけるという。

美容院を出た後、コムデギャルソンにまっすぐ向かった。メイクさんにおそらく間違って手渡された若者向けのモード誌で目にしてからというもの気になっていた、斧《おの》の刃《は》のようなシルエットの漆黒のワンピースを買おうともくろんでいたのだ。和紙に似た質感の生地に触れ、鏡の前で身体に当ててみるものの、考えてみたら着ていく場所がないので、十分ほどふらついて、店を後にした。CM放送中はできるだけ、私生活も役柄のイメージに添うように、と言われている。現に今日もすみれ色のカーディガンにレースのブラウス、コサージュをあしらったベレーに重たい生地のスカート、義母の形見であるカメオブローチを合わせていた。それでも、帰路につく前に、ちょっぴりだけ贅沢《ぜいたく》を味わいたくて、みゆき通りを下っていったところにあるヨックモックの喫茶室でお茶を飲むことにした。

水を運んできた女性店員は正子の顔を知っているらしく、意味ありげに微笑みかけてきた。

お店で座って何か食べるのは、もう何年ぶりだろうか。人の手がかかったものは、熱いカフェオレひとつとっても、まろやかで身体に染み込んでいくようだ。

くるくる丸めた薄焼きのクッキーの穴から、ガラス窓越しの表通りを覗いてみた。おしゃれな人たちが、みゆき通りをすべり落ち、視界からフェイドアウトしていく。はるか昔、撮影所で夫がカメラを覗かせてくれたことを思い出した。あの頃は彼の隣で同じ視点を持てたことが嬉しいのと同時に、普段こんな小さな世界に閉じ込められている自分を思うと、いじらしかった。正子はクッキーをカフェオレの皿のふちに注意深く置いた。ランバンのハンドバッグの中で、スマホが震えているのに気付いたのだ。明美さんからだった。こちらが何も言わないうちに、彼女はこわばった声でこう告げた。

「ご主人が亡くなってます。今すぐ帰ってきてください」

「あら、それ完全に死んでいるっていうこと?」

こちらの問いかけに、明美さんが困惑し、言うべき言葉を探して小さな渦の中に突き落とされたのがわかる。

「え、はい? ああ、ええ、そうです。ええと、完全に死、ええと亡くなってますよ」

周囲の視線を気にして、口元を手で覆い、正子は店の外に出る。最後に離れの灯りを目にしたのはいつだったか。

「お悔やみ申し上げます。娘とお庭で遊んでいたら、なんだか変なにおいがするってうちの子が言うんです。それはあの離れの小屋の方から漂ってきて。たまたま垣根の向こうにいた野口《のぐち》さんにも声をかけて、離れの小屋の窓から中を覗き込んだらご主人がうつぶせに倒れているのが見えて。ほんと、ちらりとしか見てませんが……。一一〇番したら、警察と救急隊員がすぐにかけつけました。死因は心臓発作で死後五日は過ぎているとのことです。これから警察署に遺体を運ぶようです」

道理でここ数日、連絡がとれなかったわけだ、と正子は他人事《ひとごと》のように思い、そんな自分の冷淡さに戸惑うこともなく、光の速さで状況を受け入れた。

「野口さんてどなただったかしら？」

「え、ご存知ない？　てっきりお友達かと思っていた……。ほら、ゴミ屋敷のおじいさんですよ」

「ああ、そういうお名前だったのね。わかった。とにかく、今すぐ帰るわ。色々どうもありがとうね。お手数おかけして、本当にごめんなさい。怖い思いをさせてしまったわよね。私、このまま署まで行くわ」

店内に戻り、スマホを仕舞うなり、正子はテーブルの下で両手を握り締め、声には出さずに力いっぱい叫んだ。唇から飛び出した透明のギザギザ刃は虚空を切り裂いた。壁一面のガラス窓がびりびりと震えだし、ひび割れがゆっくりと広がり、粉雪のような細かい破片が、きらめきながらあたり一面に降り注ぐ。客たちは悲鳴をあげながら、次々に席を立つ。そんなもう一つの世界が現れたかと思うと、五月の陽《ひ》だまりの中にすぐ溶けていった。いいことはこうも重なるのか。これで家と土地を売り払える。紀子ねえちゃんか設楽さんに保証人になってもらい、都心に小さな物件を借り、こぢんまりした快適な暮らしにさっさと移るのだ。これからは何もかもが機能的に、自分仕様になると思うと身が引き締まり、今すぐにでも駆け出していきたい気分だった。

丁重に扱ったはずのクッキーが何故《なぜ》かひび割れていて、かすかに心がざらついた。家族が息を引き取ったのに、こんなにウキウキするなんて、いくらなんでも不謹慎ではないだろうか。とはいえ、隅々に目を行き届かせても、まるで悲しみの種が見つからない。孝宏や義母の顔を努力して思い浮かべ、こみ上げてくる笑みを押し戻そうとする。

そんなことよりも、コムデギャルソンであのワンピースを買おう。普段使いもできるシンプルなデザインだし、なにしろ喪服にもなる。何年かぶりの大きな買い物だ。割れたクッキーをつまんでさくさくと食べ、カフェオレを飲み干すと、バッグを手に立ち上がった。

夫が講師を務めるカルチャーセンターのスタッフが、「お別れの会」を取り仕切りたいと連絡をくれたので、その言葉に甘え、あとのことは孝宏と簡単に済ませてしまうことにした。離れの清掃も業者に任せ、一歩も足を踏み入れずに済んだ。

買い付け先の台湾《たいわん》から帰国したばかりの孝宏と、最寄りの警察署で事情聴取を受けた。

解剖の結果、事件性はないと判断された。何ヶ月ぶりかにまともに見る夫は膨張と変色で、面影がほとんどなかった。息を引き取る時、まったく苦しまなかったらしい。遺体はその日、葬儀屋に預けた。

遺体安置室に足を踏み入れてからというもの、孝宏は黙り込んでいる。しばらく会わないうちに、痩せて後頭部が薄くなり、そのせいか首がチューリップの茎のように伸びて、たゆんでいるように見える。夫に似ず、背が高くひょろひょろした孝宏は、自営業のくだけた服装も手伝って、四十代後半には見えないが、さすがに猫背や目の周りのよどみが感じられるようになった。

家庭を顧みるところのなかった夫なのに、気まぐれに息子を猫可愛がりすることがあり、それが孝宏には強烈な思い出となって、さらに年月を経て彼の頭の中でどんどん脚色されて完全なものとなったらしく、親子関係はすこぶる良い。幼い頃から正子の居ないところで、二人は秘密めいたやりとりや冒険を重ねていて、時々彼らにしかわからない単語が飛び出した。それを目の当たりにすると、自分が間違っている気になった。それは誰にも言えない類の感情だった。

孝宏と二人だけで近所の斎場で火葬し、骨壺を持ち帰った。

息子はこちらに向かって口を開きかけては、やめる、をずっと繰り返している。責められたらすぐにこういう風に返そうと、正子は抜かりのない答えを用意していた。先ほどから水でいっぱいのコップを抱えているような気持ちだ。

「父さんの映画でさ、七〇年代前半くらいの」

自宅で正子の作ったお茶漬けを食べながら、彼はようやくぽつりとつぶやいた。骨壺は応接室に据えられている。何が続くかと、正子は身構えた。

「DVDにもなってないやつで、もちろん母さんも出ていなくて、なんか外国みたいな遊園地が出てくるやつあるじゃん。あれ、セットじゃないでしょ。検索しても出てこなくて」

「たぶん『真知子の冒険』だと思う。どこだったかしら、国内だったと思うけど……」

彼にこちらを責めるつもりはないとわかってもなお、正子は身構えていた。

「聞いときゃよかったなあ。最後に会ったのが、三ヶ月前でさ、新橋で飲んだんだよな。こっちにビールを注《つ》いでくれた時にちょっと手が震えていて、嫌な予感がしたんだよな」

すぐにでも家を売る話をしたいけれど、さすがにはばかられた。孝宏は幼い頃から、物腰が柔らかでいつもびっくりしたような表情を浮かべ、どんな意見や反応でも一旦引き受けてしまうところがあった。食が細く、なかなか体重が増えず、子育ての初期は不安だった。学校でからかわれて泣いて帰ってくることも多かった。孝宏は転職を繰り返し、三十代の初めに離婚を一度経験している。

「なんかさ、すごいお化け屋敷が出てくるんだよ。洋館みたいな。あそこ、父さんと行ったことがあるような気がするんだよ。単に映画で見ただけなのか、本当に二人で行ったことあるのか、それともセットの撮影を見学したのかが曖昧で」

「あの人、あなたを連れて遊園地なんて行ったことなんてあったかしら」

その声は後ろめたくなるほど冷たく響いたが、孝宏はさして気にしていない。

「そうかあ。なら、やっぱり映画のワンシーンなのかな」

勝手に納得して、一人で頷いている。息子は久しぶりに泊まっていった。二階の子ども部屋はもう正子のものなので、一階の客用の日本間に布団を敷いた。同居なんて迷惑がられるだろうと考えることさえ禁じていたが、孝宏の気配だけで、風呂の湯から空気まで、やわらかく丸くなったように感じられ、いつもより深く眠れた。


カルチャーセンターのスタッフの尽力のおかげで、それからたった五日で「お別れの会」の場所として、青山の有名斎場が押さえられた。訃報を受けた場所に戻ってきたのを不思議な縁のように感じている。千人を超す弔問客は著名人ばかりらしい。斎場の外には夫のファンだという、世代のまちまちな男女が取り巻いていて、タクシーで乗り付けると、彼らを蹴散らすかっこうになった。夫なんてもうとっくに過去の人とばかり思っていたので、正子は面食らっている。

孝宏の手を借りて車を降りると、芸能リポーター数名に取り巻かれ、フラッシュを焚《た》かれ、マイクを突きつけられた。白い光の中で正子はぼうっとしている。見ているこっちが痛くなるようなかさかさの唇をした四十代後半の男性インタビュアーは、大げさに眉尻を下げた。

「お悔やみ申し上げます。非常にお辛《つら》いところ、申し訳ありませんが、この度のお気持ちをお聞かせください」

コムデギャルソンを着てよかった、と前向きに考える。黒いワンピースは真っ白な髪と調和し、今日の自分はなかなか悪くない。カメラの向きを確認し、心の弾みを悟られないように、まつ毛を伏せた。

「そうですね。お辛い……、ですか。うーん。そうですねえ。そうですねえ。同じ家でも、長いこと、口をきいていませんでしたから……。生活も別々でしたしねえ。まったく苦しまずに亡くなったみたいで、それは本当に良かったと思いますが」

できるだけ、正直に、同時に控えめに答えたつもりである。それなのにインタビュアーが苛立《いらだ》った顔つきになったのは、どんなに堪《こら》えても口角が上がってしまうからだろうか。でも、ああしろ、こうしろと指図されず、ありのままの自分の意見を求められるのはちょっぴり快感だった。

「奥様が監督の一番のファンだときいていますが」

「あ、はい。でも、彼の作品、全部が全部、ファンというわけではないですよ」

この話をするチャンスに一度も恵まれたことがなかったので、どうしても口調がなめらかになる。

「そうなんですか？」

彼がわざとのように目を見開いてみせるのが、なんだか癪《しゃく》に障った。正子は自分でもよくない癖だとわかっているが、つんと顎をそらした。

「最近の夫がどういう人間だったかは、私にはわかりません。でも、映画作りに情熱を注いでいた頃の彼のことは尊敬しているし、私も関わることのできた、いえ、関わっていなくても、八〇年より前の作品はどれも大好きです。彼の作品を愛してくれたファンの皆様や、関係者の皆様には心からお礼申し上げます。こんなにたくさんの方にしのばれて、彼も幸せだと思いますよ」

「ちょっと待ってください。最近のご主人と会ってなかったということですか？　仲の良いおしどり夫婦とうかがっています。奥様は今でも理想の恋人だと、よく発言されてましたよ。奥様が作る料理をよくＳＮＳにアップされていました」

「まあ、そんなこと言ってたんですか？　やあね。あの人、見栄っ張りだから。全部嘘よ。ぜ・ん・う・そ！」

なんとなく周囲の雰囲気がこわばっている気がして、正子はすぐに補足した。

「ええと、同じ家には住んでいて、食事や着るものは用意していましたが、特にこの五年は顔はまるっきり合わせませんでした。スマホがあれば、用件は事足りますからね。便利な時代になったわよねえ。ごめんなさいね。もう、失礼してよろしい？」

これ以上余計なことを言うまいと、正子は孝宏の助けを借りて、報道陣をかき分け、斎場へと入っていった。

たくさんの白い花を従えて、夫は壇上から勝ち誇ったようにこちらを見下ろしていた。

孝宏とともにタクシーで自宅に帰宅したのは、二十時過ぎだった。家の前の道幅が狭いため、数軒手前で停《と》めて、しばらく歩くことになる。会食の席は思い出せない顔ばかりで、神経がすり減った。膝の上の骨壺をそのへんに投げ出して、すぐにでも横になりたかった。ワンピースにして本当に良かったと思う。

「なんなんだろうな。『真知子の冒険』のお化け屋敷、どこでロケしたのか、今日、長く撮影助手だった人に聞いてみたけど、わからなくて」

孝宏は正子が払ったタクシーのお釣りを自分の財布に収めながら、まだその話をしている。かつて浜田邸に出入りしていた映画人たちに「たかちゃん、たかちゃん」とあちこちで声を掛けられてビールを注いで回り、彼にとっては胸躍る時間だったようだ。アルコールも手伝ってほんのりと熱の高さが漂ってくる。

門を押そうとして、正子は咄嗟《とっさ》に孝宏を振り返る。玄関ポーチのベンチに、オレンジ色の髪をした女の子が寝転んでいたのだ。大量のキーホルダーをぶらさげた大きなリュックサックとぱんぱんに膨らんだトートバッグが足元に寄せられている。

外国人かな、と思ったが、距離が縮まるにつれ、日本人の若い娘だとわかった。髪はブリーチ、こちらを向いた闇に光る緑の瞳はカラーコンタクトによるものだと、今の正子には判断がつく。ユメかわと似たようなおしゃれをしている彼女を、正子はすぐさま心の中で、「ユメかわ二号」と名付けた。

ユメかわ二号はこちらを認めるなり起き上がると、ばたばたと駆け寄り、抱きついてきた。粉薬みたいなにおいが彼女のこめかみの辺りから漂い、正子は押し戻そうとするが、冷たい腕の力は強く、あっさりよろめいた。

「わあ、おばあちゃん、こんばんは。テレビで見るまんまだ！　可愛い！」

彼女は興奮気味にまくしたてた。目と目の間が離れ、低い鼻はつぶれたように横に広がっている。髪のオレンジと緑の瞳、そばかすの散った白い肌が作りもののように調和し、なんだかイライラしてくる。自分も同類だ、とすぐ気付いたが。

「ええと……。あなた、どちらさま？　門をよじ登ったの？」

彼女にこれ以上触れられないように、肩をよじり、腕を引く。孝宏の後ろに逃げながら、正子はそう尋ねた。

「私のこと、全然、聞いてないんですか？　嘘お⁉」

ユメかわ二号は悲しそうな声をあげた。その様子は先ほどのインタビュアーにとてもよく似ていた。

「私、杏奈《あんな》っていいます。田村《たむら》杏奈です。お世話になります。よろしくお願いします」

オレンジの髪を光らせ、彼女はぺこりと頭を下げた。やっかいなファンを呼び寄せてしまったのかもしれない。孝宏をちらちらと見上げて救いを求めながら、正子はつとめてにこやかにこう言った。

「杏奈さん。あのね、まず、私はあなたのおばあちゃんじゃ、ありません」

意地悪く響かないよう、最大限留意したつもりだが、ユメかわ二号はショックを受けた様子で、唇をすぼめて、鯉《こい》のようにぱくぱくさせている。

「どうしてここに来たの？　何をどうしたいの？」

正子はさりげなく門の外に彼女を追いやり、それ以上侵入できないように立ちふさがる。

杏奈という女の子はつっかえつっかえ、こう言った。

「私、浜田監督の友達なんです。地元の公民館でトークショーを聞いて感動して、それからツイッターや手紙でやりとりしていたんです。監督、いつか私の脚本で、映画を撮ろうって言ってくれたんです。それで、なにか困ったことがあったら、東京の僕の家に来なさいって、住所を教えてくれました。おばあちゃんとよく私の話をしてるって聞いてたから、私のことてっきりご存知とばかり思ってました」

夫から語られる正子はいつも見知らぬ誰かで、今いる自分が幽霊であるように感じられる。

「妻が必ず、よくしてくれるだろうって。料理が上手で世話焼きな人だから、きっといつ来ても歓迎してくれるだろうって。あ、ここに直筆の手紙もあります」

　封が切られた手紙を押し付けられる。確かに夫の筆跡だったが、読む気はまったく起きなかった。傍《かたわら》の孝宏が受け取り、目を通している。こちらが表情を曇らせたのを杏奈はいい風に受け取ったらしく、涙ぐんでいる。

「……監督がもうこの世にいないってなったら、私とても寂しくて。赤の他人の私もこうなら、おばあちゃんも、きっとひとりで辛いだろうなって。私なら、力になれるかもって。気持ちを分かち合えるかなって」

　夫は助監督やスタッフをなんの前触れもなく、連れて帰ってきた。料理は嫌いではないし、人が苦手なわけでもない。ただ、こんな風に突然他人に押しかけられると、全身が緊張し、笑顔が引きつった。中には撮影所時代、正子に性的なからかいをした顔もあった。彼らがなかなか帰らないとなると、いよいよ焦ってきた。いびきをかく夫の横で、冷蔵庫の残り物から朝食や昼食を考え、その手順を組み立てていると、どんどん目が冴えてきた。四十代になった頃から、睡眠薬を処方されるようになった。今なお少しでも気が高ぶったり、暮らしのペースが乱れると、なかなか寝付けなくなる。今夜はどうなるか。

「そう、あのね、杏奈さん。なにか、手違いというか、大きな勘違いがあったみたいね」

　やっかいごとを遠ざけるため最大限の注意を払って、正子は優しげな芝居をする。

「正直な話、私は今、自分一人で手一杯なの。とてもじゃないけど、他人の面倒を見る余裕はないの。お別れの会で心も身体も、へとへと。わかるわよね？　今夜はどこかに泊まって、明日おうちに帰りなさい。どこに住んでいるの？」

消え入りそうな声で杏奈は訴えた。

「おうちなんて、私にはあってないようなものです。家にも、高校にも馴染めなくて。私、すごい田舎に住んでいるんです。保守的で女はひっこんで家事だけやってろみたいな土地柄。うちは貧乏で子沢山で、私、街で唯一の映画館でバイトしながら、専門学校に通う資金を貯めていたんですけど、その映画館も先週潰れちゃって、なんかもう、全部が嫌になって、気付いたら、誰にもなんにも言わないで新幹線に乗ってて……」

ずっと黙っていた孝宏が恐竜のように首を屈《かが》め、分け入ってきた。

「母さん、うちはこの通り空いている部屋だらけだし、今夜だけ泊めてあげるくらいいいじゃない」

正子は面食らって、爪先立ちで耳打ちする。

「でも、この子、家出したって言ってるのよ？　未成年かもよ。警察沙汰になった時、私のせいになったら、今後の芸能活動に支障がでちゃうわよ」

「まあ、そうだけどさあ……。でもさ、今の子たちはさ、母さんたちが若い頃みたいに、年長者に色々教えてもらったり、奢《おご》ってもらえたりするわけじゃないんだから。いいじゃない。たまには、ほんのすこし親切にするくらい」

　嚙《か》んでふくめるような言い方だった。そうすると昔の夫によく似ていて、ほんのすこし怖い。

「父さんはさあ、よく駆け出しの貧乏な新人も、すぐにうちに呼んであげてたよね。今でも若い子に親切だなんて、さすがだよ。いいじゃない。今夜だけ。父さんに免じて。心配だろうから、俺も泊まるよ。ならいいだろ」

　後始末や家事は私が全部やっていたんですけどね、という言葉を吞《の》み込む。どんなに憎くても、今夜だけは孝宏の中の父親像を傷つけるのははばかられた。杏奈が期待を込めてこちらに熱い視線を向けているのがわかる。どこか抜け目ない感じがして、彼女がそこにいるだけで空間ががちゃがちゃする。

「君、何か身分を証明するものある？」

　免許証なら、と杏奈が汚れたジップロックから取り出したものを、孝宏はしげしげと眺め、断った上で、スマホで撮影した。こんな使い方があるのか、と正子は感心する。生年月日によれば、もう二十歳になっているらしい。

「もし、何かあったら、すぐにここの住所に連絡するし、通報するからね」

　正子には一度も見せたことのない顔で、孝宏は厳しく釘をさした。杏奈は素直にこくりと頷いた。そうと決まれば、これから自分がせねばならないことが頭を駆け巡り、正子はくらくらした。

「ええと、泊まっていいけど、明日の朝一番で出ていくこと。それから、私のことはおばあちゃんじゃなくて、正子さんと呼んで」

「やったあ。ありがとうございます」

と、杏奈はこちらに抱きついてきた。ラムネと汗のにおいがした。首に彼女をぶらさげたままようやく鍵を取り出した。玄関ドアから屋敷に入るなり、杏奈は騒ぎ出した。

「すごいあの、手すり、昔の映画に出てくるみたい。この照明のデザイン！　それにしても木の床がとっても冷たい、昔のおうちだ」

しきりにあちこちに触れて、甲高い声をあげる。食堂に入ると、孝宏はネクタイを緩めながら、どさりと椅子に腰を下ろす。

一刻も早く休みたかったが、杏奈が何も食べていないとあっけらかんと言うので、仕方なくひじきなどの常備菜を並べ、冷凍ご飯を温め、大根の葉のふりかけとちりめんじゃこを混ぜ、おむすびにして熱いお茶と一緒に出した。杏奈は大喜びし、食べる前に何度もスマホで撮影した。部屋の中を撮影されるのには抵抗があったが、面倒で何も言えなかった。杏奈は立ち上がって、天井の梁《はり》を眺めたり、家具にべたべた触れたりしている。孝宏は食事はいいから、とほうじ茶と、梅干しに砂糖をたっぷりかけたものを爪楊枝《つまようじ》でつついている。子どもの頃から好んでいた組み合わせだ。父親の酒によく付き合っていたものの、アルコールはそう強い方ではない。孝宏はちびちびと梅の色が沁み出した砂糖を舐《な》めながら、切り出した。

「あのさ、お別れの会での発言、問題じゃないの？　あれ危ない気がするよ。あとちょっとオシャレしすぎというか」

ようやく自分の分のほうじ茶を淹《い》れながら、正子は唇を尖らせた。

「いいじゃない。自分で稼いだお金なんだから。普段も着られるものの方が、経済的じゃない。それにあんな場で逆に嘘はつけないわよ」

「そもそもさあ、……同じ家にいて、なんで死んだことに気付かないんだよ、一週間なんて……」

口にして、すぐに後悔したらしい。しまった、という孝宏の顔を目にして、ここ数日、それだけは言うまいと彼なりに努力していたことがわかった。もちろん、悪かったとは今なおまったく思わないが、こうして面と向かってたった一人の家族に非難されると、息がうまくできなくなりそうだ。ほうじ茶をがぶがぶと飲んだ。孝宏も早口になる。

「ごめんね。父さんはやっぱりとんでもない人だったし、母さんの気持ちもわかるよ。顔を合わせなくていいから一緒に住んでいて欲しいって頼んだのは、俺だもんな」

そうだ、そうだ、と心の中で大合唱した。そうでないと、今すぐこの部屋から飛び出して、二度とここに戻りたくなくなってしまいそうだ。熱い茶で胃が煮えている。

「でもさ、父さんさ、意地はってたけど、本当は母さんのこと大事に思ってたんだよ。不器用なだけなんだよ。らしくない仕事をしたのも、母さんを養うためなんだよ」

的確な反論が溢れ出したので下唇を歯で押さえていると、孝宏は何かを誤解したようで、目を細めた。

「楽しかったよね。あの頃、撮影所の人がいつも家に居て。毎日お祭りみたいでさあ。今日、いろんな人に会って、思い出した。ああいうアットホームな場所を、蘇《よみがえ》らせたくてさ、今の会社つくったってこと」

孝宏は様々な仕事を経た後、祖父と同じように、小さな輸入家具とインテリアの会社を目黒の自宅付近で経営している。従業員は五名ほどだが、なぜか人がいつかず、先月も一人辞めたばかりだ。この子、人は良いけれどどからまわっているのかもしれない、となんとなく思う。

「色々ごめんなさいね。私にはあれでも、あなたにとってはいいパパだったもんね」

腹立たしかったが、これ以上悪者にされたくない一心で謝った。予想通り、息子は慌てふためいた。

「ああ、うん、もういいよ。俺も言いすぎた。あと、この土地だけどね、売るのはなかなか難しいと思う。今度、事情は話すけど。うちの会社を任せている行政書士が言ってたことがあって。まあ、いいや、今日はお互い疲れてるよ。またゆっくり、話そう、な」

気にはかかったが、複雑な話を咀嚼《そしゃく》するだけの余力がないし、聞き耳を立てているであろう杏奈も気になる。正子は皿を下げて流しに浸けると、モップと毛布、新品のタオルとシーツを手に、部屋をうろうろしていた杏奈に声をかけ、迷ったが一階の女中部屋へと誘導した。

「あっちはバスルームとトイレ。好きに使って」

「素敵。少女小説に出てくるみたいなおうち」

ずっと使っていないカビ臭いひんやりした小部屋に通されると、小窓やつくりつけの古いベッドや書き物机、洗面台を見て、杏奈は大騒ぎした。正子は顔を洗い歯だけ磨くと、寝室に直行し、念のため貴重品を枕元に引き寄せて、内側から鍵をかける。ワンピースをハンガーに吊《つ》るし皺《しわ》を伸ばすと、寝巻きに着替えた。一階から湯を使う音がした。

睡眠薬を歯でかりっと半分にして、コップの冷たい水で飲み下した。ベッドに横になってからも、疲れ過ぎて少しも眠くない。よくない習慣だと思いつつも、老眼鏡をかけて暗闇の中でスマホを立ち上げる。たくさんのメールが届いていたが、紀子ねえちゃんのものだけ開けることにする。お悔やみとお別れの会に出席しなかった詫《わ》びを告げつつも、「これで正子ちゃんも自由ね！　あら、不謹慎か」と軽妙に綴《つづ》られていた。Instagramを見に行くと、豹柄《ひょうがら》のスカートにサングラス姿で、トレーラーハウスからさっそうと降りてくる写真が投稿されていた。今夜は眩しすぎて、軽く目を閉じる。カーテンの隙間から、まるで正子のヘアカラーのような、おとぎ話めいた真っ白な満月が覗いていた。

同じ屋根の下に他人が居るせいか、睡眠薬はなかなか効かなかった。


「おはようございます」

杏奈が台所にひょいと顔を覗かせた。昨晩と髪の色が違う。今日は赤に近い茶色だった。髪の色をくるくる変えられるシャンプーでも、あるのだろうか。質問するのが億劫《おっくう》で、正子は一瞬振り向いただけで、調理の手を止めない。あと一時間もしないうちに、二度と会わなくなる子だから構わないと思った。

毎朝の定番である、ウバに熱い牛乳を注いで飲むミルクティー、網に載せて焼き目をつけた六枚切りのパンを九等分にカットしバターをたっぷり塗り付けたもの、明美さんから貰《もら》った庭で採れた柚子の苦いママレード、特売で買っただいだい色のスライスチーズとハム、焦げ目を付けたくないので蒸して作る、うっすらと白い膜で覆われ黄身がほろりと崩れる、中心のみとろりとした目玉焼き、レモンとパセリをたっぷり使った野菜サラダ、にんじんとりんごをすりおろし蜂蜜を加えた、飲むには幾分もったりしているのでスプーンですくって食べるジュースもどきを次々に食堂に運ぶ。孝宏も一緒かと思って多めに用意したのだが、起こしに行ってみると、すでに彼は出社した後だった。スマホを見ると、ここ一週間は葬儀でバタバタしていたため、仕事が立て込んでいる、とメッセージが届いている。杏奈は食卓に着くなり目を輝かせ、両手を打ち合わせた。

「うわあ、食器が可愛い。お料理もすごく凝ってる。このジャム手作りですか？」

「ジャムは貰いものよ。食器は義母から引き継いだ古いもの。いただきます」

杏奈はまたしてもスマホをかざして、写真を撮り始めた。熱いうちに食べればいいのに、と思いながら、正子はトーストに小さく切ったチーズを載せて、少しだけとろけるのを待つ。

「すごいなあ。うちじゃ、朝ご飯を用意するなんて習慣なかったから。菓子パンとかインスタントラーメンを買って、それぞれ適当に済ませる感じ」

「あら、保守的な土地柄だって聞いてたけど……」

トーストを齧《かじ》りながら、杏奈はたちまち鼻に皺を寄せた。

「はい。考え方は保守的でも、うちも周囲も暮らしはずさんでした。そういうところが、私すっごく嫌だったんです。全部そう。女はひっこんで裏方やってろって考え方がしみついているのに、肝心のご飯はそんなに美味《おい》しくなくて、量販店と百円ショップでなんでも揃《そろ》える文化なんです。その点、やっぱり、おばあ、じゃなかった、正子さんは思った通りの人でした。お料理が本当に上手！」

言葉が嘘ではない証拠に、杏奈は出されたものをぱくぱくと端から平らげていく。見ていて気持ちが良いのは否めない。

「単にお金がないから、できるだけ手作りするようにしてるのよ」

「それって丁寧な暮らしってことですよね。だから、私、昔の映画を観るのが大好きなんです。みんなしゃべり方が上品で、所作が綺麗で、女の人はみんなカーラーを前の晩から巻いて、凝った髪型にしているの」

「そうねえ。あの頃の夫の作品なら、確かに私も好きだわ」

正子は砂糖なしのミルクティーを飲みながら、頷いた。

「尾上まりの演技やお化粧も私とっても好きでした。いつもお茶目で大胆不敵で」

お世辞ではない証拠に、杏奈はあの頃の作品についてかなり熱っぽく語った。そして唐突に、

「宝塚ファミリーランドだと思います」

と、言い放つ。なんのことやら、と首を傾げていると、杏奈はもどかしそうに皿についた卵黄をトーストで拭った。

「ほら、昨日、息子さんが門の前で言ってた『真知子の冒険』にでてくる遊園地ですよ。ちょっと前に閉園しちゃいましたけど、七〇年代は観覧車やプールもあってかなり賑《にぎ》わっていたみたいですよ。ただ、お化け屋敷だけはあそこにあったものじゃないと思います。たぶん、撮影所にあったセットです。何度も観て、検証したから、わかります」

「詳しいのねえ」

ソフト化もしていないのにどうして何度も観ることが叶ったのか、と聞くと、ネットにあがってる違法動画で観て、監督のファンが集まる掲示板で情報交換した、と悪びれずに答えた。へえ、と二杯目の紅茶にあたためた牛乳を注いでやりながら感心する。陽子ちゃんには悪いが、名画座が潰れてしまうのも仕方がないのかもしれない。

「私、すごく変わってるって言われるんです。私と本当の意味で話が合うのなんて、監督だけでした」

杏奈は得意な様子を、隠さなかった。

「監督は、私はなかなかみどころがあるって言ってくださって。こんなに昔の作品に詳しい若い子がいるなんて、って喜んでくださったんです。最近の子とぜんぜんちがうって」

「あのひと、すぐそういうこと言うのよねえー」

正子はうんざりしながら、二杯目のミルクティーを彼女に差し出した。

「監督とやりとりするのがすっごく楽しくて、地獄みたいにつまんない高校やバイトもなんとか通えたっていうか。監督は恩人なんです。私に生き方を教えてくれました」

「私があなたくらいの頃って、年寄りとしゃべるのなんて、退屈で仕方がなかったけど。確かに変わってるのねえ」

正子が乗ってこないので、杏奈はつまらなそうな顔になった。その時、エプロンのポケットに入れていたスマホが鳴った。画面を見ると設楽さんからだ。

「正子さん、いいからテレビ見て。今すぐその家を離れて。それができなければ絶対に窓に近づいちゃだめよ」

別人のような切羽詰まったきつい口調だった。リモコンを取り、録画以外ではほとんど見ることがないテレビを点《つ》け、あちこちザッピングしていると、見慣れた風景が広がっていた。家の前の細い道いっぱいに十名程度の報道陣が並んでいる。窓際に駆け寄りおもての様子を確認すると、覚えのあるリポーター数名と目が合った。それと同時にカーテン越しに不安そうに顔を覗かせている、今の自分の姿がテレビに大写しになった。

「あ、柏葉正子さんです！」

びっくりしてカーテンを引き、事態が呑み込めないまま、新聞の勧誘が煩《うるさ》くて午前中は一番低いところに設定している、インターホンのボリュームを恐る恐る上げてみた。甲高い呼び出し音が部屋中に鳴り響く。「もしもし？」とこわごわと応答するといくつもの質問が溢れ出して、慌てて受話器を元に戻した。彼らが遠のいていくのと同時に、スマホの向こうの設楽さんの声が上ずっていく。

「こんな時にきついこと言いたくないけど、なんだってお別れの会であんなこと言ったのよ。契約中はキャラクターのイメージに添わないことはしないでと、あれほど注意したじゃない」

「私、そこまで変でしたっけ？」

「ご主人が亡くなったっていうのに、ぜんっぜん悲しくもなさそうだし、離婚したいのは知ってたけど、あんなコメントすることないじゃないの。おまけに、スマホに関するマイナスイメージまで口にしちゃって」

食堂を振り返ると、杏奈がテーブルに残った皿に胸をくっつけるようにして、テレビに見入っている。リポーターたちはこちらに今なお声が通じていると信じているらしく、インターホンの前にマイクを突き出し、矢継ぎ早に質問をぶつけている。

──同じ家に暮らしていながら、ご主人の死に一週間も気付かなかったというのは本当ですか？　家庭内別居していたという噂は本当ですか？

──昨日着ていた喪服はコムデギャルソンの新作ですよね？

──年齢詐称の噂は、本当でしょうか？　デビュー当時の雑誌で紹介された時のプロフィールと、事務所ホームページで紹介されている誕生日が違うのはどうしてでしょうか？

反対側から飛んでくる設楽さんの声は冷たく、びりびりと耳の奥を刺激する。

「まずいことになったわね。ひとまずは、そのまま自宅待機して、こちらからの指示を待って。絶対に、自分では何も決定しないで。リポーターは無視して。何も答えちゃだめよ。ああ、とんでもないことしてくれたわねえ。このままじゃＣＭも契約を切られるかもしれない。ドラマの話もおじゃんになる可能性も高いわよ」

「私、そこまでのことをしたとはとても思えません。普通だと思いますけど。それに契約内容に違反はしてないです」

同年代の女と話していれば、夫の悪口は定番だ。「死んでくれればいいのに」と吐き捨てる者もいる。それが特に残忍なことだと、正子は思わない。そうやって毒抜きすることで、最悪の衝突が避けられるのなら、どんどん口に出せばいいのだ。

「あーあ、もうなんて言ったらいいのかしらねえ。とにかく、正子さんの時代とは違うの。これはもう、空気を読んで、としか言いようがない」

設楽さんは自分が年齢詐称を勧めたことをすっかり忘れてしまったようだ。そうだ、こんな時こそ、誰よりも空気とやらに敏感な蔵元俊にアドバイスを求めよう。電話を切るなり、スマホから彼にＬＩＮＥを送った。既読はつかない。たったそれだけのことでなんとなく、ざわざわと嫌な予感が広がってくる。

「ブロックされてたりして」

と、いつの間にか横で覗き込んでいた杏奈が笑う。彼だったらさもありなん、と正子は変に納得してしまった。

応接室のカーテンを引いてないことを思い出し、窓のところに行くと、リポーターの一人が垣根を乗り越えようとしているのが見えた。正子は短い悲鳴をあげて台所に逃げ込み、咄嗟に鉄のフライパンで顔を覆った。

「おばあちゃん、ここから逃げましょう。こういう時は、何も言わずに逃げるが勝ちですよ」

　後ろにくっついてきた杏奈が司令官めいた口調で、きっぱりと言ったので、呼び方を訂正するのも忘れてしまう。

「だめよ、家の周りにあんなに人がいるのに。無理よ。すぐに見つかるわよ。怖いわ」

　狼狽《ろうばい》しきった弱々しい声に、正子は我ながら腹が立った。これじゃあ、本当に可愛いだけの「ちえこばあちゃん」だ。

「なら、このかつらを被ってください」

　彼女はまるで帽子を脱ぐような感覚で、自分の髪をぐいと引っぱって、目を丸くしている正子に、茶色のかつらを突き出した。男の子のような黒髪のベリーショートが現れ、ひょうきんで頼りない印象になった。杏奈は台所を飛び出していった。廊下を踏みしめる軋んだ音の後、すぐに朝の陽射《ひざ》しのように澄みきった金色のかつらを手に戻ってきた。

「ほら、このプラチナブロンドのウィッグ、光の加減によっては、白く見えませんか？　私、これで正子さんになりすまして、わざと目立つように庭から垣根を乗り越えて、逃げて、あの人たちを撒《ま》きます。こう見えて、中学時代は陸上部だったんで、足は速いんですよ。ここ、お勝手口ありますよね、おばあちゃんは、そこから裏に逃げましょう」

　この状況から解放されるなら、と頷くことしかできなかった。まだほのかに温かい茶色のかつらを被ると、白い髪の杏奈に手を引かれて、台所の勝手口から、裏庭へと進む。久しく使っていなかった低い木戸を押すと、ちょうど間島家の斜め前に出た。

ブルーシートをかけたリヤカーを引いているおじさん、ではなく野口さんが通りの向こうからやってくる。夫の遺体を発見してくれたことについて、きちんとした場を設けて感謝を伝えねばと気にかけつつ、後回しになっている。もごもごとお礼を言い、ぎこちなく頭を下げると、やあ、という風にほがらかに会釈された。ご近所の人よ、夫とは幼馴染だったみたい、とささやくと、杏奈はいきなりこう命令した。

「じゃあ、おじいさん、今からおばあちゃんをよろしくお願いします。報道陣が詰めかけて大変なんです。私がおとりになって、マスコミを撒きます。その間、彼女をそのリヤカーに乗せて、どこかに行っててもらえますか？　一時間くらいしたら、戻ってきてください」

「うん、わかった。じゃあ、ここに隠れろよ」

意外にもすんなりと状況を呑み込んだ模様で、野口さんは頷いた。杏奈は躊躇《ためら》いなくブルーシートをめくると、乗れ、という風にこちらを目で促した。正子はそそくさと荷台に乗り込み、胎児のように身体を丸め小さくした。視界が人工的な真っ青で染まる。自転車のサドルとおもちゃのレジらしきものが先客だった。菊のような癖の強いにおいに顔をしかめる。

「よーし、とばすぞぉー」

野口さんの嬉しそうな声が遠くでする。ブルーシートが風をあつめて、膨らんだ。五月の外気が頬を撫で、においも流れていく。古い車輪がごろごろとアスファルトの上で転がるのを、腹の奥で感じた。少しずつ人の声が大きくなってくる。どうやら、リヤカーは今、報道陣をかき分けながら浜田邸の正面を横切っているらしい。

ほんの一瞬、シートが舞い上がり、リポーターに見られた気がしないでもないが、誰もここにいるのが正子だと気付くことはなかった。自分の個性なんて、髪色ひとつで消えてしまうものなのだと思うと、ほんの少し寂しい。喧騒はどんどん遠ざかっていく。今頃、杏奈が全速力で走り出したところだろうか。

こんな風に、恋人の走らせる自転車の後ろで風を感じたことがある気がする。違う。それは紀子ねえちゃんが主演映画で演じたワンシーンだ。映画館の暗闇で、自分の姿を重ねたのだ。いや、そうではなく、実際に撮影所のどこかを走った気がする。そうだ。まだ交際が始まる前、夫が撮影所内を自転車で移動していて、その後ろに乗せてもらったことが確かにあった。

正子は思わず声を張り上げた。

「野口さん、土手沿いの撮影所まで行ってちょうだい！」

一見細身に見える夫なのに、腰に両手を回して厚みのある体つきに驚いた。頬に感じる彼の背中の温かさが、風に膨らむスカートやうなじをくすぐる後れ毛が、くすぐったく心地よかった。やがてリヤカーが停まり、正子の身体は大きく跳ねた。

「ついたよ」

ブルーシートが突然、取り払われ、本物の青い空が現れた。正子はかつらを脱いで、大きく深呼吸した。汗で湿っていた頭皮に、初夏の風が気持ち良かった。リヤカーは土手のふもとに寄せられているようだ。すぐ目の前に第七スタジオが見える。川のにおいが漂い、近くで野球をしているらしい子どもたちの歓声がここまで聞こえて来た。

「その髪、きらきらしていて、綺麗だな。マリリン・モンローみたいだよ。けいこさんが好きな女優なんだ」

リヤカーを降りる時、野口さんは手を貸してくれた。ざらついた触り心地で、爪の中が真っ黒だが、自分よりずっと若く、熱い手だった。正子は緊張し、そっけない口調になる。

「染めてるの。美容院に通えなくなったら、すぐに元に戻っちゃうかも……」

言葉を切ったのは、約十年ぶりに訪れた撮影所の門は鉄条網が張り巡らされ、その真ん中には、ダンボールの切れ端に乱暴に「閉鎖」と書かれた札が下がっていたからだ。

野口さんと夫の繋《つな》がりといい、彼の本名といい、撮影所閉鎖といい、自分はどうしてこんなに周囲のことに無頓着というか、情報が入らないのだろう。世間の糾弾する通り自分本位なのかも、と思うと、夫や紀子ねえちゃんに初めて出会った場所である、かまぼこ型の第三スタジオが歪《ゆが》んで見えた。

「ここって、いつから、閉まっているの？」

建物の沈黙に圧迫されて、息継ぎするように口を開いた。

「そうだなあ、去年の中頃くらいかなあ。それで時々忍び込んで、錆びた映写機や機材を、ちょうだいしているよ。俺、小さい頃からそうちゃんとよく、ここに忍び込んだもんだよ。そうちゃんは映画が好きでさあ、偉いよなあ。夢を叶えたんだもんなあ。けいこさんも褒めてるよ」

「ええ？　そうかしら？　まあ、死んじゃったから、悪くは言いたくないけど」

野口さんはにこにこしていて、それきり何も言わない。野口さんは夫が死んだことをちゃんとわかっていない節がある。妻が亡くなったことも同様なのではないか。

「もしかして、このリヤカーも撮影所から見つけてきたの？」

「そうだよ」

「そうか。見覚えがあると思ったわ。昔、機材が積まれているの見たことがあるかも」

リヤカーで撮影所をぐるりと一周してもらい、スマホを見ると、すでに四十五分が経過していた。横を歩くと主張したのに、野口さんは女優さんなんだから乗ってくれと言ってきかない。リヤカーの荷台に腰掛け、足をぶらつかせながら、正子の気持ちはまとまっていた。

さっきのようなマスコミ攻勢が次はいつあるかもわからない。一人でうまく切り抜ける自信はなかった。家の正面にたどり着くと、報道陣の姿は消えていて、ほっとする。野口さんにお礼を言い、念のため勝手口から中に入る。応接室にはすでに杏奈が戻っていて、今度はピンクのかつらを被って、スマホを弄《いじ》っていた。正子は軽く頭を下げた。

「さっきは、どうもありがとう。助かったわ。あのね、あなた、しばらく、居てもいいわ。と言っても、この家はすぐ売ることになると思うから、ほんのちょっとよ。何かあった時に私の責任になるのは嫌だから、今夜必ず、おうちに連絡して。その時、私も電話で話させて」

「やっぱり、おばあちゃんは優しい方ですね。監督が言ってた通りです」

杏奈は早くも目をうるませながら椅子を下り、またしてもこちらに触れようとしてくる。

「何度も言うけどおばあちゃんじゃありません。あの人とはもう何年も口をきいていなかった。死んだ時も悲しいと思わなかった。今も、せいせいしてるの」

急いで背を向けると窓から庭に面したテラスに出て、ベンチにどすんと腰を下ろした。両手を広げ、しげしげと眺める。比較的若いと言われるが、長年水をくぐってきた手は、ぶよぶよと皮が衰え冷えきっていて、血管と骨がくっきりと浮き上がっている。「可愛い」と称されるようになったが、そこだけ見れば、蓄積された賢《さか》しさがむき出しだった。どうしてカメラはこの手をとらえてくれなかったのだろう。そうすれば、ここまで世間にショックを与えることはなかったはずなのに。

スマホを取り出したら、留守電が二件入っている。設楽さんから契約解除の報告だろうか。いやいやながら再生すると、久しく耳にしていなかった紀子ねえちゃんの、興奮で震えている声が流れ出した。

――お別れの会、出られなくて、本当にごめんなさいね。お気の毒だけど、これでもう、正子ちゃんは自由ね。おめでとうついでに、ご報告があるのよ。私、実はオーディションに受かったの。二億五千万ドルかけたハリウッド超大作の主要登場人物よ。このために、ずっと英語を特訓して、アクションの勉強をしていたの。あ、切れそう。次の留守電に移るわね。

「二件目のメッセージです」というアナウンスのあと、紀子ねえちゃんの咳払《せきばら》いが続いた。

ロサンゼルスはからっと気持ちの良い気候だけれど、その分、乾燥していると聞いている。背後がやけにしんと静かなのは、あちらが夜だからだろうか。直近のInstagramに投稿されていた、「HOLLYWOOD」の巨大なロゴが暗闇に白く浮かぶ様を、ぼんやり思い浮かべた。正子は一度も海外に行ったことがない。

――近未来の荒廃したアメリカを舞台に、新鮮な細胞を蝕《むしば》むウイルスで弱体化した若者や生き残りの妊婦や子どもたちを異生物から守るために戦う、老婦人コマンドー部隊の一人を演じるの。二人目のアジア人で、日本刀の名手。実はメキシコ人の監督が日本映画マニアでね、私が主演した任俠《にんきょう》モノの大ファンだったの。若者じゃなくて、老人の、それも女たちが主役なのよ。やっぱりね、こういうやりがいのある役は、世界広しといえどハリウッドまで来ないとダメね。私、何十年かぶりに、すごく燃えているの。大変な時に、なんの力にもなれなくて申し訳ないんだけど、正子ちゃんもこれからは第二の人生を満喫してね。応援してるわ。何かあったら、うちの事務所に連絡してね。じゃあね。

一気にまくしたてられても、不思議と煩いという感じがしないのは、紀子ねえちゃんのハスキーで柔らかい声のせいだろう。まだ正午にもなっていない。すぐそばの白樺が溶け出したように視界が白っぽく、それがなかなか元に戻らない。

「さっきは大変でしたねえ」

顔を上げると、心配そうな明美さんが垣根越しに覗き込んでいる。葉の間から、真美ちゃんの小さなつむじがちょこんと覗いていた。正子は立ち上がりよく腰を伸ばすと、サンダルを履き直した。

「ご近所迷惑だったでしょ。ごめんなさいね。お義母様にもそう伝えてちょうだい」

「それはまったく問題ないです。むしろ、お義母さん、興奮していつになくはしゃいじゃって」

「ねえ、私の発言、そんなに非常識だったかしら」

「そうですねえ。企業で商品を売る立場からしたら、だいぶ困るかもしれません」

彼女の口から聞くと、正子はしゅんと落ち込んでしまう。明美さんは慰めるように言った。

「元気出してくださいよ。お義母さんも近所の奥さんたちも、正子さんのことよくぞ言ってくれたって英雄視していました」

「あのね、明美さん、私、あなたとだと、なんでか疲れないのよ。腹も立たない。どうしてなのかしらね？　相性かしら」

あー、と明美さんはしばらくの間、眉をひそめ、天を仰いでいた。

「そうですねえ。距離感、じゃないでしょうか」

ちょっと突き放された気もしないでもない。明美さんはこちらの怪訝《けげん》そうな様子に目ざとく気付いたようだ。

「誤解があったらすみません。たぶん、私と正子さんて距離感が合ってるんじゃないでしょうか。私、割とこうしてほしい、とかそれは変だよってすぐ言う方なんですけど、それが嫌っていう人もいますから」

間島親子を見送ってもしばらく、正子はベンチに座って、庭全体を初めて目にする場所のように眺めていた。離れの小屋が葉陰に暗く沈んでいる。

今朝、杏奈に振る舞った朝食を急に思い出した。あの時はなんでもない気持ちで果物や野菜を冷蔵庫から取り出したものだが、彼女の口に入ったぶんの材料費および光熱費までを概算したら、急に惜しくなってきた。そういえば、おっとりして見えた義母だったけれど、戦中の台所を切り盛りしていただけのことはあり、倹約が身についていた。義父の遺産を相続し、夫がヒット作を連発していた時期でさえ、庭で育つものが食卓にのぼった。野生のすみれが食べられると教えてくれたのも、三本ある竹の根元から、タケノコを掘り出してみせたのも彼女だ。レシピを記したノートと歳時記があるはずだから、よく探してみよう。杏奈にはああ言ったが、明日以降も居座るつもりであれば、きっちり朝食と宿代分をとろう。この屋敷の一部だって、かつてはGHQの接収を避けるために、外国人を下宿させていたのだ。

これだけのピンチなのに、ぱちぱちとそろばんを弾《はじ》いている自分に驚く。七十五歳にして、初めてしくじった。ざまあみろ、と世間に舌を出したいような意地悪な気持ちもある。今、陽子ちゃんに、会いたかった。感じていることを包み隠さず、打ち明けたいと思った。良い意味で、正子をヒロイン視している彼女だったら、この状況を一緒に面白がってくれる気がする。

正子はふいにベンチを立ち上がり、女剣士風に見えない刀を構えてみせる。しゃあっと声に出して、目に見えないたくさんの異生物に斬りかかってみた。青紫に変色した夫の最期の顔が思い浮かび、おかしくなってくすくす笑ったら、どういうわけか瞳の奥が熱くなってきた。

# 正子、ものを売る

陽子ちゃんに送った手紙が宛先不明で返ってきたのは、我が家に杏奈が転がり込んできて五日目の朝である。

十枚にわたる便箋をこうして読み返すと、筆跡がとっちらかっていて、お別れの会の直後は興奮状態だったのだな、とわかる。

最後に会ったのは、正子が義母の介護を終えた年の冬で、有楽町駅前にある甘味処だった。彼女の通っているカルチャースクールの講師が松屋銀座で銅版画の個展をやることとなり、千葉から遊びに来たと言っていた。正子は二色のお団子を食べ、陽子ちゃんは自分が頼んだお汁粉に添えられていた塩昆布を分けてくれた。老眼が酷《ひど》くてシニア携帯もうまく使いこなせないの、と恥ずかしそうに語っていた。親戚夫婦にけむたがられていると言い、あまりうまくいっていないらしいが、夕食を別々にとるようになってお互い楽になったとあっけらかんと語っていた。ボランティアで近所の鍵っ子たちのために夕食を作り始めたようで、小学生たちとの交流を楽しそうに語っていた。

ちらりと自分の名前を検索スペースに打ち込んだところ、

『全レギュラー降板「ちえこばあちゃん」、名監督の夫を自宅で見殺し⁉ 年齢詐称・冷酷発言で大炎上芸能界追放か』

というニュース記事が目に飛び込んできて、すぐに画面を閉じた。ここから先は暇そうにしている杏奈を使って調べさせることに決める。

やってきた当初は慇懃《いんぎん》に振る舞っていた杏奈だが、マスコミが自宅に押しかけてきた翌朝にはもう、スマホをつつきながら片手で食事をするようになっていた。こうして東京に出てきても、何か活動をするわけでもなく、一日中ほとんど応接室のソファかポーチのベンチに寝そべって、スマホだけを見つめている。ほとんど寝巻きのようないでたちなのに、いつも律儀にかつらだけは被《かぶ》っている。この数日のうちで、白に近いブロンド、オレンジ、ピンク、青、茶の五色で回していることがわかった。正子はすべてが気に障って仕方がない。設楽さんから処遇が決まるまでは自宅待機を命じられ、家を売却する件については、仕事が落ち着いたら行政書士を連れていくから、明日まで待ってくれ、と孝宏からも言われている。この数年は外に出かけていくことが当たり前になっていたので、以前のように自宅で細々とした用事を片付けていると、時計の針の進み方、特にお昼までの時間の経《た》ち方があまりにも緩やかなことに、驚いている。

「なんだか、朝はいつもお忙しそうねえ。よっぽどお友達がたくさんおいでなんでしょうねえ」

そう言いながら、ウバの紅茶に温めた牛乳をどぷどぷと注《そそ》いだ。牛乳は底値で買ったものだ。今日中に飲みきらないと消費期限を過ぎてしまうから、風味が薄まると思いつつ、つい入れすぎてしまう。材料費は極限まで切り詰めていた。

朝食を食べるなら百円、夕食なら二百円、宿代は一週間八千円いただきます、と宣言してから、杏奈は明らかにこちらに対して雑な態度を取るようになった。

――えっ、お金とるんですか。

「おばあちゃん」と呼ぶな、と告げた時そっくりのさも心外だと言わんばかりの上ずった声を出した。

――わかりました。でも、私が居ることで、おばあちゃん、助かっていることもたくさんあると思うんですよね。せめて漫画喫茶に泊まったくらいの値段にしていただけないでしょうか。

杏奈が卑しい目をこちらから離そうとしないので、二人であちこちの漫画喫茶のサイトを渡って平均価格を割り出し、しぶしぶ一週間で七千円までまけることにした。自宅に押しかけてくるマスコミ取材の応対は彼女に任せきりだ。お別れの会の翌日はこんな非日常が死ぬまで続くのだろうか、と内心わくわくしていたが、今朝はもう誰も来なくなった。

「あのね、そんなにネットに張り付いているのなら、私の高校時代の同級生の行方を調べてほしいんだけど。夕食代を一食浮かすのでどうかしら」

陽子ちゃんから最後に届いた年賀状を見せたが、そんな少ない手がかりで一食では安いのではないか、と反論された。仕方なく、朝食もつけることにした。

「お忙しいでしょうけど、食べ終わったなら、せめて自分のお皿を下げて、軽くすすいでちょうだいね」

かすかな舌打ちが聞こえた気がするが、皿についた黄身をパンで拭う音かもしれない。命令口調に躊躇《ちゅうちょ》がなくなった。

「後片付けが済んだら、駅の向こうのスーパーに行くわよ。たくさん買いたいから、荷物を持つの付き合って」

ろくに顔を見ないで言い放つと、寝室に上がり、身支度を整えた。

これから向かうスーパーは明美さんのパート先で、彼女から割引情報を教えてもらうようになってから、つとめてそこだけに集中して通うようにしていた。おかげで、サマーセールで実施される福引の抽選券がどんどん溜《た》まっている。一等は商品券五万円分と聞いてから、俄然《がぜん》やる気になっていた。

六月中旬にして、二十六度の夏日だった。寝汗をかいたせいで、日が昇る前に目が覚めたので、今日はなんとなく調子が出ない。

まだですかあ、と杏奈の間延びした声が階段の下からする。もはやイメージを守る必要もなくなったが、義母の形見である青灰色のカメオブローチを身につけたかったので、調和する大人しい色味を知らず知らずのうちに手にとってしまう。茄子紺《なすこん》の半袖ワンピースに、若草色のベルト、長い手袋。玄関で杏奈に白い日傘を押し付ける。

杏奈は正子の背の高さに合わせて大柄な身体《からだ》を屈《かが》め、ずるずるした足取りで、日傘の落とした影のしっぽを踏むようにして、ついてくる。

「そのブローチ、素敵ですよね。なんだかすごく高そうに見える」

スーパーマーケット前の信号を待つ間、杏奈は横からブローチをしげしげと見た。ピンクの前髪が、彼女の重たげな瞼《まぶた》を染めている。こんな日はかつらは蒸れるだろう。

横断歩道の白線が反射し、目の奥が痛い。サングラスを持ってくるべきだった。最近、視界がやけにかすむ。

「あら、そう。どうも。これね、義母の形見なのよ。義父のロンドンのお土産だと言っていたわ。このカメオの横顔の女性が義母に似ているっていうんで、選んだらしいわよ。ビクトリア時代のものらしいわ」

ほんの少し得意な気持ちで、胸のあたりの布を軽くひっぱってみせた。早くに他界した義父にはとても可愛《かわい》がられた。正子のことをレディのように扱ってくれ、欧米に行くと必ずお土産を買ってきてくれた。

杏奈は視線をブローチから離そうとしない。カラーコンタクトを入れないと、いたちのような黒目の小ささが目立つ。

「正子さんの出ていた六〇年代の映画、女の人たちが、服に合わせたイヤリングやブローチをいつも身につけていて素敵だなあと思います」

「そうよね、あの頃の衣装、一見なんてことなくても、オートクチュールで、それぞれの身体にぴったり合っているから、素敵に見えるのよね。私なんか脇役なのに、生地から私によく合うものを選んで、採寸して仕立ててもらったことが何度もあるわ」

「そういうの、本物っていう感じがします。監督がよく言ってました。我が家にはお皿も美術品でも本物がたくさんあって、小さい頃から、本物の映画人が出入りしていて、目が養われたって」

ああ、また始まった。正子は、眉をひそめた。信号が青に変わり、エプロン姿の若い女たちが押す、赤ん坊がとれたての根菜のようにゴロゴロとぶつかりあっている箱そっくりの乳母車と、すれ違う。黄緑色の乾いた鼻水を貼り付けた男児がたどたどしい口調で「ちえこばあちゃん」と叫び、こちらに人差し指を向けた。咄嗟《とっさ》に顔をしかめたら、男児は目を丸くし、泣き出す寸前の顔の歪《ゆが》め方をした。

「もうあの人の話をするのはやめてよ」

車道を渡り切ると、正子は息を整えた。日傘がまったく自分を覆っていないので、杏奈のたくましい手首をぐいと摑《つか》み、影を引き戻した。桃色の肌に食い込む、青白い手の骨も血管も、陽射《ひざ》しは容赦なく浮き上がらせている。彼女がひるんだことは顔を見なくてもわかる。

「亡くなってまだ二週間やそこらなのに、そんな言い方、監督がかわいそうじゃないですか」

「かわいそうじゃないわよ。何度も言うけど、私、あの人のその何か言ってそうで何も言っていない、モヤーッとした言い草が大嫌いなの。あの人はただ『本物』風なだけで、下の世代を育てようなんてこれっぽっちも考えちゃいないわよ」

「そんなこと言うなら、正子さんのその白髪だって偽物なんでしょ。ちえこばあちゃんのキャラだって、偽物じゃないですか。年齢だって詐称したんでしょ」

「それね。年を少なく言ったんじゃなくて、多く言ったんだから、詐称じゃないわよ」

「そんなの、へりくつですよ」

すぐそばまで迫っていたスーパーマーケットの自動ドアが左右に開き、から揚げと葉菜のにおいがする冷風が吹き抜け、しまい忘れているビニールの鯉《こい》のぼりをはためかせた。日焼け止めばかりのドラッグストアと雑誌しかないような小さな書店が併設されている、この辺りでは比較的大きな店舗だ。吐き出された買い物客たちが、正子と杏奈をちらちらと見比べながら、横断歩道に進んで行く。足を止める者もいたが、気にせず声を張りあげた。

「あのねえ、偽物とか本物とかそもそも、そんなものどうでもいいことよ。あなた、偽物をそこまで悪く言うのなら、そのかつらも偽物だからやめたらいいじゃない。ごろごろしていないで、今すぐ映画業界に飛び込んで、本物とやらを目指して、いやなことも我慢して下積みでもなんでもしたらいいじゃないの」

杏奈は言葉を探して、目玉をぐるぐる回している。まさか正子にここまで反撃されるとは思ってもみなかったのだろう。

「今はその時期じゃないんですよ。時期が来たら動きます。ええと、日本の映画業界は旧態依然として男社会で、正攻法でぶつかっては、私のようなタイプは成功できないんです。本物は焦ってはいけない、生活を楽しむことも立派な助走だって監督が言ってました。ちゃんとこうしている今も、手は考えているんです」

「ねえ、なんで、あの人がそんなに好きなのよ？　今現役で活躍している同世代監督なんていくらでもいるでしょうに」

うっと、彼女が詰まったのがわかった。監督は若者の感性にも理解を示していたし、新しいことを色々始めようとしていたし、としどろもどろで取り繕っている。

精一杯、気取っている様がおかしくて、正子は噴き出してしまった。彼の一部がこの女の子の中に確かに息づいているのだ。夫同様、今を否定するのは、誰よりも嫉妬深いからだ。そこまで推測したら、自分でも驚くくらい饒舌《じょうぜつ》になった。

「あらあらー、よっぽど自信がおありなのねー。うらやましいわー。さぞ新しい感性なんでしょうねー。そんな天才が、年寄りにばかり寄生して、年寄りが言ったことを鵜呑《うの》みにするのがよくわからないわあ。映画を撮る仲間がぜんぜんいないのってどういうことなのかしら」

杏奈は涙目になって、日傘を地面に叩《たた》きつける。

「正子さん、ぜんぜん世間のイメージと違う。あなたなんか、意地悪で、俗物じゃないですか」

特に深い考えもなく、にやにやしながら杏奈の髪をひっぱったら、かつらがするりと手に残った。返してよ、と真っ青になって叫び、杏奈がこちらに飛びかかる。かつて味わったことのない、ムズムズした甘い喜びが体中に広がっていく。片手をうんと伸ばして、かつらを太陽に向かって掲げたら、透き通るようなピンクが虹色に輝いた。

決して太っているわけではないが運動不足で身体にみっしりと肉が詰まった印象の杏奈より、毎朝のスクワットと雑巾掛けで鍛えている正子の方がよほどすばしこい。つかまるものかと、両足をアスファルトにふんばって上半身を左右にひょいひょいと傾けたら、杏奈はつんのめって転びかけた。短い黒髪でかつらを取り返そうとする彼女はいじらしく思えた。

その時、自分たちにスマホを向けている大学生風の男たちに気付き、正子はきっと睨《にら》みつける。出演料を払わないのは許しがたい。

「ちょっと勝手にとらないでちょうだい」

そう叫んで駆け寄り、レンズを手で覆う。男たちは笑いながら、スマホを引っ込め、散り散りになっていく。そのすきに、杏奈はかつらをこちらから取り返し、スーパー沿いの歩道を走り去っていった。首は汗でぐっしょりと濡《ぬ》れ、横顔には涙が光っていたような気がする。少しやりすぎたかな、とも思うが、買いだめができないことの方が断然気になっている。あの子に安売りのキャベツを腕が抜けるほど預けて運ばせるつもりだったのに。すべて千切りにしてキャラウェイシード入りのザワークラウトと昆布仕立ての漬物を大量に作る気でいた。腰をゆっくりと曲げて日傘を拾い上げていると、後ろで声がした。

「仲がいいんですねえ」

振り向くと、ショッピングカートを並べ直している最中の明美さんが、半ばあきれたようにこちらを見ていた。三角巾で髪を覆い、店の名前が入ったエプロンを身に付けている。近寄ると、酸化した揚げ油の匂いがぷんとした。レジではなく、バックヤード担当と聞いている。パート先での彼女を見るのはこれが初めてだが、なんだか場違いに見えた。

「私、お義母《かあ》さんと口論したこと、一度もないのに。取っ組み合いだなんてすごい」

明美さんはぽつりと言った。

「逆よ。あの子はすぐに出て行くから、言いたいことは言うだけよ」

「あれ、この先、お二人はてっきりずっと一緒に暮らすのかと思ってました。取材でそう言っているから」

明美さんは足元に落ちていた古いダンボール箱を手際よく畳みながら、不思議そうに言った。鼻の頭にだけ細かい汗が噴き出している。

「取材ってなあに」

嫌な予感がしてそう聞き返すと、明美さんは、業務中は禁止なんですけどね、ないしょ、とつぶやき周囲の目を気にしながら、エプロンの下のジーパンのポケットからスマホを取り出した。

「あの子、今ちょっとした有名人ですよ。ほら」

親指を何回か滑らせ、こちらに差し出した。ニュース記事が表示されている。

老眼鏡がないので、タイトルといくつかの単語がぼんやり滲《にじ》むだけだが、目をぱちぱちしながら辿《たど》るうちに、意味はなんとなく摑めた。自分に関する記事は極力見ないようにしてきたつもりだが、どうやらこれは杏奈について書かれたものらしい。

「なにもかも初耳よ」

てっきり自宅に来たマスコミを撒《ま》いてくれたのかと思っていたが、彼女は正子が居ないわずかな合間に、リポーターたちを相手に自分を売り込んでいたようだ。自分は映画監督を目指す者であると名乗り、生前の夫との交流についてぺらぺらと話し、柏葉正子は今、最愛の夫の死のショックで気が動転し、言動も普通ではないのだから、あまり糾弾するのはやめてくれないか、と主張したらしい。道理でマスコミが押しかけなくなったわけである。その様子は、ほうぼうで記事になり、一部の地上波で放送された。正子を庇《かば》った杏奈は世間におおむね好意的にとらえられているようだ。奇抜な髪型がよく似合っていて、個性的でおしゃれという声もあるようだ。

杏奈は流れに便乗するかのように、ANNAというアカウントでTwitterを開設した。プロフィール文章には浜田監督の愛弟子《まなでし》、現在は浜田夫妻の娘同然に彼らの屋敷で暮らす、近日YouTubeにて、現在制作中の監督・脚本・主演を務めるデビュー短編映画を発表、と記されている。

一瞬でも信頼してしまった自分が憎くて仕方がない。しかし、彼女のおかげで、一旦バッシングが収まったとあっては、目くじらをたてるわけにもいかず、正子はむっつりと黙り込んだ。

「正子さん、わかりますか、ユーチューブ?」

「知ってるわよ! ジュリーの動画とか、よく見るわよ」

正子は明美さんを遮り、自動ドアを突っ切った。腹立ち紛れに自分の身体よりはるかに大きいショッピングカートを両手でぐいと摑んで引き寄せると、からみつく冷気を切り開いていく。カートが二の腕をかすめたらしい若い女が迷惑そうにこちらを見た。まずは野菜売り場から効率よく回ろうと、カートの向きを変えたところで、正子は悲鳴をあげた。

夫が書店コーナーの入り口に立って、腕組みしてこちらを見据えているのだ。

恐る恐る近づくと、その赤ら顔も愛用の茶のブルゾンも、蛍光灯を反射させてテカテカと光っている。触れるまでもなく、著作の宣伝用パネルと判明した。

「浜田壮太郎の遺作エッセイ『天下御免のサムライ監督・壮太郎が斬る！　～映画、オンナ、人生～』」

と題されたその新書サイズの本は、すぐそばの書棚に面だししてあり、何列にもわたって並んでいる。どうやら訃報の影響で、売れているようだ。

一冊手にして、ぱらぱらとめくったが、目次だけで、床に叩きつけたくなった。

この人が生きているうちに、うんと意地悪を言えばよかったのだ。正子がさっきのように痛いところをついて、皮肉をまくしたてたら、目を白黒させて、言葉に詰まったはずだ。その顔さえ見ることが叶《かな》えば、こんな風に恨みをひきずったり、影に怯《おび》えることもなかったのかもしれない。

あまり認めたくないが、男相手になると、自分を抑えてしまうところがある。孝宏にも結局、言いたいことの半分も言えない。仕事で成功している紀子ねえちゃんとて、自由奔放と言われていても、最終的にはするりと男に勝ちを譲るところがある。その姿勢は業界でも大人の女らしいたしなみ、と称賛され、実際、正子も憧れていた。毒舌やスキャンダルで世間の眉をひそめさせた時代も、紀子ねえちゃんはあくまでもファムファタルの役割をはみ出すことはなかった。ご近所の女たちもみな、口ではどんなに夫を悪く言おうとも、いざ面と向かえば、それなりに献身的に振る舞う。実の母も義母も、男を立てることが上手だった。

同世代が誰しも律儀に守っている規範のせいで、死んでなお、夫は正子に勝ち続けているのではないか。悔しくなってパネルを手で押したら、思いの外簡単に後ろにバタンと倒れてしまい、正子はその場をぱっと飛び退《の》き、いちもくさんに逃げ出した。

たった一人で、四玉の新キャベツを運び、翌日の朝食はキャベツ尽くしだった。

玉ねぎと炒《いた》めたキャベツ、コンビーフをたっぷりのせチーズに焦げ目をつけた食パン、コールスロー、キャベツとじゃがいものポタージュ。昨日の杏奈は無言で夕食を終えるなり、部屋に閉じこもったきりだった。それでも、やはりお腹《なか》は空《す》くようで、こうしてのそのそと起きてくると、こちらと目を合わさず、相変わらずスマホをつつきながら、片手でパンを無造作に口に押し込んでいる。昨日からバターを使うことはやめたので、いずれも風味は物足りないが、お腹に溜まるものばかりだ。

「ほら、食べ終わったのなら、自分の食器くらいは自分で片付けなさいよ」

汚れた皿を重ねていたら、スマホではなく備え付けの電話が鳴った。杏奈はこれ幸いとばかりに食堂と一続きになっている応接室に逃げ、ソファにどかっと横たわる。そのオットセイのような姿を遠くからやれやれと見ていると、受話器から設楽さんの声がした。

彼女はできるだけ手短に済ませたいらしい。前置きなく、早口で言った。

「正式にあなたの契約解除と解雇の通達がいくことになった。非情なようだけど、これでもあなたが社会的に破滅することがないよう、頑張ったのよ。弱小事務所としてはこれでも精一杯。正子さんはまだ無名でギャラも安いから、幸い、違約金も少額で済んだの。うちとしては、振り込んでいなかった、これまでの二回分のＣＭ出演料をあてさせてもらいたい。有名な俳優の中には、スキャンダルを起こした場合、違約金を自腹で払う人もいるけれど、これればかりは自由意志ね。もちろん強要はしない」

「わかりました。迷惑はかけましたし、それで済むのなら。ギャラを違約金にあててください。本当にお世話になりました。ご期待に添えなくて申し訳ありません」

恨まれないのなら安いものだと思う。当面の暮らしは不安だが、土地さえ売れれば、すべて解決することだ。これはこれで、さっぱりしていい。正子が物分かりがいいので、設楽さんは安堵《あんど》したらしく、急に良心が咎《とが》め出したようだ。

「これから、どうするの？」

ほとぼりが冷めたら、またどこかの事務所に入って、オーディションを受け始めるつもりだ、と話した。よくも悪くも有名になっているので、違う道も開けるのではないか、と語った。相変わらず楽観的ね、と設楽さんはあきれたように言い、少しだけ笑った。

「あと、これは忠告だけど、人からどう見られるか、ということに気をつけた方がいいわよ。昨日、外で若い子と取っ組み合いの大げんかをしたんですって？　今、動画になって拡散されているわよ」

電話を切ると、正子はさっそく食卓にノートパソコンを立ち上げ、YouTube の検索スペースに自分の名前を打ち込んだ。すぐにスーパーの前で小競り合いをする、昨日の杏奈と正子の姿が映し出された。動画の中の正子はよくしゃべりながら、くるくると敏捷《びんしょう》に動いている。こうして俯瞰《ふかん》すると、杏奈はやられっぱなしだった。正子がスマホに向かって恐ろしい形相で近づいてきて、皺《しわ》だらけの手のひらで画面を覆うところで映像は終わっている。ワンピースに白髪とブローチがよく映えていて、いでたちもなかなか悪くない。再生回数が非常に多いようで、心が弾んだ。

「ねえ、そういえば、カメオのブローチ見なかった？　昨日から、見かけないのよ」

正子は動画のコメントをうきうきと辿りながら、オットセイに声をかけた。帰宅後、ブローチを応接室の引き出しの上にある、天鵞絨《ビロード》の針刺しに載せておいたはずだ。ところが、寝室に向かう時に持って行こうとしたら、見当たらなくなっていて、それきり忘れていたのだ。

「大事なものなのよ。義母との大切な思い出なのよ。見かけたら、教えてちょうだいね」

コメントが読むに堪えない罵詈《ばり》雑言ばかりでさすがに気弱になってきたせいか、機嫌をとるような口調になってしまう。返事がないので、顔を上げた。杏奈はこちらを一瞥《いちべつ》すると、ソファから身を起こし、オレンジ色のまっすぐな毛先をさらさらと揺らして、部屋を出ていこうとする。正子への批判ばかりではなく、『カツラがないと杏奈って子、ブスだな』というコメントもあった。

彼女の視線に、なにかざわざわとした予感に突き動かされ、正子は彼女の行く手に回った。ドア前に立ちふさがって、胸を張り室内に押し戻していく。

「あなた、もしかして、ブローチをどこかにやったんじゃないの？」

にやにやしたまま、のらりくらりとかわされたが、正子は食堂のテーブルまで杏奈を追い詰め、腕を摑んで揺さぶった。

「……まだこの家にはあるよ。だから、盗んだわけじゃない」

杏奈は薄く笑っている。

「メルカリに出品しただけだよ」

そう言って彼女は、立ち上がったままの正子のノートパソコンを操作する。しばらくして、姑のブローチが表示された。価格と商品説明らしきものが表示されている。メルカリがなんなのかよくわからないが、とにかく許可もなく、売りに出されたということだけは、理解できた。

「勝手な真似《まね》して。通報するわよ！」

正子は怒鳴って、杏奈の分厚い肩を摑む。彼女は身をよじってすり抜けると、口を歪めて笑いながら、こちらを雑に押しやった。

「あんたの言うことなんて、もう誰も耳を貸さないよ。日本中から嫌われているくせにさ。なんて呼ばれてるか知ってる？　ちえこばあちゃんじゃなくて、サイコババアだよ？　ゾンビとか化け物とか呼ばれているんだよ」

うまいことを言うものだ、と正子はこんな時なのに、ふふっと笑ってしまった。紀子ねえちゃんの出演する映画を彷彿《ほうふつ》とさせて悪くない。そういえば、紀子ねえちゃんのハリウッド進出はまだマスコミに情報公開はされていないけれど、すぐに大ニュースになるだろう。あれこれと思い巡らせていると、杏奈はこちらを薄気味悪そうに見て、なじり始めた。

「監督はあんたのせいで死んだんだよ。大事にしてあげないから！　すごく不器用で優しい人だったのに！　あんたのこと、自分のミューズだってすごく愛していたのに」

「ミューズ？　なに？　手を洗うもの？」

「創作欲をかきたてる女神ってことだよ」

「それはないわ」

　正子は断言した。出会った頃はともかく、年齢を重ねるにつれて、夫は自分に対する関心を薄めていった。杏奈ははぐらかされたと感じたのか、頰と目を赤くしながら、天井の梁《はり》を大げさに振り仰いだ。

「この家にあるものも、この土地も、このブローチも、みんな監督のものだよ。ずっと主婦で守られていた、あんたのもんじゃないよ。だから、ブローチを売ったお金で、監督の好きだったお酒を買って、お供えするつもり。そういうのって、泥棒なんかじゃないと思う」

　ここまで言われたからには、これはもう絶対に勝つぞ、という強い決意のもと、正子は腹に力を込め、目を剝《む》いて、両手をぎゅっと握った。頭皮が熱くなり、白髪の一部がさくさくと立ち上がった気がした。

「うるさいっ！　家の仕事がどんだけ大変かもしらないくせに。莫迦《ばか》にするなら、今すぐ出て行け！」

　罠《わな》にかかったいたちのような目を見て、勝利を確信し、正子は歯茎を思い切りむき出しにした。

「こんこんちき！　グズグズしてると通報するよ！　映画業界にもあんたが盗人《ぬすっと》だって言いふらしてやる。若者の将来なんて、私の電話一本で握り潰せるんだからね！」

　杏奈はしばらくの間、唇を震わせてこちらを見ていたが、ゆっくりと顔を歪めながら、部屋へ戻っていった。圧倒的な正論で言い負かすのってとても気持ちが良い。下手をするとカメラの前で演技する何十倍も。

正子はしばらく、立ちつくし、恍惚《こうこつ》とした。午前中の陽射しが、雑巾掛けが済んだばかりの廊下を白っぽく照らしている。ひょっとすると、この快感がやみつきになって、夫は作り手からご意見番に鞍替《くらが》えしたのではないか。そう思うと、たった今胸に吹き込んだ清涼な風がたちまち重く、湿っていった。

インターホンが鳴り、約束があったのだっけ、と正子はエプロンを外しながら、玄関へと向かう。ドアを開けると、

「どうしたの、なにかあったの。表まで大声が聞こえてたよ」

と、怯えきったように言う孝宏の隣で、初めて会う四十代前半くらいの男が頭を下げた。差し出された名刺には「行政書士　清野《せいの》章雄《あきお》」とある。前から話に聞いている、孝宏が会社で任せている、大学の後輩だ。ずんぐりしていて顔色がどす黒い。口と耳がやけに大きく、耳たぶや唇がびらびらしている印象だ。色白で背の高い孝宏と並ぶと、不思議な可愛げがあるコンビで、なんだか幼い息子がたまに友達を連れてきた頃を思い出す。

「母さんが大声出すなんてさ。ねえ、まさか、あの子、まだここに住んでるの？」

と、孝宏はこわごわといった調子で、廊下の先に目をやった。

「そうよ。あなたが泊めろって言ったんじゃないの。帰らないんだもん」

甘えるように唇を尖《とが》らせてしまい、正子はすぐに引き締める。

「先に父さんの離れに行って、もう一度遺品を確認してくる。母さんも来るよな？」

こう暑くては、死臭もひどそうだ。清掃業者が入ったとはいえ、プレハブ小屋のそばには、あの日のにおいがほんのり漂うから、近寄らないようにしている。

「私はここに居る。どうぞ、よろしくね」

あきらかに批判的な顔をしている孝宏ににっこり笑って背中を向けると、正子は台所に直行し、オーブンを温め、朝食の後片付けをした。

ちょうど一昨日、棒状にして冷凍しておいた市松模様のクッキー生地を薄い輪切りにし、天板に並べた。オーブンに収め、濃く煮出した紅茶をくだいた氷たっぷりのグラスに注ぐ。庭に出てミントを摘み、洗って飾る。バターではなく安価なサラダオイルを使って、ココアとバニラ風味のクッキー生地をこねてまとめておけば、急な来客があっても、ひとりあたり五円以下でもてなせる。

甘い香りが漂い始めたので、調理台の前にある狭い窓を開け放したら、葉陰越しに、離れから夫が姿を現した。目をしばたたいて、よく見るとそれは息子だった。続いて清野も現れる。二人は楽しそうにじゃれあっていた。

焼きたてのクッキーとアイスティーを銀のお盆に載せて応接室に運び、再び二人を迎え入れた。アイスティーを一口飲み、クッキーに礼儀程度に歯を当てると、清野はおもむろに話し始めた。

「ご主人はほとんど現金を残されていません。それだけではなく、頓挫した映画の制作費用で二千万円ほどの借金があります。近年は講演料と印税だけで、その日の生活を回されていたようです。財産と呼べるものは、この土地と家だけですね。ご主人亡きあと、今はどちらも孝宏さんと正子さんのものになります。土地を相続するということは、そのまま借金も相続するということになりますが、よろしいでしょうか？」

先ほど盗み見た、普段の学生っぽい仲の良さを必死で押し殺そうと努力しているのか、やけに硬い口調だ。孝宏も清野も、正子をどんな人間だと思っているのだろう。普通くらいには仲の良い親子だと思っていたのだけれど、自信が揺らいだ。

「そうですか、では、土地を売る手続きを今すぐ始めてください。義母《はは》から一億円ぐらいにはなると聞いています」

「その話なんですが、すぐにというわけにはいかないでしょう。お義母様がお亡くなりになった時期から、大分事情は変わってきたのです」

「どうしてですか？　これだけの広さ、買い手がつかないなんてこと、ありえません。二十三区外とはいえ、都内です」

「この地区一帯は十五年前に景観の保護が進められる地区に指定されました。豪邸と呼ばれるお屋敷の多い住宅地ですから、現在、ここの土地は個人にしか売買できないんですよ。

だから、上物を撤去して更地にしなくてはいけない。その費用は自己負担しなくてはならないんです」

「なんだ、そんなこと、大丈夫よ。それくらいなら」

正子は胸を張った。ブレイク前からこつこつ貯《た》めた金もある。ＣＭ違約金が発生してもなお、三十万前後なら都合がつく。

「解体には一千万円ほどかかるでしょう」

「え、どうして、家を壊すだけなのに？　それに、ここは木造じゃないの？」

前歯の裏のあたりから血のような味が広がった。アイスティーを流し込むと、その風味は鼻の方に抜けていってしまい、かえって身体の隅々まで行き渡った。清野は紙製のファイルの中にじゃばらに折りたたまれたこの屋敷の図面を、テーブルいっぱいに広げ、さらに数字の並んだ用紙を何枚も取り出した。

「ざっと見積もりを出してみました。まず、七十三坪の本宅ですが、こちらを撤去するだけで、五百万円前後です」

「なんでそんなにするの？」

「和室には土壁を使用していますよね。粘土質であるため、処分費用がかさみます。さらに、こちらのお屋敷は文化財に指定されていて、地中から何か出てくる可能性があります。基礎の取り壊しは手作業となり、そのぶんで百五十万円がプラスされます。そして、お庭です。樹木だけでも三十三本ありますね。五メートル未満の高さでも切るだけで一万円以上はかかります。庭石、離れの撤去作業もあります。でも、問題はそれ以外にあります」

なあに、と正子は喘《あえ》ぐように言った。

「こちらの家の前は、建設当時より二メートル近く道幅が狭くなっています。車が入りにくいため、機械の搬入が難しく、すべて手作業での解体となるのが、一番費用がかさんだ理由です」

身体が勝手に動いて、正子は立ち上がっていた。

二人を残して部屋を飛び出し、納戸に向かって曲がりくねった廊下を走っていく。仕舞ってあった夫のゴルフクラブを手にして、土壁を思い切り打った。木片と粘土のかけらが飛び散る。何度も打つうちに、緩衝材がむき出しとなり、庭の緑が見えてきて、光が辺りを照らし出す。正子が打てば打つほど、穴はどんどん大きくなる。ひびは屋敷全体に広がってゆき、建物はゆっくりと崩壊していく。砂塵《さじん》の中から、ゴルフクラブを手にした正子がゆらりとその輪郭を現す。背後で大爆発が起き、庭も家の残骸も一瞬で消えてしまう。

そこまで思い浮かべて、正子は二人に向き直り、大きく息を吐いた。

「孝宏、あの、申し訳ないんだけど、解体費用を立て替えてもらえないかしら」

「ごめんな。うちも今、経営が苦しくて、キャッシュがほとんどないんだ。従業員の給料を払うのでやっとなんだ」

薄々知っていたことだったので、正子は黙り込んだ。

今から再び女優に返り咲いて、死に物狂いで働いたとして、解体費用を手にするまでに人生が終わってしまいそうだ。夫の死後の一時的な盛り上がりで、本や過去作品のＤＶＤが売れたところで、すぐに下火になるだろう。正子はすぐに感情を切り替えることにした。

「ここの土地をしばらく離れられないのなら、せめて、あの人の籍から抜けたいんです。新聞で読んだんです。遺産相続にはなんら影響しないんですよね。それだけでかなり気持ちは変わってくる。手続きを進める手伝いをしてくださる?」

ずっと考えていたことだった。二人は顔を見合わせる。孝宏が困ったようにこちらを見て、のろのろと口を開いた。

「そのことなんだけど、父さんから生前に遺言を託されているんだ」

「そんなの知らないわ。なんてあったの？　読ませてよ」

孝宏は夫の筆跡で記された遺言状を取り出したが、清野に耳打ちされると、何故《なぜ》かこちらに渡すことを躊躇《ためら》い、すぐに仕舞ってしまう。

「印税管理は俺に任せるから、何かあったら母さんを助けてくれ。どうしても気持ちが伝わらなかったけれど、心から愛していた、だから、死後、あいつが籍を抜くことだけは、阻止してもらえないかって」

孝宏はどうやら、涙ぐんでいるらしい。正子は叫んだ。

「そんなのずるいわよ！　ねえ、それ無効にならないの」

こちらがどう出るかなど、あの人はお見通しなのだ。何故そんなにも自分に執着するのかよくわからない。正子をこの家の外に出したら最後、強い魔力が解き放たれるとでもいうような、恐れが感じられた。

「もちろん法的にはなんの拘束力もないよ。でもさ、もう父さんは死んだんだよ。たったひとりで。十分罰は受けたよ。それでいいじゃないか。しばらくは、ここで父さんに振込まれる印税でのんびり過ごしても」

「あの人のお金で暮らすなんて嫌よ、それにまずは借金を返さなきゃ」

「じゃあ、好きにしたらいいよ。でもね、ここで暮らすのは、一生っていうわけじゃないよ。上物を撤去するだけの費用が貯まって、土地が売れるまでの話だよ。どうせ、いつかは売らなきゃいけないんだから。ほんのすこしの辛抱じゃない。俺もできるかぎりのことはするし、土地は逃げていくわけじゃないんだから」

こちらの時間は限られているということが何故理解できないのか。正子はしばらく考えてから、言った。

「ねえ、ここから、離れたい。今は無職でアパートも借りられない。だから、あなたのマンションで同居するんじゃだめかしら……」

ずっと、これだけは言うまいとしていたことだ。遠慮というより、拒否されたら、立ち直れる自信がなかったのだ。

「どうしてそんなにこの家が嫌いなんだよ。リノベーションの費用、父さんは頑張って捻出したじゃないか。台所と子ども部屋と応接室は床暖房だし、おばあちゃんの介護に使っていた和室と玄関はバリアフリーで段差もないだろ。昔よりは断然、使いやすくなったはずだろ？」

和室はほとんど使っていない。義母の気配が今も強く、ひゅうひゅうという首の中で行きつ戻りつしていた最期の呼吸を思い出し、切なくなるのだ。孝宏はしぼり出すように、続けた。

「楽しい思い出だって、いっぱいあったはずなのに。父さんのことだって憎いだけじゃなかっただろ。俺、辛《つら》いよ。自分のこれまでの人生が全部にせものだったみたいに言われてさ。父さんと同列で責められているみたいだよ。今の母さんとは暮らせない。悪いけど」

どうしたらわかってもらえるのだろう。

ここが嫌いなのではない。一部が使いやすくなったとはいえ、増築を繰り返した古い家では暮らすだけで大変で、無数の部屋や広さに押しつぶされそうになること。朝、窓の雨戸板を開け放すだけで大仕事だ。夫の一挙一動に心を波立たせていた日々がずっと続いて、亡くなった今なおその緊張にまったく終わりが見えない。

本来の自分はもっと軽やかで、思いつきで行動できるはずなのに、重荷を背負ったような気持ちで、なにをしても他人事《ひとごと》のような、稽古のような気持ちで生きていること。正子はただ、本番を始めたいだけなのだ。それ以上、強く言えないまま、孝宏たちの後ろ姿を見送った。

胸から下が垣根に消えるなり、二人はやはりふざけあい肩をぶつけあっていた。

同居を拒否されたことはショックだった。先ほどから頭の一部がぽんと空洞になっていて、それはなかなか埋まりそうにない。しかし、このまま立ち上がれなくなるというほどではない。正子は自分がきちんと呼吸しているか、身体に手を当てて確認した。

部屋に戻ると、食堂のテーブルでサイトが表示されたままになっているパソコンの前に腰掛けて、画面の中のブローチを見るとはなしに眺めた。孝宏が手をつけなかったクッキーをぱりんと齧《かじ》る。やはりどんなにバニラを増やしても、サラダオイルでは味気ない。歯型のついた市松模様に目を落とした。

幼い頃、孝宏は正子が手作りするお菓子が大好きだった。小学校低学年の頃から自分も手伝いたいと言って、台所に入りたがった。正子よりよほど手先が器用で、粉だらけになりながら、二色のクッキー生地を市松模様に組み合わせるのがとても上手だった。義母と正子はこぞって、孝宏にジャムやお菓子の作り方を教えた。なによりも冷たい生地をぺたぺたと捏《こ》ねたり延ばしたりするのが彼は好きなようだった。ところが、お手伝いさんからそれを聞いた夫はいい顔をせず、義母が気が進まなくなった様子なので、なんとなくその習慣は消えていった。あの頃、孝宏の首の後ろのへこんだところからは、炊きたての甘みのあるおもゆと鉄分を混ぜたようなにおいがした。そこに正子の丸くてひらべったい鼻をくっつけると、ぴたりとそれぞれの形が合い、良い収まり方をして、孝宏はきゃっきゃと笑った。柔らかい茶色の髪もぽこんと飛び出したお腹も、正子は好きなだけ触ることができた。

先ほどのサイトには、購入希望者と杏奈のいくつかのやりとりが表示されている。ぼんやり眺めていたら、どうやら、五万円で値段が決まったようである。ごまん、と口の中で転がし、正子は目を見開く。身体が勝手に動いて、腰がすっと伸びた。

女中部屋のドアがわずかに開いている。覗《のぞ》き込むと、杏奈は床にぺたんと座って、ぐずぐずとリュックサックに荷物をつめている。振り返ってこちらに向けられた目は、怯えと甘えで濡れていた。

手癖は悪いかもしれないが、この子は、油断してもいい悪党だ。正子は杏奈のそばに正座し、膝を向け、まっすぐに目線を合わせた。杏奈はポケットからブローチをおずおずと取り出し、こちらに差し出した。

「ねえ、どうして、こんなに古いブローチがこんなに高く売れたの。どんなからくりがあるの」

面食らっている杏奈の手に、再びブローチを強く握らせた。

「どんなって……。普通にスマホで写真撮って、加工して、商品の説明文書いただけだよ」

ぼそぼそと言って、目を背けようとする。確かに怠け者の嘘《うそ》つきではあるのだが、彼女には一種独特な才能があるのは認めざるを得ない。この子は、良くも悪くも、物事の良い面だけを抽出し、口当たりのよいものに仕上げることがうまく、そしてスピードが早い。

パソコン画面の中のブローチは、しっとりと輝いていて、実物よりはるかに美しかった。説明文は、有名女優の持ち物だったなどと、嘘はっぴゃくといったところだが「と、祖母がよく言っておりました」など、絶妙にぼかしてある。

「ねえ、同じことできる？　この家にある家具とか服とか、あるもの全部、同じようにして高く売りつけることできる？　そうしてくれたら、あなたのこと通報しないわ」

「だって、さっき、大切な思い出だって言ってたじゃん、だから、あんなに怒ったんじゃないの？」

わけがわからないといった様子の杏奈を見て、この子の方が正子より、よほどお人好《ひとよ》しだ、と思った。すると、勇気が温泉のように湧いてきた。決していい人とは呼べない自分が、頼もしく思えてくる。

「そうよ。でも、大切な思い出も、五万円になるとなれば、話は別よ」

杏奈は目をしばたたいている。義母はむしろ、喜んでくれるだろうと正子にはわかるのだ。それに、もはや誰が悪いとか、自分が正しいとかは、どうでもよくなっていた。過去よりも未来の方が圧倒的に大事で、それはその人に未来がどれくらい残されているかには、関係しない。

「この家にあるものをすべて売り払うのよ。どうせぶっ壊すんだから、壁や瓦を剝がそうが梁を引っこ抜こうが、構わないわ。一円でも多くのお金にするの。力を貸してよ」


かつて夫婦で使っていたダブルベッドが、二人の配送業者の手によって玄関ポーチから門を抜けて、表に運び出されるのを、正子はペットボトルに入った手作り麦茶で喉を潤しながら、藤棚の下のみかん箱に座って眺めていた。ここにもともと置かれていた籐椅子《とういす》は先週、送料を差し引けば二千円で売れた。最初に自分で価格交渉をした愛用のすみれのティーセットは、引き裂かれそうな想《おも》いでさよならしたのに、結局千九百五十円の儲《もう》けにしかならなかった。それでも、ないならないで、こうしてちゃんと喉を潤す方法がある。そのことを知ってから、正子は急にさばさばした気持ちになって、ものを手放すことに躊躇がなくなってしまった。普段使いの茶碗《ちゃわん》とお皿、鍋とフライパン。布団と服が四、五枚もあればもう十分と感じるまでになっている。

ダブルベッドは義父が正子たちの結婚の祝いにオランダから船で持ち帰った、手彫りのものだ。マットレスの四方に高い木枠がそびえ立つ格好で、横になると、すっぽりと箱に収まったような気持ちになる。花や蔦《つた》、小鳥の彫り物がぐるりとめぐらしてあり、ランプの明かりをたよりにその模様を辿っていくと、いつの間にか瞼《まぶた》が重くなってくる。新婚の頃は、夫とここに並ぶと、このままベッドが船になって、夜空に飛び出し、二人きりでどこまでも行けるような気持ちになった。周囲を取り囲む木枠が、外界から正子を守ってくれるかにも思えた。

二階の寝室はもともとは義父母のものだった。義父が亡くなったタイミングで義母が、一階のこの部屋ではパパさんを思い出してしまうと、それまで正子たち夫婦のものだった、一階の和室を使いたい、と言い出した。正子たちは二階に移ることとなり、ベッドはすぐに引き上げられた。とはいうものの正子は、夫がまれに帰宅して寝室に姿を見せる時はかつての子ども部屋に逃げ込むようになり、その時点でこのベッドではほとんど寝なくなっている。夫婦が別々に寝ていることに、あの頃、義母はすでに気付いていたと思う。一階の和室で、義母はそのまま介護を受けるようになり、最後は異変が起きてもすぐに気付けるよう、正子も次の間で寝ていた。亡くなってからは、結局一番落ち着く子ども部屋に戻っている。

正子の目の前で、ベッドは再び船に姿を変えている。もりもりとブロッコリーのように繁茂している垣根越しに見え隠れしているそれは、運んでいる配送業者たちが死角に入っているせいで、ひとりで宙を泳いでいるかのようだ。家の前の道幅が狭いため、運送トラッヶ月は二軒先にある駐車場にしか停《と》められないので、ベッドは正子の視界からかなり長い間、フレームアウトせず、濃い緑の波の合間をゆらゆらと泳ぎ続けていた。

「よう、大女優さん」

垣根の向こうの少し離れた場所で、野口さんがいつものようにブルーシートで覆われたリヤカーを引いていた。正子は胸の高さまで生い茂ったメヒシバと呼ばれるイネ科の雑草をかき分け、彼の方に足を進める。植物も土も、今から三十分ほど前の通り雨を吸い込んで、しっとりと濡れている。雲が流れて太陽が再び姿を現すと、触れるだけで肌が切れそうな葉先に雫《しずく》が光り、顔をしかめたくなる青臭さで辺りは包まれていく。梅雨に入ってから、ますます庭は荒れている。駐車場から戻ってきた配送業者に声をかけられ、垣根越しにサインし、配送料を払う。送料込みで価格設定しているとはいえ、こうして財布からお札が何枚も出て行くと、実はまやかしに引っかかっているだけで損をしているような気持ちがしないでもない。

「なんだなんだ、最近、家具だのランプだのを次々に手放しているみたいだね。いらないのなら、俺を呼んでくれればいいのに」

配送業者が行ってしまうと、野口さんは男の子のようにぷっと頬をふくらませた。今日の彼はおそらく本来は赤なのであろう煉瓦《レンガ》色をしたぼろぼろのアロハシャツに、黄ばんで曇った水中メガネをヘアバンド代わりにして真っ白な前髪を上げ、海にでも行くようないでたちだ。

「がらくたが欲しいのは、野口さんだけじゃないのよ。ネットで出品したら、どんなものにも値段がつくんだから。野口さんもあの家、少しなんとかした方がいいんじゃないの」

野口さんは悲しそうな顔になった。

「俺はがらくただなんて思ってないよ。いつか直して、ちゃんと使うつもりだもん」

意地悪をしてしまった気がしたので、間島さんのところの親子を呼んで、このあと納戸を開けて売れそうなものを探るので、よかったら参加しないか、と誘ったら、野口さんはたちまち目を輝かせて、門の方に走ってきた。玄関ポーチで出迎えると、サンダル履きの汚れた足元が目に入った。男の素足をまじまじ見たのは十何年かぶりである。外反母趾《がいはんぼし》気味の大きな足は親指だけがぴんと反り返っていて、指の関節にぼさぼさと毛が生えている。甲に浮き上がる骨やくぼみが、どこか正面から見た牛の顔を思わせて、そこだけなら別人のように若々しい。わざと高びしゃに、家に上がる前に、足をここでよく洗ってちょうだい、玄関にタオルは置いておくから、と、草の合間に投げ出された水撒き用ホースを指差した。彼はこくりと頷《うなず》くと、いそいそと草をかき分け、腰を屈めてホースを辿り、蛇口を探しに行く。

テラス前で愛用の白いスニーカーを脱ぎながら、これも売り物にならないだろうか、と正子は息をするように考えていた。

足元がぐらつくのでパンプスでもう遠出はできない、これからはたくさん歩く日はスニーカー、と決めた時、この先二度とおしゃれを楽しめないかも、と切なかった。電車に乗るのが恥ずかしかった。しかし、辺りを見回せば、若者も老人もみんなスニーカー履きで、正子は驚いたのである。

足拭きになりそうな古いタオルを脱衣所に取りに行って、玄関に畳んで置いておく。食堂に入ると、床にぺたりと座り込んでいた杏奈が、壁のコンセントと充電器で繋がっているスマホからオレンジ色のおかっぱを上げ、不安そうに声をかけてきた。

「ねえ、いい加減にしなよ。あんまり調子にのると、ここで暮らしていくだけのものまでなくなっちゃうよ」

ショートパンツから伸びる素足にいくつも蚊に刺された痕があり、痒《かゆ》みが痛みに変わるまでかきむしったらしく、じんわりと血が滲んでいる。若い頃は気温が上がると手足がいつもでこぼこだったのに、四十を過ぎたあたりからまったく虫に刺されなくなったので、正子はそれを珍しいものとして見つめた。高校生の頃、蚊にくわれると、陽子ちゃんはぷくんともりあがったところに、爪で十字の跡をつけ、このあと決して触れなければ痒くなくなる、と呪文のように唱えていた。撮影所に入ってからも、ついその癖で身体のあちこちに爪の痕をつけていたら、紀子ねえちゃんに「女優が肌を傷つけるなんて」と形の良い眉をひそめられたっけ。

虫刺されの薬がどこかにあっただろうか、と、こまごましたものを仕舞っている食器棚の引き出しの真鍮《しんちゅう》の取っ手に手をかけようとしたら、確かにそこにあったはずの家具の残像がぼんやり浮かび、その中で水中花のように埃《ほこり》が揺れている。カーテンがないせいで、雨上がりの陽射しが窓の形をそのままに差し込んでいる。明るすぎる室内を、正子は半分目を閉じて見回した。綺麗《きれい》に撮るには日中の自然光がベストだから、と正子がメルカリに登録するなり、杏奈は家中の雨戸とカーテンを開け放ち、こちらが眩《まぶ》しさで顔をしかめる中、スマホで手当たり次第に家具や小物を写真に収めていった。家主でさえ全貌を把握できていないこの邸宅を、杏奈は躊躇なくあばきたてて逐一記録した。彼女の後ろにくっついて家中を巡り、小部屋や戸棚を開け放っていくうちに、正子はどんどん空間が縮んでいくような錯覚を覚えた。

今、二人が居る食堂には、食器棚も食卓もない。一続きになっている応接室からも、ソファと低いテーブルが消えている。マントルピースと天井のランプシェードで覆われた照明器具が俄然存在感を持ち、見慣れた光景が舞踏会でも開けそうな大広間に変わっている。

こうして何かが一つ売れるたびに、屋敷は少しずつ、本当に少しずつではあるけれど、確実にそのカサを減らしている。義母との思い出のつまったブローチとティーセットが売れた時は、しばらく本当にこれでよかったのかと自問したが、その引き換えとして、正子の心を占める家の割合はほんの少し減り、そこに新しい感情が流れ込む余地ができた。いつか、この家から何もかもが失われ、がらんとした倉庫のような空間になればいい。それだけでは飽き足らず、内側からこりこりとカンナで壁や柱を削り取り、できるだけ壁の薄い箱にしてしまいたい。ベニヤ板に描かれた時代劇の背景のように、いつかはパタン、と軽い音とかすかな風を起こして倒れてしまえば、解体の費用もかからないのになあ、と夢想している。

陽射しで温まっている床に座り込み、椅子がない今、必需品となっている、古い毛布で作った座布団を引き寄せた。家具の脚のくぼみがくっきりと残った、周囲よりひとまわり明るい色合いの床にそっと触れ、でこぼこを感じるたびに、正子はここに嫁いだばかりの頃を思い出す。物語に出てくるようなお屋敷で暮らせることがとても嬉《うれ》しかった。あの頃は女中さんも二人いて、何もしなくても家はいつもピカピカだった。しかし、昔を懐かしむことと今、照明器具を指差してこう尋ねることは、正子の中でまったく矛盾しない。

「ねえ、あの天井のランプシェードも、売れそうじゃない？　写真を撮って説明文をつけてすぐに出品してちょうだいよ」

杏奈はしぶしぶといった調子でスマホを顔の真ん中に掲げ、喉を反らせる。オレンジの毛先が大きな背中の真ん中でそよいだ。戦前のものと思《おぼ》しきアールデコ調のすりガラスのランプシェードは、黒い縁取りといい百合《ゆり》の模様といい、すみれのティーセットを購入してくれた、滋賀県にお住まい、アンティーク好きの「りんどう」さんあたりに受けそうだ。

正子の使っている、かつては孝宏のものだったベッドも、五日前に送料ぬきで四千円で売れたばかりだった。眠るためには色々と心構えがいるタイプだが、かつて伊勢丹《いせたん》で特注したテンピュール枕と敷布団を残しているから、今のところ問題はない。この一ヶ月で売れたものは、一階の食堂のカーテン、テレビ、義父がイタリアで買った玄関の柱時計、猫の顔を模した置き時計、台所で使っていた調味料用の棚、調理用机、食卓、食器棚、椅子六脚、フランス製のソファセット、正子の嫁入り道具の桐《きり》ダンス、同じく姿見、丸い鏡、女中部屋のホーローの洗面器、花瓶七つ、絵画六枚、義父の母の茶道具、オルガン、ゴルフセット、五月人形、フランス人形、雛《ひな》人形、クリスマスツリー、廊下の本棚、広辞苑、コートかけ、ランプシェード、ブローチ、魔法瓶、燭台《しょくだい》、すみれのティーセット、大皿が十枚、小皿八枚、茶碗が三つ、おでん鍋、土鍋、蒸し器、重箱、長皿、銀のナイフとフォーク、お客様用の銀食器、かつて飼っていた番犬の次郎の犬小屋、孝宏のベッド、そしてダブルベッド。

義母が亡くなった時、親戚を呼び寄せて、おおがかりな形見分けを行ったものの、こうしてかき集めてみれば、この家はまだまだものだらけだった。これだけ売っても、たったの二十八万円。家具は配送業者に取りにきてもらうが、基本的にこまごましたものは自分で梱包《こんぽう》し、杏奈に手伝わせて郵便局から発送している。花瓶や皿といった小さなものでも、自分で運ぶとなると腰が痛むし、床に座る暮らしにまだ慣れないのも手伝って、夜は湿布が欠かせない。出品が増えるにつれて、一日のほとんどをメルカリと向きあって費やすようになり、いつの間にか杏奈とアカウントを共有し、分業するようになっていた。写真を撮って商品説明を書くのは杏奈、購入者とやりとりして値段を決めていくのは、正子の役割だ。液晶画面の中の細かい文字を目で追うのは疲れるが、ルール自体は簡単だった。メルカリ上では「まりら」と名乗っている。義母との思い出をカードにびっしり綴《つづ》ったら、購入者にいたく感激され、かつてないほどのやりがいを感じた。以来、面倒でもきちんとしたお礼状をつけるようになっている。

始めたばかりの頃は戸惑うことも多かった。杏奈だけが頼れる先輩だった。購入者からの評価がなかなかつかず正子がやきもきしていた時も、彼女はどっしりと構えたものだった。事務局で受け取り完了をしてもらえばいい、こういうことはよくある、気にするな、と励ましてくれた。ところが、ある瞬間から、こわごわといった表情を貼り付けて、正子を盗み見るようになった。

「ねえ、どんなに頑張っても、絶対に、家を壊すお金までにはならないよ。そんなやけになることないじゃん」

言いながらもスマホを触り続けている。杏奈ほどになると、ほとんど手元を見なくても文字入力できるようだ。

「今すでにあるもので、こんなに面白がってもらえるなんてすごく得をした気分。こうやって生計を立てることができるなんて、考えもしなかった」

確かに家を取り壊す費用を稼ぐことは二の次になっている。顔を洗って身なりを整え、約束の場所と時間を間違えていないか何度も何度も確認し、意を決してスニーカーの紐《ひも》をきつく結んで出かけていかなくても、胸の中にあるもやもやしたものを不用品を通じて昇華し収入に変えることができる。それだけでも大きな発見だった。

「でもさあ、正子さん、エキストラのアルバイトだけで、これまでよく暮らしていけたよね。貯金も全然なかったし、年金も支給されないんでしょ。孝宏さんから仕送りも貰《もら》ってないんだってね。ご両親はもちろん、弟さんもちょっと前に亡くなっているし、一体どうやって生きていたの？」

「そうねえ、この通り、雨風しのぐ場所はあるし、ガス電気水道もあの人の口座から引き落とされていたし。生活費は貰わなかったけど、あの人に作る分の材料費だけは受け取っていたのよね。おかずがたくさんできたら自分の分にしちゃう時もあったしね。明美さんから貰うお菓子やジャムもあったし、この通り、年寄りは食が細いでしょ。あとは月一、二万も稼げれば、なんとかなったもの。あ、また、いいねがついた!!」

「あのさあ、褒められるために、頑張るなんておろかだよ。監督が言ってた。本物は他人の目なんて気にしないって」

今は杏奈と言い争っている暇があれば、一円でも売り上げを伸ばしたい。

「ねえ、さっき集荷されたベッド、夫も寝ていたのよ。今、あの人、世間に注目されてるでしょ。それを六千五百円だなんて、ちょっと悔しいわ。浜田壮太郎の愛用品、と商品説明に書けばあと一万円くらい高く値段をつけられたんじゃないのかしら」

「そんなことしたら、すぐにまりらが正子さんだって特定されちゃうよ。せっかく住所がわからないように、匿名配送にして工夫してるのに」

「そうお？　それにしても、なんで最初だけ、あんな高値で売れたのかしらね。ただの古いブローチなのに。杏奈ちゃんの商品説明がうまかったからかしらねえ」

いつの間にか、杏奈をそう呼ぶようになっていた。親しみを覚え始めたというよりは、杏奈さんでも杏奈でもしっくり来ないからここに落ち着いた。

「ああ、それ、先月、蔵元俊が主演映画の舞台あいさつでつけていたのと似ていたからだと思う。けっこう話題になったんだよね。ユニセックスなシャツの襟の真ん中にカメオのブローチをつけるのが王子様みたいで可愛いって。真似したい子が溢《あふ》れてみんな似たものを一斉に検索しまくったんじゃないの。あの人、男女問わずのファッションリーダーだからら」

久しぶりにその名前を聞いた。話し振りからするに、杏奈は俊が正子の共演者だということをとうに忘れているようだ。「ちえこばあちゃん」だった日がすでに遠い後ろに流れ去っている。

「商品にも『しゅん』があるってことなのね。それを逃がしちゃ損するってことね」

我ながらうまいことを言ったつもりでいたら、

「ねえ、こんなに思い出の品をどんどん手放して、なんか、寂しいなあとか、ないんですか。最初はあんなに怒ってたじゃん」

と、杏奈がなじるように言った。

「もう全然ないわ。ただ、義母《はは》が生きている時にメルカリがあれば良かったのに、と思うと、それはとっても悔しいわ」

二人で写真を撮ったり、不用品にほんの少し手を加えて出品したり、コメントを読んだりしたら、さぞ毎日楽しかっただろうと思う。彼女のことだから、刺繍《ししゅう》やコースターなんかも手作りして売りに出したのではないだろうか。器用でセンスの良い人だ。時代が違えば、もしかすると、手芸作家として脚光を浴びていたかもしれない。貯まったお金で、ささやかながらも事業化することもできたかも。ほとんど寝たきりになっていた最後の日々だって、違ったものになったはずだ。

「わっ、ゴミ屋敷のおじさん、ここでなにしてんの」

杏奈がドアのところにつっ立っている、裸足《はだし》の野口さんに目を見張っている。正子は腰を痛めないように注意して、そろそろと座布団から身体を浮かしていく。案の定、彼の立っているところが目に見えて濡れているので、ああ、と声が出そうになった。

「私が呼んだのよ。これから、売れるものを探すから、そんなに高そうじゃないものはあげようと思って。ねえ、足がまだ濡れてるわ。ちゃんと拭くのよ。手は洗ったの？」

商品を汚されて評価が下がってはたまらない、と正子は目を吊《つ》り上げ、がみがみと言った。野口さんはどこか嬉しそうにタオルをこねくり回している。背後で杏奈が叫んだ。

「あ、ランプシェードがもう売れそう!!　五千円で決着かな。この辺りでいいよね」

正子はやったあ、と声をあげ、思わず右手を拳にして振り上げた。

「すぐ外さなきゃ。脚立どこかにあったかしら」

最後に使ったのは、確かまだ寒い季節で、風呂場の電球をひとりきりでかえた時だ。脚立を押さえてくれる人もおらず、すべりやすいつるつるのタイルが恐ろしく、か細い踏みざんに足の裏をめいっぱい密着させて、バランスを取っている時間が、永遠に思えた。素足をタイルに下ろした時の冷たさと、無事にやりおおせた安心感ばかりが強烈すぎて、あのあと、どこに仕舞ったただろうかということまで覚えていない。

「確か、書生さんの部屋にも一つあるはずだよ」

と、野口さんがにこにこと言った。

「そうちゃんとはよく遊んだからね。この家のことなら、なんでもわかるよ」

メルカリ出品のために屋敷中を調べた時も、ここ四十年近くはまったく使っていなかったからっぽの書生部屋はちらりと見たきりだ。杏奈に納戸からプラスチックの衣装ケースを三つ運んでくるように命じ、野口さんと二人で書生用の小部屋に向かう。無口な青年が住んでいたのは、正子がまだ来たばかり、義父が骨董品《こっとうひん》や文化史に関する随筆を何冊か出版していた頃の話だ。真っ暗で蒸し暑く、口を開けただけで、埃の味が舌に広がるような三畳足らずの空間だった。隣の女中部屋もほぼ同じ造りだ。特に掃除もせず、杏奈をモップと毛布と一緒に放り込んだ夜のことを思い出し、ちょっぴり申し訳なくなった。野口さんが言った通り、作り付けのベッドの下から、錆《さ》び付いた脚立が出てきた。彼は大きな手で埃をはらうと、ひょいと肩に担ぐ。たとえ同年代だとしても男手があると、こんなにも物事はスムーズなのか、と正子はかすかに感動していた。

「本当によく覚えてるのね」

「うん、そうちゃんとは、わんぱくしてね、家中で隠れん坊したからね。ここの屋根にもよく登ったよ。おやじさんが海外に特注した銅の瓦でね、とても珍しくて、暑い日に寝転ぶと背中が焼けるみたいだった」

そんなに珍しい瓦なら、剝がしたら売れるかしら、と正子は考えた。

「この家の屋根からはこの辺りが一望できて、いい眺めだったよ。高いところに登るのが好きになったね。そのせいでね、大学はね、山岳部だったの」

今日の野口さんはいつになく、話すことの秩序が保たれている。この屋敷に足を踏み入れてからというもの、野口さんの記憶は整理され、目の前にあることひとつひとつを片付けていく姿勢が見て取れた。

　応接室に行くと、杏奈がぶつくさ言いながら、ショートパンツがはち切れそうな大きなお尻をつき上げて、二つ目の衣装ケースをずるずると引きずってくるところだった。廊下に傷がつくことはもうまったく気にならなくなっていた。正子が脚立を押さえて、野口さんがその上に立ち、ランプシェードを取り外してくれた。もう一つの脚立が見つかったら、これも出品できるな、と思う。全体的に日焼けしていてたくましい印象の野口さんだが、むき出しのふくらはぎは白っぽく、皮膚にはちりめんのように細かな皺が集まっていて、足首はか細い。玄関の方から話し声がして、すぐに明美さんと真美ちゃんが姿を現した。

「こんにちは」

　野口さんを見つけるなり、明美さんは不審そうな顔をしたが、気を取り直したらしく、ふかふかとクッションのように膨らんだ半透明のゴミ袋を差し出した。

「梱包に使う緩衝材、スーパーから、たくさん持ってきましたよ。それにしても、本当になんにもなくなっちゃったんですねえ。こうして見るとやっぱりこの家、広いなあ」

　さっそく真美ちゃんは何にも区切られていない空間を走り回り始めた。前転をしてみたいようで、床に両手をつき、足を振り上げようとするが、いざとなると怖いのか結局ダンゴムシのように背中を丸めてしまい、ごろんと寝転んだ。杏奈は三つ目の衣装ケースを運んでくるなり、こちらを恨めしそうに見やりながら、床に大げさに倒れてみせた。すぐそばの真美ちゃんに気付くと、その顔にじっと目を向けている。初対面の二人は別に笑うでも頷くでもなく、無言で見つめ合っている。

明美さんは室内を見回し、まったく娘に身体を向けないまま、まーたん、おねえちゃんに迷惑かけちゃだめだよ、と機械的につぶやいた。

「明美さん、欲しいものがあったらなんでもあげるわ」

貰った緩衝材で、ランプシェードをくるくると包みながら、正子は言った。杏奈はこちらに断りなく衣装ケースの蓋を外した。和紙に包まれた義母の着物がいくつも出てきた。二つ目の衣装ケースは、孝宏が子どもの頃、使っていた玩具や、庭仕事用のもんぺ、子ども用ちゃんちゃんこ、三つ目からは家族の分厚いアルバムが五、六冊ほど現れた。カビ臭さの中に、孝宏の子どもの頃のミルクのにおいが混じっている。

「わあ、このぬいぐるみと、バドミントンセットは使えそう。この木琴はいいですねえ。着物はなあ、素敵だと思うんですけど、私は着付けできないから、遠慮しようかな。はい、これだけいただければいいです。ありがとうございます」

明美さんは、しゃべりながらてきぱきと選別し、あっという間に傍《かたわら》に戦利品の小山を盛り上げた。野口さんは、孝宏の好きだったラジコンのロボットを抱き上げて、しげしげと見ている。その様子を眺めていたら、正子もいつも以上に捨てることに躊躇がなくなってきた。杏奈はものにはまったく興味がないようで、アルバムを勝手に開き、まだ三十代の正子や、幼い孝宏、客でいっぱいの屋敷を食い入るように見つめている。おそらくは夫の姿を探しているのだろうが、家族写真に彼はまったく写っていない。

「やっぱり、尾上まりだ」

若い正子を見て、杏奈はつぶやいた。真美ちゃんも明美さんもすかさず彼女の肩越しに覗き込んでいる。野口さんも興味津々といった様子で一冊に手を伸ばした。

「ああ、もう、いやよ。見ないでよ」

なんだか決まりが悪くなって、正子はみんなが広げているページを、両手で覆った。節くれだった白い指の間から、明美さんとそう年齢の変わらないような自分が、小さな孝宏を抱き上げて、こちらを見上げている。頭にはスカーフを巻いておしゃれに決めているつもりのようだが、庭の畑を耕す真っ最中らしく下半身には、今、目の前にあるもんぺを穿《は》いている。今の自分には残されていない、屈託のなさが顔全体を輝かせていた。孝宏はダッコちゃん人形よろしく腕で輪をつくって正子の首にぶらさがっていた。乳房のあたりに頬を擦り寄せて、甘い色の唇をよだれでとろけさせている。

「私も、訪問着がひとつあればもういいわ。よし、これも全部売っちゃいましょうか」

アルバムから目を逸《そ》らす、口実を見つけた格好になった。そっと和紙を開くと、義母が映画に行く時によく着ていた記憶のある小紋が三枚現れた。いずれも白や灰色など、義母が好んだ落ち着いた色合いばかりだった。

「ふーん、なんだ全部一緒じゃん」

と、杏奈ががっかりしたように言うので、素材によって風合いはまるで違う、合いはまるで違う、まず最初に、素材によって風の小紋は総絞りというのだと教えてやった。ぽこぽことした手触り、山吹色の帯よく見ると生地の底にオレンジ色が潜んでいるせいか、全体に温かい印象がある。ピンク色の帯留めも一緒に包まれていた。長襦袢《ながじゅばん》はお腹のところに丸いシミが目立つが、着てしまえばわからないだろう。

「ふうん、その総絞りっていうやつ、すっごい高く売れるらしいね」

杏奈はスマホを見やりながら、言った。

「着物ってやっぱり平面に広げるよりも、モデルが着た状態で撮った方がよく売れるみたいだよね。正子さん、もちろん、それ着られるよね」

「え、モデルなんて無理よ。背も足りないし、こんな年よ？　着付けも覚えているかどうか。ＣＭで久しぶりに着た時もスタイリストさんに着付けして頂いたし……」

杏奈が譲らないので、仕方なく包みを手に、浴室に向かった。家中の鏡という鏡を売ってしまっていた。かろうじて残った、洗い場の壁に打ちつけられた傷だらけの小さな鏡に姿を映しながら、着付けることにする。着物を和紙から取り出し、脱衣所で折り目にそって広げていくうちに、自然と十何年かぶりに呼吸が戻ってきた。こんな暑い日に、と思ったが、素肌に長襦袢はひんやりと心地よい。袖にしゅるりと腕を通したら、義母が小柄だったせいか寸足らずで、手足が急に伸びた気がした。襟元をしっかりと合わせ、帯をきつめに締めると、強制的に背筋が正される。ふと、思いついて、玄関に行き、いつもそこに置いてあるランバンのハンドバッグから赤い口紅を取り出し、ちょんちょんと指でつけた。鏡を見ていないので、はみだしたかもしれない。正子が再び応接室に現れると、

「よっ、大女優!!」

野口さんが口に手を当てて叫び、真美ちゃんは目を丸くしている。

「正子さん、さすが。やっぱりスタイルとオーラが違う。本当に若いなあ」

明美さんがお世辞ではない証拠に、惚《ほう》けたようなため息をついた。照れながらも、正子は小股でちょこまかとその場を回って見せ、気品のある笑みを浮かべて見せる。正直着物を手放すのが惜しくなってきたが、わざとさばさばと振る舞う。

「私なんて若くないわよ。マスコミの伝えるお年寄りのイメージが老けすぎているだけよ。私の周りの同世代はみんな私みたいなものよ。間島さんもお若いじゃない？」

「そうかなあ」

杏奈がポツンと言い、真美ちゃんのふっくらしたお腹を抱え上げ、その手が床につくように強く支えた。天地が逆になった彼女は、目を丸くしている。杏奈が安全装置になって、真美ちゃんはゆるやかな前転に成功する。今、自分の身に起きたことがよくわからないのか、しばらくぼんやりした後で、彼女はほぼ初めてといっていいような、明るい微笑を浮

かべた。明美さんは、この子がなつくなんて、と驚いた様子でつぶやいた。

「やっぱり都心部の人は若く見える傾向にあると思う。私の地元では、正子さんと同じくらいの女の人なんて、本当にザ・お年寄りだよ。遊びに行くところもないし、情報も入らないし、刺激がないからかな。正子さんやここの近所の方は恵まれているんだよ」

もう一つの着物の包みをカサカサと音を立てて開きながら、最後に会った時、上京してきた陽子ちゃんが驚くほど老けていたのを思い出していた。内心興味津々で、自分はじっと観察していたはずだ。あの頃は、まだ七十歳になって間もなかったはずなのに。正子はどきどきした。焦りのない彼女を好ましく思ったのも本当だ。しかし、悪気がないとしても、知らず知らずのうちに、彼女を傷つけていたということはないだろうか。

二日前、杏奈がとうとう、陽子ちゃんが一緒に住んでいる親戚の妻のブログを発見してくれた。とはいえ、更新は二年前にとまっていて、内容のほとんどは趣味のフラメンコについてだった。離れて暮らす息子はまれに登場するものの、夫の存在感は薄く、同居しているはずの、陽子ちゃんの気配もまったくない。房総半島在住、六十代主婦、とプロフィールにあるだけで顔写真も出していないのに、杏奈がどんな方法で突き止めたのかはわからない。しかし、半信半疑のまま、URLが貼られていたフラメンコ教室のサイトから、発表会の出演者名一覧を見つけることができた。そこに掲載されていた彼女の本名は陽子ちゃんから聞いていた名と一致する。ブログ宛に、あなたのご家族が高校時代の友人かもしれない、と、最後に届いた年賀状の写真を添付してメールを送っておいたが、返事はまだない。たまにアップされていた日々の夕食の写真を見る限り、やはり、陽子ちゃんと一緒に食卓を囲むという習慣はなさそうだ。親友がひどい扱いを受けている、とは思わなかった。彼女も自分同様、家族と同じ敷地に住みながら、自分だけの暮らしを確立していたのだろう。妻に対しても悪い感情はない。ブログをまとめて読んだところ、ダンスや家事を頑張っていることが熱心に綴られ、開設された時にはそれなりについていたコメントが徐々に減っていって、更新が途絶えがちになっていた頃はゼロが続いている。

友禅、紬《つむぎ》と次々に着替える。スマホで正子を何枚も写真に納めた後、杏奈は画像を眺めながら、こう言った。

「主役は正子さんじゃなくて、着物だから。首から上は切る」

そんな、と正子は抗議の声をあげた。明美さんは自分のスマホで、「まりら」のページを確認している。

「それにしても、短期間でここまで売り上げを伸ばしたのはすごいですよ」

「でも、売るものもそろそろ底をついてきたわよ。いっそここの壁紙を剝がしちゃわない？」

大真面目に言ったのだが、明美さんは冗談ととらえたらしく、おもしろーい、と笑っている。

「家庭菜園をやるのはどうですか？　昔みたいに」

そう言って、黄ばんだ爪の大きな手で、アルバムを指し示す。まだ五十代くらいの義母が、くっきりとうねが盛り上がった庭の畑で、近所の主婦たちに囲まれている褪《あ》せたカラー写真だ。正子は写っていない。義母が畑に出ている時は、台所を任されることが多かったから、あまり農作業の輪に入るということがなかったかもしれない。野口さんは先ほどから別のアルバムをじっと見ていて、みじろぎもしない。

「メルカリで自分が育てた野菜を売っている農家の人けっこう多いんですよ。それに、売れなくても、自分たちで食べてしまえばいいんだし」

「そうお？　それには、まず草刈りしないとねえ」

テラスを侵食する勢いで生い茂る雑草を見やって、正子はやる気なくつぶやいた。ネットでのやりとりならば頑張れるが、家の中で身体を動かすとなると、途端に瞼が重くなってくる。このところ、明らかに肩こりがひどく、視界がかすみやすくなっていた。種を蒔《ま》き新たに根を張らせるのは、なんだか屋敷を育てていくみたいで、どうも気がすすまない。

その時、メヒシバの葉先にぼんやり浮かぶ、離れのプレハブの屋根が目に留まった。今日のように暑い日はさぞ蒸していて、こびりついた死臭が強くなっているだろう。でも、敷地内で開けていない扉はもはやあそこだけだ。

救いを求めて野口さんを見ると、相変わらずアルバムから目を離そうとしない。ふと気になって、どうしたの、と肩越しに覗き込んでみる。彼は慌ててアルバムを突き返し、用事ができた、とモゴモゴつぶやきながら、立ち上がり、部屋を出て行った。間もなく玄関ドアが閉まる音がした。窓の外を見たら、野口さんがリヤカーを引いて、垣根越しに早足で遠ざかっていくところだった。正子は、ビニールカバーが大きくやぶれているアルバムに目を落とした。野口さんの指紋が残っている。明美さんはまったく気にするふうもなく、相変わらず、畑のことで頭がいっぱいな様子だ。

「じゃあ、こうしません？　畑は私が杏奈ちゃんに手伝ってもらって、私の勝手でやる。場所代として採れたての野菜を正子さんに献上する、のはどうでしょう」

「え、私もやるんですか？　私、そんな時間ないです」

　杏奈は何故か怯えた顔で抗議している。

「そうなの？　ごめんね。ほら、映画を撮るっていうから、相当忙しいのかと思ってたんだけど、毎日ここに居て、いつも正子さんの家事手伝いをしているから、時間あるのかなって」

　明美さんはなんの悪気もなさそうに言ったが、見ていてやややかわいそうになるほど、杏奈はショックを受けている。

　間島親子が帰ってしまうと、正子は着物を畳み、お腹がゴムになっているスラックスに着替えた。身体がふわりと軽くなったのも手伝って、無言の杏奈に声をかけてみた。

「ねえ、思いついたんだけど、離れのあの人の部屋に入ってみない？　中に何か売れるものがあるかも。私、あの人の遺体が見つかってから、一度も入ってないのよ」

「それ墓場泥棒じゃん」

ようやく我に返ったらしく、杏奈は顔をしかめ、再びアルバムをめくった。

「泥棒じゃないわよ。私はあの人の借金ごと遺産相続したのよ。だから、あの人の遺品は今、法律上、私のものなのよ。もし、欲しいものがあったら、あなたになんでもあげるわよ。ひょっとしたら、値打ちものの未発表の台本なんて出てくるんじゃないのかしら。ねえ、草刈りを手伝ってくれないかしら。雑草がすごくて、とても一人じゃ離れまで行けそうにない」

これは効き目があったと見えて、杏奈は明らかに期待をバネにして立ち上がった。すぐに玄関から正子のゴム長靴を取ってきて、テラスから庭に飛び出した。これ幸いと、正子は食堂の床に直置《じかお》きしている鳩《はと》サブレーの大きな缶から、プレハブ小屋の鍵を取り出した。遺品のリュックサックから孝宏が発見したもので、夫が九八年に撮ったヤクザ映画のグッズであるキーホルダーがぶらさがっている。

草は一時間前よりさらに伸びている気がした。刃物のように鋭く空に向かっていく雑草に押し戻される格好になって、杏奈はすぐに振り返り、何か草を刈るものはある？　と尋ねた。正子はサンダルを突っかけるとテラスにある道具入れから、錆び付いた鎌と汚れた軍手を取り出して、武士の妻がするように、柄を向けてうやうやしく献上した。そういえば昔、時代劇でこんな演技をしたかもしれない。

　杏奈は軍手を嵌《は》めると庭に出て、鎌を手に腰を低く屈める。彼女が雑草に刃をあてているのを見ているうちに、ふと思いついて、衣装ケースの中から、もんぺを取り出して、タオルと一緒に持っていく。

「蚊に刺されるから、これ穿きなさいよ」

　拒否されるかと思ったが、杏奈は案外素直にショートパンツの上からするりと、もんぺに足を通し、タオルを首に巻いた。再び庭に向き直り腰を落とすと、鎌を目の前で左から右に移動させ、草をざくざくと刈り取っていく。杏奈の動きは無駄がなく、大きな刃物を恐れる様子もない。普段とは別人のような、頼れる背中だった。草刈り、慣れているのね、と声をかけると、地元は空き地だらけで、雑草を放っておくとジャングルになる、よく近所の地主に頼まれて中学の頃からアルバイトで草刈りをしていたのだ、と背中から答えが返ってきた。滲む汗で蛍光色のTシャツが肌にはりつき始めている。それぞれの肩の少し下の骨が、お互いに親しみを示すように、うごめいているのがくっきりと浮かび上がった。

「私の住んでいた町は空き家だらけなんだけど、あれも、家を壊すお金がないからなのかなあ」

　草を刈り取る手を休めずに、杏奈は息を整えながら、そう言った。彼女の汗はさらさらとして、甘く煮た干しあんずのようなにおいがする。

「そうね、壊したり売ったりするのって、実は建てるのと同じくらい大変よ。住んでいる人が居ないだけで、どんな家でもあっという間にぼろやになってしまうし。たぶん、気付かないうちに、暮らしてるだけで空気を入れ替えて毎日お手入れしていることになっているのよね。あれ、本当に不思議よね」

正子は屋敷を振り返った。かつてより、ほんの少しだけ磨かれて、風通しよく感じられるのは、住む人が増えたせいだろうか。カーテンがかかっていない窓ガラスが反射し、眉のところに手をかざした。野口さんの言っていた銅瓦の屋根が、陽射しをのみ込んで鈍く光っている。その上に、小さな男の子二人が寝そべっているような気がして、正子はしばらくの間、目を細めていた。

「本当にね、なんもないところなんだよ。うちの地元。商店街はほとんどシャッターが閉まってて、なにか見所があるわけでもない。役所と同じビルに小さな図書館が入ってるんだけど、そこの本は盗まれることで有名なの」

暑い、と言い放ち、杏奈はオレンジのおかっぱを脱ぎ去って、ぺこぺこと片手で丸めると、もんぺのポケットに乱暴にねじ込んだ。黒々と硬そうなショートカットのうなじは、刈り取ったばかりの雑草の切り口にとてもよく似ている。土のにおいが急に勢い良く立ち上り、胸が苦しい。喉の奥で転がるようなごろっとした咳《せき》が一つ出た。見上げると、雨雲がみるみるうちに青空を覆い始めていて、周囲の空気がもったりと重くなっている。

「お父さんは調理師免許を持っていて、もともとは観光名所になるはずだった遊園地の中のレストランで働いていたんだけど、そこが潰れてからは、スーパーマーケットの中の魚売り場でお刺身を切ってる。お母さんはチェーンの居酒屋でお運び。二人とも悪い人じゃないけど、私の話をぜんぜん理解できないみたい。まだ四十代前半で、生活を回していくのがやっとなんだと思う……。お兄ちゃんが一人と弟が二人いて……」

その話を聞いていたら突然、正子の中でひらめくものがあった。

先ほどの野口さんの態度。ひょっとしてアルバムの中に、彼の亡くなった奥さんを見つけたのではないだろうか。ここは近所の主婦の溜まり場だったのだから、そうであってもおかしくない。あとで確認しよう。夫婦は似るというから、写真の中に野口さんのおもかげを探せばいいのだ。

「……ちょっと面白い人とか、話が合いそうな人はみんな町を出て行っちゃう。だから、私、楽しいこととか役に立つことは全部ネットで知ったの。監督のことも、ツイッターから。隣町の公民館で監督がトークショーやるっていうから、学校サボって自転車で四十分かけて行ったの。人生が変わったの、あの時……」

杏奈は熱っぽい口調で、夫にどんな風に叱咤《しった》激励されて、映画の道を志すに至ったかを語り始めたが、正子はもっと彼女の故郷の話を聞いていたいと思った。

「ねえ、その、あなたの生い立ちを映画にしてみようとは思わないの？」

豪華で洒脱《しゃだつ》な作風ではあったけれど、夫ももともとはそういう映画を撮る人だったのだ。すなわち、何者でもない若い女の子が自分の力でトンネルを進んで光の下に飛び出す物語だ。

「うん。そうなんだ。まさに私もそういう映画を撮りたいんだ。本当は」

ほんのりと声に嬉しさが滲んでいる気がする。

「いつか自分のように文化のない町で生きる女の子を主人公に作品を撮りたいって思ってるの」

表情はわからないが、杏奈の言葉は、その時だけとても明瞭で、辺りの草をかき分けて地面にするする染み込んでいくようだった。

「へえ、それいいじゃないの。ねえ、そのヒロイン、どうなるの？　町を出るの？　それともそこに留まるの？」

正子は夢中になって尋ねたが、急に杏奈はこちらの相手をするのが面倒になったらしく、背中を丸めた。

左右に刈り取ったばかりの草を盛り上げて、二人は離れのプレハブ小屋の前にたどり着いた。テラスからここまでの出来立てほやほやの道を正子は振り返る。

草の切り口に生温かい汁が滲み、目には見えない湯気を立てているように思えた。小屋の周りにはやはり、酸っぱいにおいが漂っていて、刈られた草の青臭さにとけあうと、命の気配が濃厚に立ち上がってくる。

薄っぺらなドアの前に立ってスラックスのポケットから鍵を取り出したら、正子はノブを握るのが急に恐ろしくなってきた。もしかして、この先に広がる空間が、世間や杏奈の主張する通りだったら、という不安が押し寄せてきたのだ。どうしたの、と背後で怪訝《けげん》そうな声がする。

雷らしき音が遠くで鳴った。いつ雨が降ってきたとしてもおかしくない。正子は急いで鍵を差し込み、ノブを摑んだ。回す勇気はまだ湧いてこない。

夫がこの部屋で、自分への想いを音もなく、何年も何年も煮込んでいたとしたら。

彼が正子の思うような人間ではなく、みんなが言うようなシャイで傷つきやすい善人で、すべてが自分の努力不足と冷たさによる食い違いだとしたら。これまでの人生で色々なことを見落としてきた自覚なら、ある。ドアの向こうに、正子への愛情の証拠というべきものが、張り巡らされているとしたら。杏奈はそれみたことか、と言うだろう。孝宏は、今さら遅い、と苦虫を嚙《か》み潰したような顔になるだろう。残りの人生は後悔と懺悔《ざんげ》で終わってしまうかもしれない。ここを訪れたくなかったのは、死臭のせいなどではない。

ひとつぶの雨が正子の頰を叩いて、涙のように流れていく。首を伝って、乳房の間を分け入り、へそのあたりまで落ちてきた。ハリのないやわやわとした肌だから、雨粒の大きさや冷たさをしっかりと感じ取ることができた。

それでもいい、と正子は深呼吸をした。世界中から糾弾されても、夫が善で、自分が悪だとしても、サイコババアだとしても、正子は今どうしても、メルカリで物を売ってわずかでもこの屋敷を縮小させると同時に一円でも多く稼ぎたかった。仮に夫が不器用な良い人だとしても、それを感じることはできなかった自分の勘を、今は何よりも信用しようと思った。

意を決してドアノブを握りしめて左に回すと、想像以上に酸っぱく重たいにおいがぶつかってきて、鼻と口を覆った。胞子のようなものが乱れ飛んでいるため、目がなかなか慣れない。靄《もや》が晴れてくると、十五畳くらいの縦長の空間に、本棚と巨大なスクリーンがぼんやりと浮かび上がった。ザクッと土に切り込む、地層のパイ生地まで包丁で切断するような音を合図に、背後で雨が降り出した。土の甘い香りが小屋にも流れ込んでくる。流しとコンロと小さな冷蔵庫、低いテーブル、窓際に寄せられたベッドは確認できた。ぱさぱさした質感の絨毯《じゅうたん》を踏んで、正子が一歩部屋に入ると、すぐに強い視線が感じられた。

ぴかりと雷が光る。気配がする方向を見ると、サッシ窓を背に腕組みして立っている夫が照らし出された。サングラス越しの目がぎらぎらと光り、笑みの形に開いた口の中は、洞窟のように真っ暗だ。

「きゃーっ、幽霊！」

正子は咄嗟に横に来ていた杏奈に抱きついた。汗で湿ったTシャツ越しのぷりぷりした二の腕に鼻を埋《うず》める。ほんの少しだけ瞼を持ち上げると、夫はまだそこに居た。ゴロゴロという轟音《ごうおん》が、小屋全体を縦に揺らし、耳の奥の、そのまた奥にある扉をノックした。すみません、全部私が悪かった、頼むから命だけは助けてくれ、まだ死にたくない、正子は声にならないまま、目をぎゅっとつむり、ひたすら唇だけを動かした。杏奈の体温の高さと鼓動だけが、かろうじて正気を保たせてくれる。

「正子さん、大丈夫、これ幽霊じゃないよ。よく見てみなよ」

笑みを含んだ杏奈の声にこわごわと目を開けると、相変わらず、夫がそこに立っている。いつかのスーパーマーケットで見かけた時と同じ、それは販促用のパネルだった。近づいて、恐る恐る指先でつつくと、パタンと後ろに倒れた。

正子は噴き出した。また同じ手にひっかかってしまった。数秒前までの自分の怯え方がおかしかったせいもある。まるで冷たい滝から温泉に突き落とされたような激しい落差に、ぴったりくる感情が笑いしかなかったのだ。杏奈もしばらくすると、つられてクスクスと笑い始めた。

においがひどいので、雨水で室内が濡れることも厭《いと》わず、正子は扉を手近な椅子で押さえる。ベッドの上に乗ると、丸めた毛布を蹴散らして、サッシ窓を開け放った。この小屋に最後に入ったのは正子がまだ六十代の頃だ。確か昔、デートで行った「舞踏会の手帖《てちょう》」を夫と二人並んで観《み》たのだが、何故かすぐに彼の後期作品に差し替えられてしまった。

エアコンの位置を確認し、低いテーブルの上にあったリモコンで除湿をかけたら、ほんの少し空気が冷えて、風景が徐々に明瞭になっていく。

夫が倒れていたであろう場所の絨毯は、えび茶色に染まり、そこだけへこんでいた。

「ねえ、監督は自分のパネルと一緒に暮らしていたっていうこと？」

ようやく冷静になってきたらしい杏奈が、わけがわからないといった顔をしている。パネルだけではなかった。壁という壁に、夫の映画に言及する記事や、インタビュー、作品ポスターがびっしりと貼られていることに正子はやっと気付いた。本棚に並ぶのは自作の台本や著作、これまでの受賞トロフィーや、表彰状も飾られていた。そこから一冊、杏奈は黄ばんだスクラップブックを抜き取って、ぱらぱらとめくったのち、あきれたような声を漏らした。

「すごい、このスクラップ。全部、自分の作品を褒めている記事だ。あ、ツイッターのリプまで出力して貼り付けてあるよ。どういうこと……」

「あらあ、あの人らしいわねえ」

ほっとしたのも手伝って、正子は周囲をゆっくり見回す。スクリーン横のカラーボックスに並ぶDVDやVHSもラベルを読む限り、ほとんどが自作である。少なくとも、正子への想いを感じさせるものは、今のところ見つかっていないので、胸を撫《な》で下ろしている。

試しに、杏奈の隣で同じような一冊を取り出してみたら、玄人評価の上がり始めた九〇年代の映画雑誌のページが貼られていた。『ニッポンの性・暴力・カネ〜新境地を開拓する浜田壮太郎〜』という特集だ。几帳面《きちょうめん》な性格が表れていて、定規で引いたようにはさみが当てられ、糊《のり》が塗られた面積も最小限で、はみ出した形跡もない。

「このパネル、売れないかしらねえ」

正子はスクラップを仕舞うと、倒れたままの夫をよいしょ、と抱き起こしてやった。

「そういうの、非売品だから、関係者だって、すぐにバレちゃうよ。止《や》めた方がいいよ」

杏奈はぶっきらぼうに言い、ベッドに座り込んで膝を抱え、パネルをじっと見つめた。そうしていると、なんだかこの小屋が彼女が一人で暮らす狭いアパートのように思えてくる。

「監督、人にどんな風に思われても、気にするなって言ってくれたのに……。周りの評価なんか、くだらないって……」

杏奈は膝に額をぶつけると、軽くうめいた。だから、言ったじゃないの、とつぶやきながら、正子はまだ、何かお金になりそうなものはないか、と物色を続けた。

思ったよりずっと部屋は片付いていた。吸殻で山盛りの灰皿と、空のウイスキー瓶が転がっているほかは、ゴミらしいゴミは見当たらない。見覚えのない掃除機と一緒に部屋の隅に寄せられていたのは、行方不明だった脚立である。そこにはカラカラに固まったぞうきんが下がっていた。業務用らしきロッカーの中には、黒いブルゾンと灰色のズボンが下がっていて、いずれも皺も汚れもなかった。あの人がアイロンのかけ方を知っていたのだろうか、と不審に思ってあちこち探したら、シワ取りスプレーを見つけた。

そういえば正子が料理を作ってドアの前に置いておくと、タッパーはちゃんと洗って乾かして、屋敷の台所に戻してあったっけ。正子がいない時間を見計らって入浴や洗濯をしていたようだが、夫は決して髪の毛を落とさなかったし、洗面器は必ず伏せてあった。

初めて会った時は、所作が丁寧な人だなあと思った。わざと荒っぽく振る舞い、酒の席で喧嘩《けんか》をするのが当たり前のような男ばかりの職場で、いつもにこにこしていて身綺麗な夫はいつの間にか、正子の視界に染み込んでいた。彼が男たちに軽んじられたり、監督にからかわれている姿を見るたびに、飛び出していって助けてやりたい気持ちに駆られた。

——あんな連中の言うこと気にしちゃだめよ。あなたはあなたのままでいいの。

撮影所の男たちの目を気にしてびくびく振る舞い、飲めない酒を無理してあおったり、卑猥《ひわい》なジョークに困惑して立ちすくむ夫を、正子はよく叱咤激励していた。高校を出たばかりの新人女優が助監督の世話をあれこれと焼く様は、余計に笑われる事態を呼んだが、密《ひそ》かに彼から頼られるようになっていった。夫は裕福な親に愛されて育ち、豪邸と呼ばれる自宅から撮影所に通っていることを恥じていて、そんな控えめなところも好もしかった。女友達としてこの家に招待されて、両親に気に入られた時は、自分だけではなく彼をも肯定できたような気がして、嬉しかった。

紀子ねえちゃん主演のコメディでヒット作を連発しだした頃から、夫はようやく自分の能力というものに自信を持ち始めたかのように見えた。でも、本当はずっと男たちを見返したくて、褒められたくてたまらなかったのだ。それも、洒脱さや感性ではなく、力で認めさせたかったのだろう。

そんなことを考えていたら、正子は何十年かぶりに、夫を弁護してやりたい気持ちになった。褒め言葉に囲まれて暮らしたいのは今の正子も同じだったのだ。

だって、年寄りは次にちやほやされるのはいつかわからないんだもの。ひょっとしたら、そんな機会がないまま死んじゃうかもしれないんだもの。自分で自分の機嫌をとる方法なんて、この年になっても、よくわからない。正子だって、話を聞いてほしくて陽子ちゃんを探している。ひょっとしたら疎まれているかもしれないというのに。彼女が迷惑かなんてお構いなしだ。

夫にあなたの昔の映画、好きだったのに、と言ってあげたら、どうだったのだろう。いやいや、正子の言葉なんかに慰撫《いぶ》されるような夫ではない。でも、いつも綺麗な色のものを身につけていた彼を、一瞬でも取り戻してくれたのではないだろうか。

褒められたいのに、男も女も老いも若きも関係ないのかもしれない。蔵元俊も、陽子ちゃんの親戚の妻も、夫も、杏奈も、「りんどう」さんも。みんな、肯定されたい。だって世界はなかなか、これでいいよ、よくやっているよ、と個人に言ってはくれないから。

自分だってこうしている今も、一時「ちえこばあちゃん」として求められていたあの日々を、身体の底から熱望している。こつこつと家事をこなして屋敷を守り種を蒔いて植物を育む姿が求められているのだとしても、着物姿でくるりと一回転して喝采を浴び素敵、と目を細めさせる方が、正子には合っているし、幸せを感じられるのだ。

小屋を出ると、雨が糸のように細く弱くなっていた。正子は小走りになったが、杏奈はとぼとぼした足取りで、草の中に自分が作り上げた道を引き返していく。二人はテラスから、衣装ケースがひっかきまわされたままになっている応接室へと戻った。杏奈がもんぺを脱ぎ捨てると、ふくらはぎと腿《もも》のピカピカした輝きとともに、古い生地の中でこもっていた熱気が辺りに放たれた。

彼女はそのまま部屋を出て、台所に向かっていったようだ。何か飲んでいるのかもしれない。自分の分も取ってきて欲しいが、そんな風に気が利くタイプではないだろう。

床の上で開いたままになったアルバムに目を落としていたら、正子はやっと思い出した。

ああ、そうだ、この子だ、けいこさん、だ。

野口さんの妻はこの人に間違いない。どこがどうとはうまく言えないが、照れたような笑い方や、肩をすぼめる様が似ている。座布団を引き寄せ、正子は膝をつく。義母をファンのように取り巻く若い主婦たちの中で、金槌《かなづち》を手にした、エプロン姿のほっそりした色白の女性がこちらを見ている。彼女と言葉を交わしたのはほんの数回だ。けいこさんはなんでも、修理できることで有名だった。農作業中に虫に食われた正子が台所に入って行った時も、確か取っ手がとれた蒸し器を直してくれていた。肘を突き上げ、肩を傾け、修理に熱中する様が可愛くて、しばらく無言で見ていたら、こちらに気付かれ、その場を飛び退かれた。てっきりずっと年下かと思って、年齢を聞いたら、そう違わないので驚いた。東北出身で、たまになまりが出ることがあり、そのたびに顔を赤らめる少女のようなひと、という印象だ。あの日も蒸し器の蓋を盾にして胸のところに持ち、身を守るようにして立ちすくんでいた。元女優の嫁、と聞かされていて構えていたのかもしれない。孝宏の初節句に備えてみんなで柏《かしわ》の葉を剪定《せんてい》していたということは、おそらくは春先だ。

——かしわもち、うちの実家では食べないんですよ。

と、ボソボソ言って、それっきり口をつぐんでいた。

正子の虫に食われた痕を目にすると、すぐにお酢を取り出して、ちょんちょんと塗ってくれた。顔をしかめるほど滲《し》みたが、すぐに痒みは引いていった。

それからしばらくして、彼女は浜田邸に来なくなった。あまり人が集まるところは得意ではないと聞いている、無理に誘って疲れさせてしまったのでは、と義母が不安そうに言っていた気がする。

正子が台所に入っていくと、杏奈は立ったまま、作りおきの麦茶を喉を鳴らして飲んでいた。私にもちょうだいと、頼んで窓の外に目をやる。

「これ、お砂糖がちょっと入ってるの？」

「そうよ。あなたのおうちは違う？」

「はじめて飲む。でも、こうすると紅茶みたいだね」

あの日の柏の木が雨に弱く打たれているのが窓から見えた。ここ十年は葉が枯れて落ちるに任せているけれど、今年もちゃんと眩しい新芽を吹かせていたのだ。杏奈から麦茶のコップを受け取ってひとくち飲むと、勝手に口が動いていた。

「そうだ、柏の葉もメルカリで売れたかもしれないわね。お節句は先月だったけど、ああ、思いつかなかった。もったいないことしたわ」

またお金の話かよ、とあきれたようにつぶやいて、杏奈は腕の内側にぽりぽりと爪を立てた。よく見れば、首や手に赤い膨らみがいくつも浮かんでいた。

「でも、正子さんてすごいよね。おばあさんなのに、いつも次、次って動いてて」

可能性がそんなにないから、その分たくさん動けるのだ、と言ったら、杏奈はどんな顔をするのだろうか。言葉の代わりに、正子はお酢をガーゼにしみ込ませ、杏奈のかきむしった跡を叩き、いたいよ、と顔をしかめさせた。

「わかってるよ。言われなくても」

何も言っていないのに、杏奈は怒ったように唇を尖らせている。

「スマホばっか見てないで、ちゃんと作品を作らなきゃってことくらい。でも、何から手をつけていいかわからない。正子さんも映画の業界に居たならわかるでしょ。ちゃんとした機材がなきゃいけないし、台本も満足がいくものを書かなきゃいけないし、それに、一人じゃなにも始められないもん。しなきゃいけないことはたくさんあるってわかってるんだけど、わかってるぶん、動けない。作るからには絶対にけなされたくないし」

そうつぶやくと、杏奈は真っ赤になった。不思議なことに、正子はこの変な女の子をぎゅっと抱きしめたくなってきた。蚊の鳴くような声で彼女は続けた。

「誰かから褒められたいから映画を撮りたいなんて、私、本物じゃないのかな」

正子は杏奈のたくましい肩をぽん、と叩いた。

「本物か偽物かは、映画ができて、褒められてから、考えればいいじゃない」

正子が女優デビューした頃は、スターは少なかった。日本中の女の子が北条紀子に憧れていて、彼女に声をかけられただけで、正子の夢のほとんどは叶ってしまったようなものだった。結婚をしたら辞めるのが普通だったから、仕事と家庭の両立に悩むこともなかった。正子は初めて杏奈がかわいそうになった。

「いいのよ。準備なんてしなくて。スマホが手放せないのがあなたなんだから。私もメルカリ、楽しかった。若かったら、あなたと同じ感じだったと思う。ねえ、スマホで映画を撮ればいいのに。どうせYouTubeに上げるんでしょ？　今みんな動画はスマホで見るから、ちょうどいいじゃない」

杏奈はあっけにとられて、こちらを見ている。正子は残りの麦茶を飲み干した。

「脚本もスマホで書けばいいし、映画もスマホで撮ればいいんじゃないのかしら。だって、それ、映像も音も撮れるんでしょ？　そういうことした人、これまでいないの？」

「まあ、いないわけじゃないけど」

面食らいながらも、杏奈は忙《せわ》しく視線をあっちこっちにめぐらしている。考えをまとめ上げているのが見て取れた。

「ほら、この家の庭、雑草だらけであなたの故郷の空き地みたいでしょう。そうよ、ここであなたの物語を撮ればいいじゃない。うちゃ離れも使えばいいわよ」

そして、私が出演してあげてもいいわよ——。喉まで出かかったが、ここはやっぱり杏奈の方から依頼してほしくて、正子は意味ありげに口角を上げた。杏奈の作品に主演し、話題をかっさらい、見事に返り咲く。その筋書きはとても今風ではないか。そういえば、若い頃、こんな風に自分から夫にアイデアを出したことがあったかもしれない。

杏奈は庭を見つめたきりだ。

いつの間にか雨が上がっているようだ。夕食の支度をしなくてはならない。冷凍してある安売りの豚肉をうんと薄く叩いてのばして、粉チーズを混ぜた手作りパン粉をまぶして少ない油でからりと揚げよう。庭で採れた大葉をふんだんに使ったパスタも。紀子ねえちゃんが好きで、何度か正子を連れていってくれたことのある飯倉のキャンティのメニューの真似っこだ。なんだか今日はよく冷やした白ワインで油っこいものをもりもり食べたい気分だ。そういえば、孝宏は十代から二十代前半は、油で揚げたものばかりを好んでいて、やがて潮が引くように卒業していった。

「やってみたらいいじゃない。評価がつかなくても気にしなきゃいいって、教えてくれたのあなたじゃない」

でも、それはメルカリ内の話じゃん、とぶつくさ言いながらも、杏奈の中でようやく何かが反響し、破裂したのが目の奥を見ればわかった。オーディションを受けろと陽子ちゃんに説得された時、きっと自分はこんな顔をしていたのだろうと思ったら、正子もなんだか、久しぶりに外に出てみたくなってきた。

もう一押しだと思って、こうささやくことにした。おとぎ話に出てくる魔法使いのおばあさんみたいな調子で。

「あなたはそのままでいいし、きっとその気になればなんでもできるし、なんにでもなれるわよ」

雨上がりの夕暮れの庭は無数の雫のライトに照らされて、いつか立ったステージのように見えた。

# 正子、またセクハラされる

落ちて腐るに任せていた梅の実を今年は収穫するに至ったのは、雨降りが一段落したせいか、ずっと悩まされていた頭痛とだるさが消えたことと、明美さんがクックパッドで見つけたという、炊飯器やレンジを使った梅の甘煮と梅醬《うめびしお》の簡単な作り方を教えてくれたからだ。義母がしていたような大掛かりで何ヶ月もかかる梅仕事には到底及ばないが、こうしてザル一面に梅の実を並べ、黄色くなるまで追熟させていると、辺り一面に甘くみずみずしい香りが広がり、それだけで彼女が元気だった頃の家庭の雰囲気が戻ってきたようで、脚立を引っ張り出して、杏奈に支えさせてぐらつく腰を気にしつつ実をもいだ甲斐《かい》はあった気がする。何よりも、庭にあるものを食べないと間に合わないくらい、家計は困窮している。

夫の残した二千万の負債は、一時は家族ぐるみで付き合いのあった大手映画会社の元重役が、夫の現場復帰を信じて個人的に貸してくれたものだった。数年ぶりに連絡したところ、特に期限や利子はない、今は正子さんも大変な時だし、土地が売れたら返してくれればいいからとの鷹揚《おうよう》な態度だった。それでも、DVDや著作の印税が入るなり、少しずつでもいいから返済していこうと計画していたのだが、予想に反して、夫の訃報バブルは早くも弾《はじ》けたようだった。もちろん今なおネットでは彼の死を悼む記事が溢《あふ》れ、Twitterでの名言を取り上げられることが多いが、その数に反して実際に彼の作品にお金を落とすものはごく一部だった。版元から届いた明細を見て、正子は仰天したのである。おまけに印税が振り込まれるのは何ヶ月も先だということを、初めて知った。離れの改装のためだと言われ、生命保険を七十代で解約させてしまったことがつくづく悔やまれる。こちらとしても敷地内の別居を完全なものにしたいあまり、夫の要求をはねのけられなかった。

一方、杏奈は三日間かけて処女作の脚本を書き上げて、その二日後にはもう撮影に入った。というと、さも彼女が生活態度を改めたかのようだが、実際にはこれまでと変わらず、テラスに出した木箱にちょこんと座り、背中を丸めてせっせとスマホを弄《いじ》っているだけだ。たまに庭に出ては、自撮り棒という、先端にスマホを固定できる高枝切りばさみのようなものを使って自分自身の動く姿を撮影しているくらいである。

食堂に敷いた座布団の上に座って、正子は梅の実のヘタを竹串でえぐりながらそれを眺めている。撮影所時代は、一つのシーンを撮影するだけでも二、三十人が必要だった。今は執筆も編集作業も機材の確保も、スマホ一台でできる時代なのだ。

ねえ、脚本を読ませてよ、と正子はねだったが、作品が完成するまではそれはできないと、つっぱねられている。

汗だくの杏奈が、テラスから食堂に入ってきたので、

「ねえ、一人で出ずっぱりなんて疲れない？　出演者はどうするの？　私がお手伝いしてあげてもいいわよ」

と何もわかっていないような表情で猫撫《ねこな》で声で話しかけたら、ぴしゃりとした答えが返ってきた。

「正子さんは私の作品には出てもらいたくないな。今、悪いイメージが強すぎるもん」

梅の実は、割れ目の浅さやふんわりと青みが残っているところが、赤ん坊の頃の孝宏のおしりのようだ。杏奈は床に直置《じかお》きしたお盆から、やかんを取り上げ、麦茶を注《そそ》ぐ。やっと声が出たのは、杏奈のコップが反射し、視界から形という形が消え、正子が目をしばたいた後だった。

「あら、失礼しちゃう！　居候のくせして」

さすがにまずいと思ったのか、杏奈は麦茶を飲み干すと、冷たく香ばしい息を吹き付けてきた。

「だってさ、色がつきすぎているんだよ、正子さん。ネット見た方がいいよ。浜田監督の

ファンにも叩《たた》かれてるし、ドラマとCMの制作が中止になったせいで、蔵元俊のファンにも超恨まれているよ」

「ねえ、ほんのチョイ役でもいいのよ。台詞《セリフ》もなくていいから。近所のおばあちゃん役なんて、チョチョッと作れるでしょ？　監督様、よろしくお願いします。神様、仏様。ノーギャラでも構いません。使ってやってください」

みっともないと思いつつも、胸の真ん中で手を合わせてみたが、杏奈はにべもない。

「あのさ、五分くらいの短編なんだよ。正子さんの出番増やしたら、構成崩れちゃうよ」

正子は梅の実のザルを、プラチナブロンドのおかっぱに思い切りぶつけてやりたくなった。

「なによ、だいたいあなたの映画にタダで出てくれる役者なんて他にいないでしょう？」

「主演は私と、真美ちゃんでいくつもり。明美さんが、顔がはっきり映らないのなら、大歓迎だって」

考えもしなかったライバルに、正子は目がくらむ。道理で最近、明美さんが遊びに来るたびに、真美ちゃんにやたらと構うわけである。杏奈が子どもの面倒を進んでみたがるなんて、何かおかしいと気付くべきだった。手にしている竹串で、張り詰めたほっぺたを刺してやりたくなる。杏奈が風船のようにパンと弾ける様が、陽射《ひざ》しの中に浮かんで、すぐに消えた。

「なにそれ、私、あなたとあの子に負けたってことなの？　あの子、公園でも馴染《なじ》めないしまだ二歳なのよ。お芝居なんてできるのかしら。あなただって、演技なんてやったことないでしょう。ねえ、私、これでも一応、日本で一番有名なおばあちゃん女優なのよ。使わない手はないわよ」

「もう、すぐ勝ち負けの話になるんだから。あんな小さな子相手に嫉妬なんてみっともないよ」

　杏奈は余裕が出てきたのか、からかうようにクスクス笑った。嫉妬と言われて、耳たぶが熱くなっていく。今まで誰にも指摘されたことのない、自分の大きな特徴だった。かつては戦中、両親を独占していた弟を羨み、それは成長してからも水面下で続いて、父同様、銀行員になった彼が胃ガンで亡くなるまで、なんとなく溝が残っていた。紀子ねえちゃんに至ってはあまりにも偉大で妬む気にはなれなかったが、同じような実力の脇役俳優たちは男であれ女であれ少しでも自分よりいい扱いを受けていると、違いはどこにあるのだ、といじいじと観察していた。年齢を重ねたら、そんな呪縛からは解放されると思ったが、再デビューして以来、その傾向は一層強くなっているようである。

「それに、今、正子さんはおばあちゃんに見えないよ」

　身だしなみに使う、洗い場のタイル壁に張り付いた鏡は、黒い点に半ば覆われていて、ぼやけている。いやな予感がして、正子は台所に行き、勝手口から裏庭に飛び出した。全身を確認できるのは、この近所では野口さんの家の前だけである。

垣根の間の木戸を押し、間島家の斜め前に飛び出すと、駆け足で路地を横切った。

間島家の二階バルコニーには、武くんが、パジャマ姿でタバコを吸っていた。どうも、と声をかけても、ぼんやりと見下ろしているだけだ。会釈をすると、家の中に姿を消してしまった。彼がまだ子どもの頃、あの場所から石鹼水《せっけんすい》をストローで吹いていたのを、見たことがある気がする。手を振ったら、返事の代わりに、ひときわ大きなシャボン玉をこちらに飛ばしてくれたっけ。

久しぶりに間近で見る野口さんの家は、庭に溢れた鉄屑《てつくず》が道路を侵食しようとしていた。錆《さび》のにおいが陽射しによっていっそう強まっている。一体どうやって運んだのだろうと首を傾《かし》げたくなるような、女のマネキンや印刷機やジャングルジムめいた遊具など、嵩張《かさば》るものも加わっていて、ますます混迷を極めていた。通りを向いている大きな姿見は、やや大げさな木彫りの枠に縁取られているせいか、近隣住民に向けた呪いめいている、とこの辺りで評判が悪い。雨風にさらされて曇っているが、エプロンの裾でこすっただけで、自然光も手伝って、前に立った正子の姿は隅々まで映し出された。

一ヶ月半、美容院に行かなかっただけで、正子の真っ白だった髪は、ほぼ銀色となったばかりではなく、黒いものが交じり、黄ばみ始めていた。おばあちゃんにも見えないし、かといっておばさんでもない。映画やドラマで一番見かけないタイプの女だ。立ちすくんでいると、鉄屑の隙間に視線を感じた。見ると、すぐそばの小窓から、野口さんの真っ黒に汚れた顔が覗《のぞ》いている。

「あ、野口さん、どうしたの、この間は。急に帰っちゃうから、驚いたわよ」

彼が押し黙っているので、機嫌をとるように慌てて付け加えた。

「あの、もしかして、奥様のけいこさんのこと、思い出されたの？　ごめんなさいね。まさか彼女の写真がアルバムに入っているとは気付かなくて。お辛《つら》かったわよね」

妻の名を口にすると、野口さんの瞳がとろりとした波で揺らいだ気がした。

「けいこさんは、今、手が離せないんだ。修理している真っ最中だからね。あとちょっとだから、もう少しだけ待っていてね」

「ええと、何を直しているの？　彼女、すごく器用だものね。いつも本当に助かっているわ。けいこさんが来る日は、みんな、何かしら、壊れたものを持ち寄ってくるもんね」

瞬時に調子を合わせる。義母も最期は、記憶が混濁し、若き日の義父がまるで隣にいるかのように振る舞っていて、正子はそれに寄り添った。即興のお芝居で相手の望む景色を見せてあげるのは、何よりも得意だ。思い返してみれば、スポットの下に立っていなかった時期も、こつこつと鍛錬を積んでいたのである。

「直すまでは、そうちゃん家《ち》に遊びに行けないって言ってるよ。真面目な子だからさ。出会った時からそうなんだ。ああなって責任を感じているんだよ。今はニスを乾かしているところなんだ」

「待って、何を直してるの？　ニス？　それにそんな無理して直さなくてもいいのよ。どうせ、たいしたものじゃないんだから」

どんなに大切に扱ったって数十年後にはどうせ、メルカリで売られちゃう運命なんだから、と言いかけて、正子はタイムマシンに乗って、過去と未来を反復横とびしているような気分を味わった。野口さんの笑顔は徐々に細まり、窓は閉まった。

路地を引き返しながら、けいこさんが家に来なくなったことと、正子たちが頼んだであろう何かが直らなかったことは、関係があるのだろうか、と考えた。真面目そうなけいこさんが、必要以上に正子たちの頼みごとに責任を感じ、負い目から疎遠になっていたとしたら。自分は彼女に何を任せたのだろうか。

陽子ちゃんしかり、会わなくなったかつての仲間たちの、それぞれの内面であの瞬間、何が起きていたか、こうして思いを馳《は》せるだけで、不遜でエネルギーに満ちていた、杏奈くらいの年齢のもう一人の自分がこちらを見つめ返してくるようだ。

屋敷に戻り、食堂に入ると、庭では真美ちゃんが駆け回っていて、それを杏奈がスマホで撮影しているのが見えた。テラスに出て、正子はその様子をしばらく眺めていた。真美ちゃんが手にしている、大きな輪からは、シャボン玉が縦長に伸びて、彼女の身体を惑星の軌道のように取り巻いている。その横顔は先ほどの父親にとてもよく似ていた。

杏奈のきつい声が飛んできた。

「正子さん、ちょっと邪魔しないで、そこにいると映り込んじゃう」

こちらまでプカプカと漂ってきたシャボン玉には、虹色に歪んだ正子が映っている。名案がせり上がってきた。


夏がいよいよ始まる前の、カルキとひなたのにおいの入り混じったようなぬるいにおいに、正子は一瞬、自分の年齢を忘れて、陽子ちゃんと休みの計画を立てた終業式の帰り道を思い出してしまう。夏の終わりに振り返れば、半分も実行できていなくて切なくなるに決まっている、夢のような冒険物語なのだけれど。

庭で採れた紫蘇《しそ》と、昨日完成したばかりの梅醬を混ぜたおむすび、同じく庭で採れたものを煎じて冷やしたドクダミ茶、しっかりと甘く焼き目をつけた卵焼き、きゅうりのぬか漬けをビニールシートの上に並べて、休憩になさいませんか、監督、としおらしく声をかけても、杏奈はふてくされている。それでも、めげずにコップにお茶を注ぎ、両手を添えて差し出した。空腹には勝てないと見えて、杏奈はスマホをポケットに仕舞うと、隣に腰を下ろした。

まる二日かけて、杏奈は自分が黙々と草刈りする様を、テラスに小さな三脚付きのスタンドで固定したスマホで撮影した。視界を覆っていた雑草が半分になり、こうして青空を見上げながら庭でピクニックができるまでになった。

「いい加減にしてよ。頼むから、この家の外に出て行って。あと少しで撮影は終わるんだから。ねえ、お願いだよ」

おむすびや卵焼きをパクパクと口に運びながらも、杏奈は懇願をやめない。

「何のことかしら。私にはよくわからないわ。監督の迷惑にならないように、できるだけ引っ込んで目立たないようにしているだけなのに」

「その手には乗らないよ。わざとわかって、映り込んでいるんでしょ?」

すっとぼけながらも、ちゃんと画面に参加できていたのだ、と正子はほくそ笑む。カメラの角度から全体の構図を思い浮かべて歯車の一部になる、自分の勘の良さが失われていないことに深く満足した。庭を走り回る真美ちゃんのはるか後ろでは、台所の小窓から首を突き出しシャボン玉を吹いている正子、草刈りをする杏奈のたくましい肩越しには、よく見ると垣根のあっち側から顔をめり込ませている正子、どこか寂しげな夕暮れの庭をゆっくりと右から左へ移動していくと、玄関ポーチからひょっこり笑顔を覗かせている正子に、観《み》る人は気付くはずだ。

「なんでそんなに出たがりなのよ⁉ おばあさんなのにがっつきすぎだよ」

もはや杏奈の声は悲鳴混じりだった。

「あら、私みたいなのが参加した方が、画《え》に奥行きが生まれるかなあ、と思っただけなのよ」

おっとり微笑《ほほえ》みながらも、女優ががっついて何がいけないのか、正子にはよくわからない。撮影所時代、若き無名俳優たちは、お互いを蹴落とし合うことに何の躊躇《ちゅうちょ》もなかった。比較的のんびりしていた正子にしたって、北条紀子に取り入って役を摑《つか》んだ野心家として、ずいぶん陰口を叩かれた。夫と交際したのも、決して打算ではなかったが、それでも彼に良い役を割り振られた時、周囲に気を遣って断ったことは一度もない。それに、いかに創造主が拒否しようと、映画は制御不能な生き物なのだから、一旦潜り込んでしまえば、作品世界が正子の居場所を作ってくれるかもしれないのだ。

「お願いです。正子さん。私、処女作にかけてるの。有名になったら、絶対に使ってあげるから。ね、今日だけは邪魔しないで。今夜からは編集作業に入るんだから。正子さんの映り込みを削除するだけで、徹夜になるかもしれない」

おかっぱのかつらがずり落ちるほど頭を下げるので、正子はようやく渋々とだが引き下がる。その代わり、必ずいつか役を与えるという念書を、絵コンテ用のスケッチブックに書かせた。ちぎって四つ折りにすると、エプロンのポケットに仕舞って上からパンと叩き、腰を庇《かば》いながら、そろりと立ち上がる。

久しぶりに外出着に着替えて、口紅を引く。梅雨明けのニュースはいつもあてにならないので、普通の傘とどちらにするかしばらく迷った末、結局日傘を手に外に出た。

とはいえ、行くあてなどどこにもない。坂道を下りながらよくよく考えて、久しぶりにバスに乗って、この辺りでは一番大きいとされる、改装が済んだばかりの総合病院に行くことにした。とにかく待たされることで有名で、診察にたどり着いて薬を受け取る頃にはいつも日が沈んでいるのだが、予定のない今はうってつけの過ごし方だった。

今日も待合室は正子と同世代の男女で溢れていた。このところ、杏奈や間島親子としか顔を合わせていなかったので、自分とよく似た柔らかそうな肌や銀色の髪ばかり目にしていると、お香めいたかおりも手伝って、なんだか眠たくなってくるようだ。

受付横のプリンターから受付票を引っ張り出し、雑誌や新聞が並ぶラックから一番読み物が多そうな女性週刊誌を選び取ると、ソファに座った。ここでの時間は情報収集に充てると決めている。雑誌を広げたら、カラーページに紀子ねえちゃんに関する記事と写真が出ていた。

紀子ねえちゃんは、砂だらけの迷彩柄の戦闘服に身を包み、長い白髪をなびかせて眼帯で片目を隠し、流れ星のように輝く日本刀を構えている。背景はどうやら砂漠のようだ。同じような戦闘服に身を包んだ、オスカー受賞経験のある八十代の黒人女優と仲睦《なかむつ》まじそうに談笑している姿も収められていた。着飾ったところなどどこにもないのに、髪も瞳もダイヤのようにピカピカしている。

共演者は国籍も肌の色もそれぞれな七十歳以上の超大物女優たち、弱体化した若者を守るためにウイルスや異生物と戦う老婦人コマンドー部隊の活躍を描くハリウッド超大作、主要登場人物である日本人の女剣士「アサガオ」役にオーディションで選ばれたこと、そのために英語やアクションの勉強をこの数年ずっと続けていたこと。老眼鏡を取り出すと、本腰を入れて活字を追う。記事は八十代を迎えてなお、輝き続け居場所を模索する紀子ねえちゃんを賞賛すると同時に、才能ある大女優にやりがいある役を与えない日本映画界を腐して締めくくられていた。番号を呼ばれ、素早く雑誌を仕舞う。

かかりつけの、息子よりも若そうな医師に、腰の痛みに緩急がついてきたことと、最近はどういうわけか比較的よく眠れていると話していたら、ふいに瞳をぐっと覗き込まれた。

「眼球が白っぽいですね、最近、文字が見えづらいということはないですか？　もし、今日、お時間があれば、このまま眼科の受診をお勧めします」

そういえば、この数ヶ月、見えにくいというよりは、やけに視界が眩《まぶ》しく、白い光に満ちていることが多かった。そのまばゆさの中に、ふっと、別世界が見えるという経験を何度かしている。白昼夢みたいなものかな、と特に気にならず、そのままにしていた。

同じ棟にある眼科に足を踏み入れるのは初めてである。ここはコンタクトレンズの処方箋を求めてか、比較的若い人が多い。棚にある雑誌も二、三十代向けのものが多かった。名前を呼ばれるまでに、正子はこの夏、「平日夜デートにぴったり」な国内外のホラー映画について知り尽くす羽目になる。最近では男が怖がって女に抱きつくことも珍しくないらしい。カップルの距離をぐっと縮めるにはもってこい、と前向きに捉えられているのが、新鮮に感じられた。

五十代くらいの面長な女医に言われるままに、顔面を器具で固定して、小さなレンズを覗き込む。指で顎と頬を支えてもらっているようで、手練《てだ》れのプレイボーイにキスを求められる小娘の気持ちがしてこそばゆい。ライトで目の奥を照らされ、淡々と告げられた。

「白内障が進んでいますね。手術をお勧めします。早くすればそれだけ早く、生活が楽になりますよ」

近所に白内障の手術を受けた女などいくらでもいる。彼女たちの体験談から、それが痛みもなく、短い時間で終わるとも知っている。気になるのは、費用だけだ。パンフレットを渡された。

診察がすべて終わると、受付時と反対側の窓口で精算し、病院の向かいの処方箋薬局に進んだ。自動ドアを抜けるなり、四歳くらいの男の子が膝にぶつかってきた。母親らしき女性が、頭を下げながら、慌ててその子を引き寄せる。咎《とが》められた男の子は甲高い悲鳴をあげて、母の腕の中で、とらわれた鳩《はと》のように、丸みのある背中をよじっている。

ここでの待ち人数はいつもたいして多くない。正子は窓口に処方箋を出すと、受付に向かって連なる三つのソファのうちの真ん中を選んで、腰を沈める。

パンフレットをパラパラめくったところによると、日帰り入院で済むとのことだったが、三万円かかるとなると、さすがに尻込みしてしまう。女優を今後も続けるつもりならばできるだけ早くに進めた方が、いいに決まっている。現在の全財産ほぼ十五分の一となる投資に、自分の将来は値するのだろうか。そもそも将来と名付けていいほどの時間は残されているのだろうか。

このところ気圧が低い日が続いたせいで、ウォーキングもスクワットもサボりがちとなり、そのせいでいっそう疲れやすくなった。一日中臥《ふ》せっていることもままあったが、杏奈に買い物や簡単な家事を任せたおかげで、なんとか暮らしは停滞しなかった。かたくしぼった雑巾で床を拭け、米を二合といでおけ、青い野菜を茹《ゆ》でてタッパーに入れて冷蔵しろ、と具体的に指示すれば、言われたことだけはとりあえずできる。年々、雨季が辛くなる。今年の前半「ちえこばあちゃん」として働いたようなエネルギーは、来年の中頃にはもう消えているだろう。そのことを頭に入れて、居場所を探るしかない。杏奈はもう便乗させてくれそうもないし、メルカリに出品するものも尽きた。

外に出て仕事を探せというサインなのではないか。万が一、役にありついたとしても、ひっきりなしに予定が入るということは今後絶対にないだろう。体力と相談しながら細々と脇役をやって金を貯《た》め、やるだけやって孝宏にバトンタッチして一生を終えるのも、それはそれで正子らしい最期なのではないだろうか。

前の席ではさっきの子どもが、母親の撫で肩に顎をのせて、こちらに向かってワアワアと主張するように泣いている。正子は、ホラー映画特集を胸に浮かべながら、すべての指を威嚇するように折り曲げて爪を立て、目と歯をむき出し、首を回しながら、声に出さずにシャアーッ、と口を縦にゆっくり開けてみせる。男の子は泣き声を引っ込めると、涙で濡《ぬ》れた目で正子に見入った。澄ましてパンフレットに視線を戻しながら、紀子ねえちゃんの記事を思い出していた。年を重ねた女のための役は多くない。でも、世間でめっぽう嫌われているのであれば、悪役といった新境地もあるのではないだろうか。陰険なおばあさん役なら、今もワイドショーの再現VTRなどで見ることはないでもない。

名前を呼ばれ、いつもと同じ睡眠導入剤と湿布と漢方薬、そして白内障の進行を遅らせるという点眼薬を受け取った。当面はこれでしのげる。

薬局を出る時、ちらりと振り返ったら、男の子は惚《ほう》けたように正子を目で追いかけている。案の定、辺りはもう闇に包まれていて、車寄せの木々のシルエットが、入院病棟のくっきりと並んでいる長方形の窓を遮っていた。

コンビニに果たして置いてあるのかしら、とバスを降りたところにある、元は酒屋だったその店で半信半疑で探したら、セロファンに入った履歴書はちゃんと売られていた。年始に事務所のお抱えカメラマンに宣材用写真を撮ってもらった時に、たくさん焼き増しを頼んでおいてよかった。スピード証明写真機で使う数百円さえも今ではもったいない。風呂にも入り、あとは寝るだけにしてから取り掛かった。テーブルも椅子も売り払ってしまったので、台所のみかん箱の前に座布団を引っ張ってきて、寝間着姿で座り、正子は履歴書を恐る恐る書き進めている。小さな写真を枠内に貼り付け、間違いのないように油性ペンで文字を書き入れるという作業は、思っていた以上に骨が折れた。貰《もら》ったばかりの点眼薬を、首をのけぞらせ、ぽとりぽとりと両目に順に落とす。頬からこぼれ落ちた液が顎を伝い、履歴書を濡らしそうになって、思わず腰を浮かした。

「ちえこばあちゃん」仕様の宣材写真に合わせて、ドラッグストアの安価な若者用ブリーチ剤を使って髪を白く染めるべきか、と思ったが、しばらく考えて、油性のペンを握り直した。写真に数本の黒髪を描き入れておく。指先でぼかすと、本当に自然なくすんだ髪色に見えて、正子は満足した。

半年前の自分は、まだまだ素人の顔をしている。輪郭が何となくぼんやりしていて、瞳に覚悟のなさと照れが滲《にじ》んでいる。ペンで頬の線をグリグリと削《そ》ぎ、瞳の色を塗りつぶしたくなったが、それはやめておいた。

生年月日を記入する時、誰に見られているわけでもないのに、緊張した。思えば、設楽さんにそのかされた瞬間から、すべては始まっていたのだ。でも、あの時点にタイムスリップしたとしても、正子はもう一度、誕生日を偽るだろう。才能があったからではない。髪が真っ白で七十五歳の女だったから、正子はほんのいっときだけ、スターになれたのだ。生年月日は一九四二年三月二十一日と正直に書く。好きな映画は「風と共に去りぬ」。十八歳から嗜好《しこう》が何も変わらないのが気恥ずかしくて、趣味の欄に、メルカリでものを売ること、と加えた。履歴書を収めた封筒は三つ用意した。いずれも高齢者を募っている芸能事務所で、まったく名前を聞かないところだが、贅沢《ぜいたく》を言っている場合ではない。明日の朝一番でポストに投函《とうかん》するのを忘れないよう、玄関に封筒を置いておくことにした。戻りがけに、女中部屋をノックする。ドアは少しだけ開いていて光がこぼれていた。

「あまり根を詰めないようにね」

と声をかけたら、うん、うんと、杏奈は書きもの机に向かう背中で頷《うなず》いた。黒い頭は、形がいびつな石ころのようにごろんとしている。そういえば、今日はおむすびくらいしか食べさせていない。面倒なことはしたくなかったが、お中元で貰った古いそうめんがあることを思い出した。洗面所で歯を磨いた後、梅醬と紫蘇入りのにゅうめんを作り、お盆に載せて、女中部屋の前に置いておいた。おどんぶりは洗ってね、と声をかけてから、返事を待たずに正子はあくびをしながら二階に上って行った。

草むらの中で自分の身体《からだ》ほどもあるシャボン玉と戯れる、アニメキャラクターのお面をつけた小さな女の子。虹色の光がたなびいていく。額に汗を浮かべ草刈りを続けるピンクの髪の若い女。一人きりの部屋で、ベッドで膝を抱え、小声で歌を口ずさむ。空が白み始める。女はそのまま眠りに落ちる。窓ガラスをコツコツとノックする音。一面見通せるようになった庭の真ん中で、刈られた草の山が燃えている。その炎の周りを、あの女の子がダンスしている。ハッと目が覚める女。ふと、窓の外を見ると、女の子の姿は消え、燃えた草の灰だけが盛り上がっている。女の目は驚きで見張られ、やがて涙が溢れる。囁《ささや》くような歌声、ゆっくりとエンドロールが流れる。主演、脚本、撮影、すべて杏奈である。

「どうだった？」

と、杏奈は何度目かの確認で、隣に正座をしている正子の顔を、期待を込めて覗き込む。面白いのかつまらないのかも、よくわからない。最初、杏奈から聞いていた話から、痛快な冒険活劇とばかり思っていた。白い靄《もや》がかかったような不透明な映像越しに、真美ちゃんと杏奈が、見慣れた庭や離れで遊んでいる様を延々と見せられても、何の感情も湧いてこないし、どうしても眠くなってしまう。たった五分の映像なのに、頑張って瞼《まぶた》をこじ開けていても、いつの間にか、違うことを考えている。ただでさえ、今日は予定でいっぱいなのだ。

二時間後には、降板後初めての事務所オーディションが入っているのだ。履歴書を投函した翌々日にはもう連絡が来た。どう自分をアピールすべきか、目的地の目黒までどんな経路で行くのが一番安いのか。帰り道には事務所の近くにある息子の会社を覗きに行くつもりだ。仕事のついでだ、とさらりと姿を見せれば、わだかまりも薄れるのではないだろうか。何か手作りのものを持っていって食べさせたいが、あまりに凝ったものだと、ふと思い付きで立ち寄った印象が削がれるので、ここは梅醬程度に止めるべきか。

遠出をするのも仕事関係者に会うのも久しぶりなので、念入りに身支度した。いっちょうらのコムデギャルソンのワンピースに赤い口紅、アイラインをきりりと引いた。野口さんの髪型にヒントを得て、黒いものが目立つ銀髪をオールバック風に撫でつけていたら、YouTubeにアップしたばかりの初監督作品の感想を是非、聞かせてほしいと杏奈に声をかけられ、こうしてパソコンに無理やり向き合わされている。仕方なく精一杯のお世辞としてこう言った。

「シャボン玉が大きいわね。なんだか、こうやって見ると、うちじゃないみたい」

杏奈がちょんと床に手を置いて背中を反らし、三越のライオンそっくりのポーズで待機している。

「ああ、あと、スマホってすごいわねえ。スマホでここまで映画が撮れるなんてね。あと、画面が白っぽくて独特ね。カメラレンズが白内障になったみたいね」

一瞬、杏奈の肩が小動物のようにすぼまったが、すぐに偉そうな笑みを浮かべた。

「えぇー、それだけ？　まあいいや、おばあさんのセンスだと理解できないかもね」

「あら、それどういう意味？　失礼しちゃうわ。面白い、面白くないがわかるのに年齢なんて関係ないわよ」

ムッとして言い返すと、杏奈は鼻を鳴らした。

「いいの。いいの。ムキにならなくて。ごめんね。アートすぎたかな？　私の作品は、エッジイで今を生きている、感性の鋭い若い女の子にだけ、理解してもらえれば。わかる人にわかれば、もういいの。少女を脱皮して大人になる瞬間を、火や草になぞらえているんだよね。おばあさんには、ちょっと難しかったよね」

少し前までいた二時間サスペンスの現場をふと、思い出した。若い男性監督が同じ様に、シニア層なんてわかりやすい話にしておけばいいんだ、と視聴者を侮る様な発言をしていた。しかし、番組の視聴率は振るわず、主婦仲間も誰一人として話題にしていなかった。

再生回数を見ると、たったの二十六回。こちらの考えていることがなんとなく伝わったのか、

「まだバズってるわけじゃないけど、届くべきところに必ず届く、って私は信じてる」

と、杏奈は言い聞かせるようにつぶやいて、それきりパソコン画面から目を逸《そ》らそうとしない。遅くなるから、冷蔵庫にあるものを勝手に食べてね、と声をかけ、正子は玄関ドアを押した。

「あら、おめかししてどこに行かれるんですか。なんだかマニッシュで、素敵ですね」

門の前で間島親子と出くわした。真美ちゃんは手にプラスチックシャベルとバケツ、明美さんは麦わら帽子に長靴というういでたちで、肩にかけたトートバッグをふくらませ、声が弾んでいる。

「今日から少しずつ、家庭菜園の準備を始めます。楽しみにしていてくださいね。お礼に特製ラタトゥイユを作ってきました。冷蔵庫にタッパー入れておきますね。あ、あと、うちのスーパー、いよいよサマーセールの福引が来週から始まります。一等はいつも初日に出るって噂《うわさ》だから、早く行くが勝ちですよ」

お礼を言うと、すれ違った直後、彼女はこう付け加えた。

「あ、杏奈ちゃんの動画、もう、我が家だけで二十回は見ちゃった。真美が可愛《かわい》く撮れていて、いい記念になりましたよ。おかげで、たあくんも久しぶりに笑顔なんです」

杏奈と正子だけでもすでに三回は見ているから、全世界であの動画を見た部外者は今のところ二、三人ということになる。帰宅後にはせめてもう少しは広まっているといいな、とバスのステップを踏みながら、正子は願った。

一時間以上かけて目黒駅にたどり着くと、腰が固まり、視界はますますかすみ、耳鳴りまで始まっていた。乗り換えを気にしながら電車に揺られているだけでも緊張するのに、席を譲ってもらえることはなく、立ちっぱなしだった。おまけに「ちえこばあちゃんだ」というささやき声が車内のあちこちで起き、スマホのシャッター音まで聞こえてくるので、しょっちゅう顔を伏せたり、「やめてください」と小声で抗議せねばならなかった。駅前ロータリーから始まるゆるい坂を下りながら、正子は両手で頰をぱしぱしと叩いた。アスファルトが跳ね返した陽射しは、次から次へと坂を上ってくる人々の顔をのっぺらぼうにしていく。

かつて義母とお茶しに行ったことがある目黒雅叙園《がじょえん》の少し先に位置する、八階建てのペンシルビルの一室がその芸能事務所の面接会場だった。ＣＭオーディションの時のように順番を待つ他の役者の姿は、見当たらない。がりがりに痩せた若い男に誘導されるままに、狭い室内に入って一礼すると、キャスター付きの長机の前に三人の男女が座り、それぞれの前に「監督」「事務所社長」「アシスタントディレクター」という役職と名前が書かれた短冊が下がっていた。以前所属していた設楽さんの事務所もたいして大きくはなかったが、こちらはその半分の規模である。天井は低く、部屋中にタバコの臭いがしみついていて、壁紙は黄ばみ、窓にかかったブラインドは歪んであちこちがピョンと飛び出していた。つま先に何かが当たるのを感じて下を見ると、命を宿していそうなモクモクした綿埃《ぼこり》が落ちている。ここの所属俳優が出演するのは、ウェブドラマや再現ＶＴＲが主だと聞いている。名を名乗り、もう一度頭を下げると、「へー、ＣＭで見るのと、雰囲気ちがうね。髪の色も変えたんだ」と、監督とされている、寝癖のついた頭の男が上から下まで正子を眺めまわした。何故《なぜ》か内腿《うちもも》がぞわりと粟立《あわだ》った。

「まあ、難しいよね。ああいう問題起こしちゃうとさ、使いにくいって言われるでしょ」

「そうですね。でも世間の評価を逆手にとって、若い方をいびるような、意地悪なおばあさん役なんかもどんどんこなしていきたいと思います。どうぞよろしくおねがいします」

と、正子は胸を張る。腰を下ろしたパイプ椅子は冷たく、ぴりっとした稲妻が走った。

「まあ、使うにしてももう地上波は厳しいんだろうなあ。いっそ、どうだろう、完全マニア向けの超熟女もののセクシービデオとかかな。復活があるとしたら」

「あはは、それいいな。ちえこばあちゃんが一皮むけたって、話題になるだろうね」

監督と事務所社長がこちらをまったく見ないでニヤニヤと笑い合いながらも、正子の反応を読み取ろうとしているのがわかる。

なんと言っていいかわからず、正子は膝の上で両手を握りしめた。かつて撮影所でされた数々のからかいが蘇《よみがえ》り、言葉がうまく出てこなくなった。正子は急に全身がウイルスに蝕《むしば》まれ、弱体化するのを感じていた。自分の皺《しわ》や白髪が、途端に醜い下品なものに感じられた。おしゃれのつもりで塗った赤い口紅が、べたべたと濡れているようで、恥ずかしかった。

「あのう」

ずっと口をつぐんでいた、アシスタントディレクター席に着いている、二十代半ばくらいの女が履歴書に目を落としながら、男たちの流れをぶった切ってくれた。

「好きな映画は、『風と共に去りぬ』なんですね。私、この映画、観たことないんですけど、どういうところが好きなのか、教えてくれませんか」

おくれ毛だらけのポニーテイルと素顔に近い肌、お菓子の絵柄のTシャツ姿といういでたちに避難所めいたものを感じ、正子は救いを求めて叫んでいた。

「はい！　高校生の頃、親友と劇場で観て以来、ずっと好きなんです！　南北戦争に負けた南部が舞台で、大農園のお嬢様、スカーレットがすべてを失い、奮起するお話です。無頼漢のレットとの恋愛もいいんですが、何よりも素晴らしいのが、恋敵のメラニーとの友情なんです。とにかくビビアン・リー演じるスカーレットが美しくて、力強くて、大好きなんです！　どんなにひどい目に遭っても、必ず立ち上がるんですよ！」

「あ、そうなんですか。なーんだ、なんかもっとヤバい話かと思ってた」

全体的に人の良く子どもっぽい印象だが、目の周りは乾燥している。こうしてこちらに気さくに笑いかけると、皺が集まり、かえって思慮深そうに見える。

「ヤバい？」

「『風と共に去りぬ』ってマジカルニグロ問題がヤバいって、どこかで聞いたことがあって」

「マジカル？　ニグ……？」

聞き覚えのない単語に正子は首を傾げた。

「えーと、えーと、フィクションの中で描かれる、ステレオタイプなアフリカ系アメリカ人みたいなこと、なのかな？」

「ステレオタイプ？」

「現実にはいない便利なタイプ、っていうか、ご都合キャラみたいなことかな？　いや、私もあんま、詳しいわけじゃないっす。今度、調べてみてください。なんか、ごめんなさい。関係ない話しちゃって」

正子がよっぽど、変な顔をしたのか、女は慌てた口調でそう言った。

「それは、つまり、マミーのことですか？」

スカーレットの乳母、マミーは体格の良い黒人女性で、温かくも厳しく、彼女を見守り続ける。戦争中であれ、変わらない明るさが頼もしい、大好きなキャラクターだ。陽子ちゃんも一番好きなのはスカーレット、二番はメラニーかマミーで迷う、とよく言っていた。

「いや、ごめんなさい、私、マミーっていうの、わからないっす」

「マミーがダメってことなんですか？　マミーがどこかで批判されてるんですか？」

男たちはこのやりとりに飽きたようで、正子をもうまったく見てはおらず、全然違う話を始めている。女はいよいよ、眉尻を下げて、なんかごめんなさい、よくわからないのに口挟んで、と狼狽《うろた》えている。正子は落ち着かない。「風と共に去りぬ」は誰がどう観ても名作中の名作で、好みの差はあるのだろうが、これまでただの一度も批判を耳にしたことがない。だからこそ、正子は自信満々で好きと言い続けてきたのかもしれない。ところが、彼女の言葉には、なるほど、とどこかで納得してもいるのだ。早くここを出て、マジカルニグロをキーワード検索してみたい。

「ありがとうございます。じゃ、さようなら」

と、正子はやっとつぶやいた。面接室を出ていくとき、後ろ手で閉めたドア越しに、「なんだ、ありゃ」というあきれた声が聞こえてきたが、あまり気にならなかった。エレベーターに乗りながら、あのアシスタントディレクターは、正子に助け舟を出すために、何でもいいから話を変えようとしてくれたのだと、やっと気付いた。

ビルを出ると、目に付いたバス停のベンチに腰を下ろし、スマホを早速取り出した。あちこちで彼女が言ったことが詳しく解説されていた。ハリウッドでは、白人を救済するためだけに存在する、魔法使いのようになんでもできる献身的な黒人のキャラクターは、マジカルニグロ、とあえて差別用語を使って、批判的に語られているらしい。同じように、マジカルゲイ、つまり物語を進めるためだけに存在する同性愛者というのもあるようだ。楽しくておしゃれでおせっかいで、主人公の恋愛や仕事を手助けしてくれる女言葉を使う男性キャラクターは、国内ドラマでも見覚えがある。実は心のどこかでずっと引っかかっていた気がする。確かにマミーは人間離れしているのだ。食料不足であれ、暴言を吐かれた時であれ、へたったり迷うこともなく、超然としていて、スカーレットへの忠誠は揺らがない。何か変だぞ、という気持ちはあった。魔法使い、という指摘はぴったりだと思った。

自分の感性に対する信頼がぐらぐらとぐらついているのを感じていた。スカーレットは当たり前のように黒人を、保護すべきもの、指示を出さねば何一つできないもの、として扱っている。まったく気になっていなかったわけではない。でも、スカーレットが悪いというより、その時代のアメリカ南部はそれが常識だったのであり、それが忠実に描かれているに過ぎない。そこにいちいち立ち止まっていたら、あの南北戦争の迫力や綿花農場の雄大な描写を楽しむことはできなくなってしまうから、意識的にやり過ごしていたのかもしれない。

バスがやってきて、正子は顔を上げた。いつの間にか短い行列ができていた。周囲の人々は座りこんだままの正子を不審そうに見下ろしながら、乗車していく。バスが過ぎ去ると、ふらふら立ち上がり、来た坂道を上った。日に背を向ける格好になるので、今度はこちらに向かって下りてくる人たちの顔がくっきりと浮かび上がった。

すぐそばのビルの壁に、老人用紙おむつの広告が出されている。いかにも優しそうな白髪の男性と可愛らしい孫が笑顔を寄せ合っている。確か、設楽さんの事務所で一緒だったアマチュア俳優だ。正子が失脚してからは、どうやら事務所のナンバーワンになったようである。「いつでも、いっしょ、ぐらんぱ」というキャッチコピーが掛かっていた。

「つまり私って」

正子は足を留め、看板を見上げながらつぶやいていた。

「マジカルグランマだったってことなの？」

日が高く昇り、目黒のビル群が蜃気楼《しんきろう》のように揺らいでいる。看板のおじいちゃんと孫にも光の帯が伸びていき、一つに溶け合った。

　世間の求めるこうあるべきおばあちゃんに自分を嵌《は》めこみ、それでお金を稼ぐことに正子はこれまでなんの疑問も持たなかった。いつも優しくて、会えばお小遣いをたっぷりくれて、それでいて老いの醜さや賢《さか》しさを持たないキュートなおばあちゃん。自分のようなレベルの女優にはそれがお似合いだし、みんなを喜ばせているとも思っていた。しかし、ステレオタイプをなぞることは、声を持たない人々を傷つけたことになるのではないか。おばあちゃんはこういうもの、という押し付けを強化し、そこからこぼれた人々をさらに居づらい立場に追いやってきたのではないか。ちえこばあちゃんの姿をテレビや街中で目にし、それがもてはやされる姿を見て疎外感を感じた人たち、例えば家族を持たない人、家族とうまくやれない人、身綺麗《みぎれい》にしたり孫にお小遣いをあげられるだけの余力がない人、愛される性質ではない人、いわばほとんどの老人を傷つけてしまったのではないだろうか。お別れの会の後の、急激な嫌われ方こそが、その証拠かもしれない。正子は確かに差別に加担していたのだ。マミーが明るければ明るいほど、自分の環境に疑問を持たずにスカーレットに尽くせば尽くすほど、傷つき、侮辱を感じる黒人がいたのと同じように。

　それでも「風と共に去りぬ」が自分の核を作ってきた事実は変えられないのだ。今更好きだったことを消し去ることはできない。差別の問題を考えた上で、もう一度物語を捉え直すのだ。違った世界が見えるかもしれない。陽子ちゃんとこの問題に取り組めたらいいのに、と心の底から思う。

ロータリーが見えてきた。駅の反対側にある、孝宏の会社を目指して、足の裏全体を地面に着けて、ゆっくり歩き始める。

人気がなくなったのなら、いじわるなおばあさん役なんてどうだろう、と短絡的に考えたが、それもまたステレオタイプではないだろうか。今、人々が本当に見たいのは、紀子ねえちゃんの「アサガオ」のような役だ。でも、この国でそんな素晴らしい役が来るのを待っているうちに、正子はたぶん、死んでしまうだろう。

それならば。まだ誰も見たことのない役柄を自分で作るしか、ないのではないか。どきどきしているのは、坂道を上りきったせいだけではないかもしれない。

杏奈に希望通りの脚本を書かせ、正子の主演作を撮らせるのはどうか。いや、ダメだ。あの子の作風に正子の居場所はないし、処女作を見て感じたが、ああいう光でぼやけたような映像は、そこかしこで目にしている。まだ世にないものを自分の手で作る、といった姿勢は彼女に欠けている。もう、いっそ、正子自身が台本を書いた方が早いような気がする。若い頃は、よく夫の脚本の初稿に目を通し、感想を求められた。夫は正子の意見を反映させ、書き換えることが多々あった。その工程を間近で見ているのだから、どんな風に書くかは案外身についているのではないか。

線路を越え、孝宏の会社が入っている、築四十五年のマンションの漆喰壁《しっくいかべ》にたどり着いた。

映画は無理でも、舞台ならば、一人芝居ならばどうだろう。例えば家のできるだけ近所に、格安で場所を借りる。いや、ちゃんとした劇場ではなく、この間の病院の待合室のような、人がたくさん集まり、それぞれが時間を持て余していて、座っているしかないような場所。そこでゲリラ的に芝居をしてお金を集める方が、オーディションの度に、電車移動と面接で気持ちをすり減らし、既存の役に自分を押し込むより、ずっと合理的だし、役者として成長できる気がする。今ある知名度を利用し、メルカリで覚えたやり方でSNSで宣伝するのもいい。早く家に帰って今後のことをゆっくり考えてみたい。

天井の低いエントランスを抜け、インターホンを押す。応答がない。帰ろうかと思ったが、たまたま住人らしき男がオートロック式のドアを押して、外に出てくるところだった。入るべきか迷っていると、毛の生えた手でドアを押さえ「どうぞ」と視線で誘われ、つい会釈をして反射的に身体を滑り込ませてしまう。せっかくだから、ドアノブに梅醤だけでもぶら下げておこう、とカーキ色の古いエレベーターに乗り込み、三階のボタンを押した。

ここにはかつて二回だけ足を運んでいる。会社が設立された八年前と五年前の社員総出のクリスマスパーティー。孝宏に、思い出の味をどうしても社員に振る舞いたい、と頼まれて小ぶりのチキンを焼いて、差し入れしたのだ。１ＬＤＫの小部屋を一つぶちぬいてリノベーションしてもなお手狭な室内は日当たりも悪く、湿気でじめついた印象がある。孝宏は義母ゆずりで気管があまり丈夫ではないので、空気清浄機を買え、と口をすっぱくして言ったが、正子の意見はいつも聞き流されることが多いので、どうなっているか。エレベーターのドアが左右に開き、外廊下を突っ切って角部屋を目指す。会社名の表札が出ているはずなのだが、見当たらなかった。部屋番号を間違えているのかもしれない。ドアノブに紙袋を下げるべきか迷っていたら、換気口からコーヒーらしいにおいがふんわりと流れてきた。コーヒーなんてずっと飲んでいないので、とても芳《かぐわ》しいものに感じられて、正子はうっとりした。おそらくはキッチンの流しの前らしきすりガラスの窓越しに、黒い影がうごめいている。

思い切って、すみません、浜田孝宏の母ですが、と叫んだ。影は動かなくなり、すりガラスから消えた。しばらくして、ドアの鍵の開く音がした。それからさらに時間が経《た》ってから、ゆっくりとノブが左に回転し、見覚えのある顔がようやく現れた。この間、土地売却や遺品整理で屋敷にやって来た、行政書士の清野章雄だ。顔色が悪い印象があったのだが、むくみが消え、肌がやや明るくなめらかになっている気がした。

「こんにちは、この間はどうも。孝宏いるかしら？」

「来るなら、そう言ってよ」

と、彼の後ろから顔を覗かせた、寝間着のようないでたちの孝宏は、こちらを責める口調だった。まじまじ見ると、本当に寝間着なのであった。そこで改めて気付いたのだが、清野もまた部屋着姿である。学生ノリの延長で起業したとはいえ、いくらなんでもくだけすぎではないか、と正子はあきれた。

「……会社だから、ちょっと顔をみせるくらい、迷惑じゃないと思ったのよ。たまたまよ。ここの近所でね、仕事があったの」

見栄を張ってそう言った。二人は目配せしあって、正子を中に入れるべきか、考えあぐねているようだ。けむたがられているのはわかっている。本格的に傷つく前に、さっさと立ち去るか、と、紙袋を差し出そうとしたら、清野が早口で言った。

「あの、今は、ここ、会社じゃないんです。実を言うと、先月末、孝宏さんは会社を畳みました。今は二人で残務処理に当たっています」

「まあ、知らなかった」

経営がうまくいっていないのはわかっていた。祖父のような骨董《こっとう》の知識もない上に、父親に似て行き当たりばったりなところがある。孝宏が買い付けたという、どんな部屋にも馴染まなそうな不思議なオブジェをいくつか思い浮かべ、正子は肩を落とした。息子の経済問題までのしかかってきて、先ほどまで割と現実的に思えていた一人芝居の計画が貴族の遊びに思えてくる。

「近所の自宅マンションはもったいないから解約した。当面はここに住むことにしているんだ、この人と」

孝宏は観念したように、そう言って、傍《かたわら》の清野を目で示した。

「あなたたち二人、で住んでいるの？」

僕、少し、外に出ます、と清野が言い、上着と財布を手に正子の横を素早くすり抜けていく。真美ちゃんの服から漂うものと同じ、無添加の洗剤の柔らかなにおいがした。正子は記憶を辿《たど》りながら、孝宏に続いて部屋に入っていく。息子の背中からもやはり同じにおいがした。

「言おうか言うまいか迷ってる時に、父さんが死んでさ……」

リビングからは会議用の大きなテーブルやホワイトボード、観葉植物が消えていた。代わりに古いソファと薄いテレビが置かれ、本やDVDがあちこちに収納され、大きな衝立《ついたて》で部屋が区切られている。背中をうんと反らせて確認したところによると、どうやらその先にはダブルベッドが隠れているらしい。正子はソファに腰を下ろした。よく使い込まれていることがわかる飴色《あめいろ》だが、革が張っていて、心地よく身が弾む。これあなたが選んだの、と聞いたら、あいつが持ってきた、という返事だった。ずっと低音が響いているので、音のする方を目で追ったら、大きな空気清浄機が稼働しているのを見て、嬉《うれ》しくなった。正子が何か言う前に、孝宏はそれもあいつが買ってきた、プレゼントだって、と付け足した。

「ちょっと頭を整理させてね。あなたはその、あの大学の後輩の、清野さんとお付き合いしているということなのね？　お友達としてではなく？」

冷静に、正子は確認した。孝宏は頷き、ダイニングキッチンに向かう。以前はなかった、喫茶店にあるような大がかりなコーヒーマシンからサーバーを引き抜いた。どこもかしこもよく片付いていて、空調が利いているせいか、以前より家具やものが増えたのに明るく、広々して見えた。すぐそばに落ちていた新聞はごわついていた。

「あいつと違って俺は、これまで女性としか付き合ったことがないけど」

正子は孝宏の最初の結婚を思い出していた。引っ込み思案だった少年時代を脱すると、多趣味な孝宏の交友関係は急に広がった。ただし、男よりずっと女の友達の方が多かった。かといってモテるという雰囲気でもなく、いつも何人かでかたまって旅行をするイメージが強い。大学時代にたまに家に連れてきた女友達の一人と、三十歳を過ぎてから式も挙げずにいつの間にか籍を入れ、なんの報告もなく一年半後に別れていた。聞かされたのは生活習慣があわなかった、という理由だけだった。

「父さんには、どうしても言えなかったんだ……」

拗《す》ねたようにそう言いながら、孝宏はマグカップを二つ、作り付けの戸棚から取り出した。砂糖はいいからミルクをたっぷり入れて、と頼みながら、高い位置にある戸棚だから、清野の身長ではきっと届かないだろうな、と思った。

「そうよねえ、あの人のことだからねえ、大騒ぎしたんじゃないのかしらねえ」

撮影所時代、同性愛者と噂されるスターもいるにはいたが、おおっぴらに宣言できるような空気はまだなかった。同居を拒否されたのは、おそらく清野との同棲《どうせい》も関係している、とわかり、正子は安心してもいた。落ち着いたこちらの様子を見て、孝宏はなじるように言った。

「母さん、親としてなんか言うことないの。清野は親にカミングアウトした時、絶縁するって言われたらしいよ。今は理解してるらしいけど」

「言うことも何も……」

夫ばかりを悪くも言えない。今日突きつけられたが、まぎれもなく自分は差別には鈍感な方だし、偏見も強い方だ。

でも、もし若い頃、紀子ねえちゃんが「結婚なんてやめて、私とずっと一緒に暮らしましょうよ」と言ったらどうだったのだろう。正子は言われるままに彼女と生きる道を選んだのではないだろうか。紀子ねえちゃんへのあの頃の強い思慕が、どういう種類の感情に分類されるかはよくわからない。そもそも分類できるものでもないのかもしれない。寝起きをともにし、毎日同じご飯を食べるうちに、それらは溶け合い、形を変え、世間一般では恋人と呼ばれる関係に発展していた可能性も、あるのではないだろうか。正子は男を夫一人しか知らない。それを別段、寂しいとは思わなかったが、自分の欲望のかたちについてきちんと向き合ったことがないことに、たった今、気付いた。

「そうねえ……。打ち明けられて怒る親って、偏見というよりは、その子がこれから乗り越えなければいけない色々を思って、不安が押し寄せて取り乱してしまうんだと思うのね」

孝宏はマグカップをこちらに差し出し、隣に座った。前に会った時より、はるかに肌艶が良い。髪も心なしか増え、海苔《のり》のように黒々としている。それを見ていたら、たちまち気持ちが満たされた。この子がよく食べて、よく寝られているのなら、そして空気清浄機がここにあるのなら、正子はもうそれでいいのだ。カップはあまりにも熱く、正子はハンカチを取り出し、包むようにして胸に抱く格好になる。孝宏は平気でもう口をつけている。色素や皮膚が薄いように見えて、やっぱり男の子だと思った。

「私も昔だったらそうだったかも。でも、今じゃ私自身が、こんなに嫌われてて、世の中から受け入れられてないからねえ。偉そうなこと何も言えないわよ」

孝宏は笑わなかった。孝宏と清野が今後どんな偏見や重圧と闘わねばならないのかは不勉強でわからないが、少なくとも、二人で昼間の電車に乗り込むだけで、スマホを向けられることまではないと思うのだ。そう言っても励まされるわけではないと思うので、正子はそれきり黙り込んだ。コーヒーにふうふうと息を吹きかけていると、ようやく孝宏が口を開いた。

「俺が料理や掃除をして、金銭的にはあいつが暮らしを回してる。俺、あいつの仕事を手伝いながら、資格の勉強してる。ここはもうあいつの事務所でもあるんだ。こういう暮らしが、向いているんだなって初めてわかった」

言葉が嘘《うそ》ではないことがわかっていた。昔来た時より日当たりがましに感じられるのは、ガラスと床がよく磨かれているからだ。

「ただささ、生活に困窮している時に、助けてくれたのがあいつだから、だんだん好きになってしまったのか、って思うと、すごく失礼なことをしている気にもなる。あいつはそれでいいって言ってくれるけど。俺たちまだ、その、ちゃんとしたカップルってわけでもないし」

しゃべりすぎた、と気付いたのか、孝宏は唇を引き締めた。衝立の向こうのベッドが目に入り、正子はコーヒーをがぶりと飲んでしまい、口内が焼けそうになる。舌が落ち着くのを待った。

「一緒に生きていけそうな相手を見つけたら、私、離さない方がいいと思う。電球ひとつかえるにも、一人だと大変なんだもん」

杏奈のような怠け者でさえ、居るのと居ないのとでは、梅仕事ひとつとっても大変さがまったく違うのだ。基本的にあっさりした付き合いの明美さんにも、ヘラヘラしている野口さんにも、何度も助けられている。

「そうかな。俺みたいなどっちつかずなのって、すごく失礼な、ずるい、まがいものみたいなもんなんじゃないのかな」

孝宏の声は細く、消えてなくなりそうだった。

「うーん、そうねえ。あなたの頭の中にある同性愛者の姿に自分があてはまらなくたって、別にいいんじゃないのかしら。情熱的で、自立していて、世間の目を気にしなくて自分の欲望がはっきりしている同性愛者の姿って、それたぶん、マジカルゲイなんじゃないの。それこそ偏見なんじゃないの？　人の気持ちってそもそもどっちつかずで、白黒つかないもんなんじゃない？　同性愛者はずるい性格じゃ許されないってことにならない？」

「母さん、知らないうちに、いろんなことを勉強しているんだね。びっくりだよ」

覚えたての言葉をすまし顔で使うのに、躊躇はなかった。孝宏は目を丸くしている。

「そうでもないわよ。全部聞きかじり」

正子は肩をすくめ、やっと落ち着いてコーヒーを飲んだ。香りの良さにびっくりした。最近は手作りのドクダミ茶ばかりだから、そう感じるのだろうか。味わいを褒めたら、あいつが豆にこだわる方で俺も勉強している、と息子は嬉しそうに言った。

「俺さ、ヒモみたいじゃない？」

小学生の頃、この子はこんな風だった。どう思う、どう思う、と、自分の話をじっくり聞かせるよりも先に、台所で夕食の支度をしている正子に意見を求めてきた。何を言っても、大真面目に聞き、そうかあ、なるほどなあ、と頷いていた。

「あら、家事は立派な仕事よ。むしろ、あなたが家事してる奥さんを見下すような人になるより、ずっといい。そういえば、あなた、お菓子作りとても上手だったものね」

「うん、楽しかった。母さんやばあばと、台所に立つの」

中断しないで、ずっと料理を教えていればよかった。縛られていたのは、自分も同じだったのかもしれない。

「俺、本当にずっと……」

とつぶやき、それきり両手でコーヒーの水面を揺らしている。正子はわざと明るく言った。

「コーヒー、美味《おい》しいわ。やっぱり、人に何か作ってもらえると、すごく美味しいわね」

お金がないなら、彼と二人でいつでもうちにきたらいいじゃない――。舌先までわっと言葉が這《は》い上がってきたが、距離感、を思い出し、ぐっと収めた。ずっと一緒にいたら、この瞬間のように和やかに語り合えるだろうか。今日の息子の優しさは、母親をほったらかしにしている罪悪感だって影響しているに違いない。正子には今、孝宏の世話よりも、考えるべきことがあり、孝宏だってそれは同じだ。お互いが相手に道を譲る努力をするのは、いよいよ、ピンチになったらでいいのかもしれない。せっかくの遠出を良い気持ちでしめくくりたくて、もっとここに居たいのに、正子は下半身に命令して、よいしょ、と腰を引っ張り上げ、紙袋からタッパーを取り出した。

「これね、梅醤。梅仕事なんて久しぶりよ。裏の明美さんにクックパッドの簡単なやつを教えてもらったから、やってみる気になったの。あとで、ＬＩＮＥに送っておくね。明美さんから教わったレシピとか。家事、がんばりなさいね」

　孝宏はタッパーを受け取り冷蔵庫にしまうと、コーヒー豆をざらざらと紙袋に振り入れ、こちらに差し出した。その後、何年かぶりに駅まで送ってくれた。改札に向かって行く途中で、駅ビルからフランスパンを真横に携えた清野がふいに姿を現した。清野を見つけると、孝宏は片手を上げげた。清野はほっとしたように、フランスパンを槍《やり》のように身体と垂直にして、ひょこひょこと駆け寄ってきた。息子がお世話になります、空気清浄機を本当にありがとうございます、と正子は頭を下げ、清野も慌てて同じような動きをした。二人は寄り添う形でこちらがホームに続く階段の中程を下りるまでずっと見つめていた。

　帰宅すると、屋敷は真っ暗だった。食堂の片隅にうずくまり、杏奈が声をあげて泣いている。目の前では床置きされたパソコンがぼんやりと辺りを丸く照らしている。

「あらやだ、ポンポンこわしたの？」

「どうしよう。お昼過ぎから、めちゃくちゃ、叩かれるようになってるの」

　杏奈はこちらの腰にしがみついてきた。どれどれ、と老眼鏡をかけて、膝を折って座ると、正子はパソコン画面を覗き込む。杏奈の動画のコメント欄がどこまでも伸びていて、再生回数は二千回を超えていた。それなのに彼女はめそめそ泣きながら、こう訴えた。

「監督の熱狂的ファンが、ひどいコメントと一緒に私の動画を貼ったら、あっという間に拡散されちゃったの。なんの才能もない小娘が、浜田監督の優しさに付け込んで、彼の名前を借りてアーティスト気取りでデビューしようとしてるって」

「仕方ないかもねえ。あの人やたら崇拝されて、好かれてるもんねえ」

杏奈はひっ、と小さなしゃっくりをして、苦しそうに胸を押さえた。かつて彼女が正子を敵視していた時のことを皮肉っているようにとられてしまったのかもしれない。灯《あか》りを点《つ》けると、眩しさに目をぱちぱちさせながら、ぽんと杏奈の肩を叩く。

「でも、話題になっていいじゃない。あなたもこれで映画人の仲間入りね」

喜ぶかと思ったのに、杏奈はさらに激しく泣きじゃくる。

「コメント、ほとんどが批判だよ、つまんないとか、どこかで見たことがあるとか、なにのパクりだとか、何度見ても最後まで見られない、寝ちゃう、とか」

まさに自分も思ったことばかりなので、正子はそこには触れないことにした。

「気にすることないったら。最初は誰でも下手くそよ。そんなことよりね、マジカルニグロっていう言葉知ってる？　あのね、今日ね……」

「……下手くそ⁉　下手くそって言った⁉　やっぱり私、才能がなかったんだ」

杏奈は鼻水だらけの顔をこちらに向けると、急に憎しみいっぱいの目で睨《にら》みつけてきた。

「正子さんの言うことなんて、聞くんじゃなかったよ。映画なんか撮らなきゃよかった。私、もう立ち直れない。映画なんて、やめる」

杏奈はわっと泣き出し、立ち上がって部屋を飛び出した。女中部屋のドアが乱暴に閉まる音がした。一緒に飲もうと思っていたコーヒー豆がふんわりと香ばしい香りを、あきれるくらい何もない室内に放っている。

舞浜の改札を抜けた瞬間から、バラ色のクリームやスミレの砂糖漬けを思わせるメロディがかたときも止まることはない。ひっきりなしに胸の奥がかき回され、こうしている今も優美な曲線を描く青と白のお城がぐんぐんと近づいてくる。白とモスグリーンの駅舎のような受付で、チケットを見せ、荷物チェックを受けると、正子は経験したこともないのに、飛行機で大空にはばたいていく気持ちを味わった。園内に入るなり、聞き覚えのある曲のオーケストラ調アレンジが大きな音で流れ出す。

このところずっと腰が痛かったのも忘れ、正子は突然、スキップしたくなった。ディズニー映画なら、孝宏が子どもの頃に数え切れないほど見ている。最後に楽しんだのは、確か「ファンタジア」だろうか。興味がないわけではなかったのに一度もここに足を運んだことがなかったのは、人混みが得意ではないのと、孝宏がひどく乗り物酔いをするたちだったためだ。

ミッキーマウスの形に刈り込まれた樹木に目を奪われながら、絵の具のパレットのように整備された花壇を抜け、アーケード街に入った。左右に立ち並ぶ建物はお土産物屋さんだろうか。ドアの取っ手から窓枠に至るまで、かつて劇場のモノクロ映画で見た欧米の街並みそのものだ。そこに鮮やかなピンク色やクリーム色が施されている上に、一軒一軒に作りものの世界が広がっていると思うと、あまりの情報量にクラクラしてしまう。見上げるほど高い天井には、子どもの手をすりぬけたらしい風船がいくつも頭をぶつけ、困惑したように紐《ひも》を揺らしている。まだ夏休みには時期が早いとはいえ、通りのあちこちには、隣に居る杏奈とそう年齢の変わらなそうな、制服姿の女の子たちが、動物の耳がついたカチューシャやおどけた帽子を被《かぶ》って、互いの姿をスマホに収めている。この間のようにスマホを向けられてはたまらない、と、被り物を並べた近くのワゴンに駆け寄った。びっくりするような値段に肝を冷やしつつ、「ふしぎの国のアリス」のチェシャ猫を意識したらしい耳のついた帽子を買い求め、すぐに目深に被った。とはいえ、誰も正子のことなど気にしていない。すぐそばでは絵本から抜け出してきたような、輝く金髪、透き通る青い目に同じ色のドレスを合わせたプリンセスが快く写真撮影に応じている。

「ここだと、杏奈ちゃんの髪の色もあまり目立たないわね」

傍でさらさらと揺れるピンク色のおかっぱに声をかけた。家を出た時からむっつり押し黙っている彼女が、舞浜の改札を抜けてから、音楽に合わせて軽く肩を揺らし、ドナルドダックとすれ違う時にほんのりと笑みを浮かべたことを正子は見逃していない。何より、ここ数日は最低限の家事をこなす以外は引きこもっていて、食事も部屋でとっていたくせ

に、

――ディズニーランドのチケットを福引で二枚あてたの。明日行かない？　私、生まれて初めてなのよ。あなたが付いてきてくれないなら、間島さんを誘おうと思うんだけど。

とドア越しに声をかけたら、脂っぽい前髪を貼り付けたやや痩《こ》けた顔を覗かせたのだから、基本的にここが嫌いではないのだろう。今朝は久しぶりに風呂に入り、カラーコンタクトとかつら、洗いたてのTシャツとジーパンを身に付けているから、ずいぶんと調子を持ち直したかに見える。

「前から聞こうと思っていたんだけど、どうして杏奈ちゃんはいつもかつらを被ってるの？」

つい尋ねたら、杏奈は口をへの字にしてふさぎこんだので、正子はそれ以上追及しないことにした。

初監督作品は少なくない批判にさらされたのち「心霊映像が紛れている」という不名誉な噂まで立った。検証してみるとそれは、杏奈が編集し損ねた、画面の隅に収まっている正子の姿で、さらなる悪評を呼び、とうとう彼女は動画を削除するはめになった。責められるとばかり思って身構えたが、何故か杏奈は何も言わなかった。以来、二人の間でなんとなく触れてはいけない案件となっている。彼女は人が変わったように大人しくなり、映画のえの字も口にしなくなった。何があろうと図々《ずうずう》しく突き進むとばかり思っていたので、拍子抜けというか、物足りない気分を味わっている。

このまま彼女が故郷に帰ってしまったら――。もう二人の暮らしに慣れつつあるので、そんな勝手なことはされたくない。野草の収穫、調理、掃除機に雑巾掛け、買い出し、雨戸の開け閉め。すべて一人でこなしていた日々が信じられない。彼女から定期的に入る下宿代や食費も貴重な収入源だ。

アーケードを抜けると視界を何にも遮るものがなく、例のお城が曇り空とともにぐいと前にせり出してきた。ポップコーン屋台から漂う、バターとキャラメルのにおいにむせ返りそうだ。二階建てのバスが目の前を横切り、乗客がこちらに向かって笑顔で手を振る。

思わず、振り返した。

「なんだか、外国に来たみたいね。ううん、日本語が通じるし、日帰りできるから、外国でもないのよねえ」

日常が東京駅のずっとずっと後ろに遠ざかっている。誰もが楽しむことに夢中で、おかしないでたちをしようが大げさなジェスチャーをしようが、他人のことなど気にしない。赤い房のついた帽子のブラスバンド隊が奏でている大型楽器の重低音に身を委ねていたら、なんだってできそうな気持ちが腹の底からむくむく湧いてきた。可能ならこのチリ一つ落ちていない地面に両手をついて、くるりと一回転してみたい。

「ここに陽子ちゃんを連れて来たかったわ。海外旅行をするのがあの子の夢だったんだもん。夢のハリウッドは無理でも、気分は味わえるじゃない」

彼女の消息は千葉県で途絶えているから、ひょっとすると、ここに来たこともあるのかもしれない。見回せば、正子と同じような年齢の女の客は多い。家族連ればかりではなく、友達同士らしきグループが目についた。仲睦まじそうなその様子に、陽子ちゃんと自分を重ねていたら、ぽつぽつと糸のような雨が降ってきた。天気予報を見てしのばせておいた、雨合羽をいそいそと広げる。食べ物は持ち込み禁止と聞いているが、本当ならお弁当と水筒で節約に努めたいところだ。

サマーセール初日の福引で、揃《そろ》いのハッピを着た抽選係の明美さんや店員たちが見守る中、正子は一等の商品券を思い浮かべ手を合わせて祈ると、抽選器の取っ手を握りしめ、決死の思いで十個の玉を放ったのである。残念賞の緑だらけの中、一つだけが銀色に輝き、それは三等のディズニーランドペアチケットに相当した。明美さんは大きなベルを両手で掲げ、会場となったスーパーの駐車場いっぱいに、カランカランと明るい音を響き渡らせた。ペアチケットをちょんと載せたポケットティッシュの山を抱えてがっくりしていたら、明美さんから当たり前のように、

――良かったですね。夏休みになると激混みになるから、今すぐ行った方がいいですよ。

と助言され、なんとなくそれが頭を離れなくなった。金券ショップで現金化しようかとも思ったのだが、三つ離れたターミナル駅まで行かねばならないのがあまりにも面倒で、

だったら舞浜に出ていくのもそう変わらない気がしてきた。杏奈を誘ってみることを思いついたのはただの気まぐれである。なにしろ、タダなのだ。

最初に人気アトラクションのファストパスを取らなきゃ、と杏奈はこちらにお構いなく、スマホを片手にどんどん歩き始める。赤みを帯びた岩や松の木で取り囲まれた最果ての地のような場所に到着すると、券売機からその便利なチケットを取り出す方法を教えてくれた。表示された時間内にここに戻って来れば、さほど並ばずとも、すぐそばの岩山をトロッコで走り抜けるジェットコースターに乗れるらしい。今日は天候があまりよくないし夏休み前だからそうでもないけれど、ひどい時は三、四時間並ぶことはざらだ、と聞いて、正子は青ざめる。トイレが心配だし、腰に負担が掛かるのはさけたい。なるべく並びたくない、と懇願したら、杏奈は案外頼もしい様子で、専用アプリをスマホに入れたので待ち時間は把握している、効率よく回れる配分は考えてある、なるべく休憩をマメに入れよう、と提案してくれた。

「すごくくわしいのね。杏奈ちゃんはディズニーランド博士かもね」

とおだてたら、とても嫌な顔をされ、並んで歩きながら、まくしたてられた。

老人一人では危ないから付いてきてやっただけだ、こんな白人至上主義、資本主義の空間なんて、私は本来批判的で、そもそも中高の修学旅行で無理やり参加させられた時から居心地が悪くて、ずっと一人で行動していた、私はクラスで浮いていて、他の子が好きなものがどんなに頑張っても好きになれなくて……。やがて話はいつものような色を帯びていった。

内心安堵《あんど》していると、「風と共に去りぬ」に出てくるようなガラス張りの温室風の白い建物が目に飛び込んできた。まだまだ話し足りなそうな杏奈の横を正子はすり抜けていく。中を覗き込むと、どうやらレストランらしい。バッグから折りたたみの傘を取り出して広げると、南部美人をイメージして澄まして構え、杏奈にこちらのスマホを押し付けて一枚撮らせた。

「差別問題のこと気にしてたくせに、やっぱりまだまだ信者なんじゃん。そのポーズはスカーレットだよね。いい年してぶりっこしちゃって」

杏奈が皮肉っぽく笑いながら、スマホから目を覗かせた。

「それ、まだ結論が出ていないのよ。『風と共に去りぬ』を自分の中でどういう風に受け止めるべきなのかしらねえ」

正直にそう言い、スマホの写りを確認して受け取ると、どこに向かうかもわからないまま、彼女に付いいて再び歩き出した。

目黒の面接の翌日、図書館に行って、一番わかりやすそうな人種差別関連の本を探した。ちょっと恥ずかしかったが、小学生向けの棚にあったものを借り、熟読した。映画をパソコンで観直している。どうしてまったく引っかからなかったのだろう、とかつての自分を疑いたくなる箇所がいくつもあった。戦争に負けてもなお、登場人物たちは奴隷制度になんの疑問も抱いていないし、むしろ美しい思い出として正当化しているのだ。

何故少しも気にならなかったかといえば、詰まるところ、正子は差別問題を自分に関係のないことだと認識し、視界から外していたに過ぎないのだ。例えば、よくよく見回してみれば、スーパーマーケットのレジ係に中国か韓国の人と思《おぼ》しき若い男性がいるが、まだ慣れていない彼の対応に、侮蔑的な言葉で急《せ》かす年配の男性客がいる。これまで風景に溶け込んでいるように思えたのは、正子が差別する側の価値観だったからかもしれない。

正子自身、当事者でもあるのだ。この間の面接で受けた性的なからかいや、夫に関して批判的なことを一切言わせない空気もまた、差別の一つではないだろうか。理不尽な目に遭うたびに、みんな我慢している仕方のないことだ、と言い聞かせ、違和感を呑《の》み下してきた。その繰り返しが、正子をあらゆることに対して鈍感にしたのかもしれない。なによりも、正子だって有色人種である。日本を一歩出たら、どんな扱いを受けるかはわからない。ハリウッドにいる紀子ねえちゃんもまた、華やかな記事には書かれない現実に直面しているのではないだろうか。自分ではどうにもならないことで、外から属性を決められ、そこからはみ出したら最後、一斉に石を投げつけられるような制裁が加えられる。マミーがあれほど優しくて忠実なのは、単に優しくて忠実でなければ、存在することさえ許されないためだったのだ。実際、マミーを演じた女優は、黒人初のオスカーを手にしている。

　しかし、正子は今なお「風と共に去りぬ」が大好きなのである。メラニーとスカーレットの友情には胸が震え、戦火の中のお産の場面など、身体に汗が滲んだ。劇場の暗闇で握りしめた、陽子ちゃんの柔らかくしっとりした手の感触が蘇ってきた。世間から糾弾されても、赤い土地を力強く踏みしめて、歩き出すスカーレットに、十八歳の時と変わらず、武者震いした。改めて、女優としての道を探りたい、お金を貯めて家を壊し、土地を売りたい、という決意がよりいっそう強くなったのである。やっぱり一番好きな映画なのだ、と確認する結果になった。うまく伝わるか自信はさっぱりなかったが、正子は杏奈に向かって、懸命にその一つ一つを言葉にしてみた。一旦はやんだかに見えた雨だが、お城や岩山を重たい雨雲が覆い始めている。

「それなら、今日は勉強になるかもしんないね」

　杏奈は不思議なことに、こちらの話に興味を示しているらしい。

「ディズニーランドって、今も問題は山積みだけどさ、昔はジェンダーや人種問題にもっと鈍感だったんだよ。正子さんが知ってる頃のディズニー映画って、わりと、童話の話をそのままやる感じでしょ？」

「眠れる森の美女やシンデレラや白雪姫、全部そんな感じだったわ」

「でもさ、今では少しずつアップデート、あ、更新されて、どんどん新しいキャラクターや物語も生まれてるの。保守的なヤバいものと、時代に寄り添ったイケてるものが共存しているのがここの魅力っちゃ、魅力なんだよね」

赤い三つ編みを一つに垂らした牛柄のパンツ姿のカウガールとすれ違った。正子はお城をちらりと振り返る。何も持ってきていなかった杏奈は、ずいぶんと高価なプーさんの耳のついた黄色いレインコートを平気な様子で買い求めながら、こう言った。

「そうだな、すぐそこのカリブの海賊とか、保守的でヤバいやつの極みかもしれない。行ってみようか？」

スマホに表示された待ち時間によれば、そう待たずに乗れるということだった。ドクロの旗が揺れる薄暗い洋館に足を踏み入れると、カルキくさいプールのようなにおいと、流水音がした。室内なのに水が流れている気配がちぐはぐだった。すべて人工の空間でそれだけははっとするほど生々しく、正子は何か大事なことを思い出しそうになる。海鳥の鳴き声がし、遠くの方にレストランの明かりが見える。そこで食事をしている客の姿もまた、作りものなのだろうか。遠くに誘導灯が光っている。

ここでは偽物と本物の境がとても曖昧だ。時間が経つにつれ、なんだかそれがどっちでもよくなってくる。辺りはすっかり闇で包まれ、杏奈の表情はもう見えない。怖くなってそっと彼女の腕を摑んだら、熱いくらいの体温で、ほっとする。係員に言われるままに、暗い水面に漂うボートの最前列に二人は乗り込んで静かな沖へと流されていく。揺り椅子でパイプをふかす年老いた男そのもののロボットの姿に目を奪われているうちに、しゃれこうべが頭上に現れ、顎をカクカクさせてしゃべり出す。身体が浮いて、正子は悲鳴をあげ、ざぶりとした大きな波とともに暗い洞窟にのみ込まれたのだった。

　待ち受けていたのは、まばゆいばかりの財宝と、残虐行為と殺戮《さつりく》の歴史だった。人身売買、強姦《ごうかん》を思わせる場面もあった。花嫁の衣装を着せられて女たちがオークションにかけられるところは、背中がざわりと粟立った。海賊がボートに向けたライフルの銃口をまともに見てしまった時は、強く死を意識した。

　巨大な海賊船が霧の中からゆっくりと現れ、大砲が放たれたあの瞬間から、胸の真ん中に大きく穴が空いている気がする。火薬のにおいが身体にまとわりついて消えない。ボートを降り、明るい世界に戻っても、正子はしばらく口がきけなかった。

「こんなすごいところだなんて、私、知らなかった。もう一回海賊のやつに乗りたいわ」

「えー、もったいないよ。初めてなんだから、もっと色々乗ろうよ。ここと同じくらい面白い乗り物がたくさんあるんだよ」

　今出た建物を何度も振り返っていると、杏奈に容赦なく腕を引っ張られた。しぶしぶと乗り物をめぐるはめになるが、彼女の言ったことは正しかった。次に乗った鉄道では、まるで白人による略奪の歴史などなかったかのようにこちらに友好的に手を振るアメリカ先住民の姿に面食らいながらも、あらゆる種類の動物、果てはゆっくりと草を食《は》む白亜紀の恐竜に遭遇する羽目になる。ピーターパンのアトラクションでは、ロンドンの夜の空を飛んで、きらめくテムズ川とビッグベンを見下ろした。熊のぬいぐるみが歌い踊る室内のショーを見終わったら、雨はやんでいる。再びファストパスとやらを受け取るために、仄《ほの》暗《ぐら》い印象の赤煉瓦《あかれんが》造りの大きな洋館の前に行った。荒れた庭を取り囲む鉄の柵さえ、古びた加工が施され、その先端は剣のように尖《とが》っていて、何かおどろおどろしい。お化け屋敷のような存在なのか。なんとなく、どこかで見たことがあるな、と建物を振り返りつつ、そろそろ疲れてきた、と訴えたら、杏奈はすぐそばのコーヒーショップで休ませてくれた。パラソルの下で冷凍ピザとコーラを口にした。強い塩気や炭酸が舌をびりびりさせるような味わいに活力が湧く気がした。正子の元気が戻るのをゆっくり待って、例の開拓時代の鉱山を駆け抜けるジェットコースターを目指した。最初に取った券のおかげで、すいすいと前に進め、空《す》いている列に並ぶことができた。赤い岩場に組み込まれた開拓民の小屋のような建物に入っていくと、走行中のトロッコ風の乗り物が窓のすぐ近くを恐ろしい速さで突っ切って行き、風が二人の頬を打った。雨は弱く降り始めている。頭に被ったものが全部振り落とされるんじゃないだろうか、とふと不安になって、正子は猫の帽子を脱いでバッグに仕舞い込み、意味はないかな、と思いつつも雨合羽のフードを引っ張り出す。

「ねえ、かつら、とれちゃうんじゃないの？」

そう言うと、彼女も仕方なさそうにかつらを脱いでリュックサックに仕舞って、レインコートを身につけた。トロッコの中程に乗り込むなり、彼女は暗闇の中でこちらに向かって突然、こう言った。

「私がかつらを被るのはね、スペシャルな女の子になった気がするからなんだよ」

乗客の歓声と走行音が、杏奈の声を途絶え途絶えにする。

「ソフィア・コッポラっていう大好きな監督の映画にね、ピンク色のかつらを被った女の子が出てきて、東京で夜通し遊ぶの。それが、すごく可愛くて、かっこよくて。かつらのおかげで、その子がどこの国の人で何歳かも何をしているかもよくわからないの。その子がとっても特別に思えて、あんな風になりたいと思ったの」

トロッコはゆっくりと頂上めがけ洞窟の中を上昇していき、光が差し込んだ。頭上にはつららのようなものがいくつも垂れ、はるか下には、ぐらぐらと煮立つ溶岩が見えた。特別になんてならなくていい、あなたはあなたのままで、などと、正子は言うつもりは毛頭ない。例えば、孝宏相手なら本心から励ますだろうが、杏奈は赤の他人である。その上、正子もまた、特別になりたいと今なお強く思っているのだ。この子が特別とやらになるにはどうしたらいいか、何が必要で何が不必要か、と正子は傍の女の子を不躾《ぶしつけ》に眺めた。杏奈は怪訝《けげん》そうにこちらを見返した。

「私も聞くけどさ、最近、正子さん、監督の悪口言わなくなったよね、なんで」

「そういえばそ……」

次の瞬間、トロッコは急降下し、屋外に飛び出した。雨風を、頬と舌に感じて、悲鳴をあげた。重たい色合いの空が手を伸ばせば触れられそうだ。思い切り声を張り、身体がほぼ横倒しになったり、ふわりと浮いては真っ逆さまに落ちるのを目まぐるしく感じながら、岩場を駆け巡った。隣の杏奈も両手を振り上げ、絶叫している。彼女に指摘されて初めて気が付いたが、恨みが消えたというより、このところ夫のことをまるで考えなくなっている。かつては何をしていても、彼の影がちらついて、緊張や怒りが途切れることがなかった。きっかけはなんだったんだろうか、と正子は考えてみようとするが、もうどうでもいいことのように思えた。今感じているスピードや風の方が、はるかに意味と存在感を持っている。

乗り物を降りると、正子は声を出して笑ってしまった。杏奈もとっくにレインコートのフード部分が脱げてしまい、髪がぐっしょり濡れているが、お互い気にはならない。出口を出て、怖くなかったの？　と愉快そうに尋ねられ、首を横に振る。

「ぜんぜん。楽しいわ。こういうの、もっと乗りたい。スカッとしちゃったわ」

「じゃあ、スペース・マウンテンとスプラッシュ・マウンテンも挑戦しようか。正子さんて、なんていうか、早いよね。なんでも。慣れるのも、覚えるのも」

ショートカットが地肌に張り付いて、生まれたての赤ん坊のようだ。

「え、そんなことないわよ。私なんて古い人間よ」

「ううん。切り替えが早いというか、執着がなくて、時々びっくりする。うらやましいよ」

「だって、過去にこだわろうにも、未来がないんだもの。あなたはまだ可能性がいっぱいあるから、迷うし、立ち止まるわよ。そりゃ」

日が沈むまで、二人は絶え間なく、アトラクションに乗り続けた。杏奈が工夫してくれたとはいえ、行列に一時間以上並ぶこともあった。身体はくたびれ果てているのに、まだ一向に帰りたくない。ここに住みたかった。閉園時間までまだ余裕があったが、杏奈がこれ以上、無理をするのは良くない気がする、と促し、正子を強引に京葉線に押し込めた。夕空を背景に遠ざかっていくお城を見つめながら、やや切ない気持ちで今日一日を振り返ってみる。

宇宙を駆け巡り、空飛ぶ象の背中に乗り、ミッキーマウスに抱きしめられ、お城の色が次々に変わる魔法を見た。杏奈の言う通りだった。首を傾げたくなるような場面はそこかしこで見かけた。女の子は結婚によってしか救済されないのか、この世界は白人中心に回っているわけではないのに、と不快にもなった。でも、同時に正子はワクワクするような瞬間も目撃したのだ。強くて賢いお姫様、へんてこなモンスターが主役然として振る舞う様、光る粉や魔法使いの帽子を手に入れたらどんな願いも叶《かな》うこと。いずれも忘れられない経験だが、印象に残ったのは、なんといっても「ホーンテッドマンション」と呼ばれる、あの古い洋館である。ファストパスのおかげで並ばずに乗れたけれど、何年にもわたって大人気だというのも頷ける、精巧さと壮大な世界観だった。最初から、あの屋敷は他と様子が違っていた。どこまでも暗く謎めいていて、正義や未来がまったく存在しなかったのだ。不穏な音楽が流れる中、グロテスクな肖像画がどんどん伸びていくと、墓石のようなごろんとした形の暗い色の乗り物が現れ、亡霊が荒らし回る室内を隅々まで探検できる。誰もいないのに鳴るピアノ、宙に浮く彫刻像、女の顔が映る水晶。この世界に居ないものたちが暴虐の限りを尽くす大宴会を通り過ぎ、やがて不穏な夜空の広がる墓場にたどり着く。始終、死を意識させられるが、それは当たり前のこと、むしろ喜劇として捉えられている。身体を透かしたお化けたちは肖像画をひょいと抜け出し、くるくるとダンスし、正子のすぐ隣までやってきて、こちらを嘲笑《あざわら》いながら、闇に消えていく。彼らは今なお本物だったのではないかと思えるほどだ。しかし、あの屋敷はそもそも古びて見せているだけであり、実際は最新の技術が行き渡った衛生的な空間で、ボロ布のカーテンも蜘蛛《くも》の巣も、みなすべて作りものなのである。目を見張りながらも、何故か無性に懐かしい気もした。壁紙や家具、ドアノブに至るまで時代設定に沿ったつくりで、義父が見たら絶賛しただろう。

「私、あそこで働いてみたいな」

いよいよ消えていくお城をすがるように見つめながら、そうつぶやいていた。欲を言うならアトラクションのスタッフ、パレードの踊り子が望ましいが、清掃員でもかまわない。一番やってみたいのはホーンテッドマンションのスタッフなのだけれど、あれだけ暗いと、足元がおぼつかず転んでしまうかもしれない。

「だめだよ。年齢制限あるっていう噂だし、倍率ヤバいし、すっごい大変って聞くよ」

杏奈にたしなめられ、正子はため息をついた。せっかく夢を見つけても、遅すぎる。幼い孝宏を連れてここに来ていたら、自分の運命も変わっていたかもしれない。あの頃は終着点に行き着いてしまった気で生きていたけれど、今の半分ほどの年齢なのだ。働き始めるのもはるかに簡単だったろう。どうして自分の力を活《い》かせる場は芸能界だけ、と決め込んでいたのだろうか。

「それなら、パレードの乗り物の上で、手を振る役がやりたいわ。あれなら、動かないで、顔だけ演技していればいいし。歓声もたっぷりもらえるしね」

うきうきしてそう言ったら、杏奈は図々しい、とつぶやいた。かつらを被ることをすっかり忘れてしまったようで、黒髪のまま、若い女の子だらけの電車に揺られている彼女は、頼りなく見えた。

乗り換えを経て、いつものバスを降りるまで、正子はあの場所で働く自分をうっとりと思い浮かべていた。屋敷に帰り着いたのはもう夜の二十時だった。雨はすっかり上がっていたが、庭の緑は水気を吸って、闇をもったりと重くしていた。明美さんが耕した畑には、プチトマトの茎が支柱に寄り添っている。とても高くついた一日だが、正子はまるで後悔していない。数日間ゆっくり休めば回復するだろう。暇だけはあるのだ。

雨で濡れたアスファルトはしっとりと輝いていた。遠出をしたせいか、久しぶりに親しみを持って屋敷をまじまじと見上げた。ひょっとすると嫁いだ日以来かもしれない。あの時はここが、自分をずっと待ち続けてくれた、お城に思えた。はるか遠くで雷がぴかりと光り、ごろごろとうなり声をあげている気がする。

「ねえ、この家、ホーンテッドマンションに似ていない?」

「ああ、言われてみれば、そうかもね」

杏奈が意外にもすんなりと同意した。二人はそのまま通りに並んで、屋敷を見上げた。彼女と出会った夜のやりとりが急に蘇ってきて、正子は目を輝かせる。

「そうよ、思い出した!『真知子の冒険』の遊園地のシーン。撮影はセットだけど、お化け屋敷の外観はここの家を使っているの。そうよ、うちに来た撮影所の誰かが言ったの。この家がお化け屋敷だったら、さぞ、怖いだろうねって。撮影は一瞬で終わったから、よく覚えていなかったのよ。孝宏が気づかないのも無理はないわ」

杏奈はここに来た日のことを、隅々まで思い出して恥ずかしくなったのか、少々ぶっきらぼうな調子になった。

「え、そうだっけ。ふうん。私も気づかなかった。『真知子の冒険』何度も観たのに」

「撮影した当時は、今の外観と全然違うもの。九〇年代までは毎年改装しているような家だったもの。二階のサンルームは孝宏が生まれてから造ったんだし、玄関ポーチもあの頃はデザインが違ったはず。そうよ、ひらめいたわ、私。決めたわ」

話しているうちに、目黒の面接の日からずっと考え続けていたことが、たった今、くっきりと形を成した。

「この家をホーンテッドマンションにして、お金を稼ぎましょう。私、キャストになるわ」

「はあ？　それ、自宅でお化け屋敷をやるってこと？」

杏奈があきれたように言った。

「そう、この家をお化け屋敷にして、私がお化け役を演じるの。そうしたら、もう女優として使ってもらわなくても、働き続けることができるわ。杏奈ちゃん、手伝ってちょうだいよ。宣伝はネットでやればいいわ」

これまでたくさん間違ってきた。核となる部分は、そんなにすぐには取り替えられないのかもしれない。でも、新しい価値観を身につけて、二つを共存させながら、したたかに生活を続けるのだ。この世とあの世を彷徨《さまよ》いながらも、人々を楽しませるお化け役は、そんな今の自分にぴったりだった。

杏奈は目を見開いてこちらを見ている。ややあって、その日どれほど長い行列をつくる乗り物に乗ってもあげなかったような高い声をあげて、彼女は愉快そうに笑ったのだった。

# 正子、お化けになる

自分の身体《からだ》ほどもある如雨露《じょうろ》を掲げた真美ちゃんが、プチトマトの畑に水やりしている。明美さんはその下にしゃがみこんで摘芯の真っ最中だ。ようやく現れた小さな実は、まだまだ青く硬そうだが、太陽をのみ込んで、つややかな輪を浮かべている。秋にはカボチャや茄子《なす》も収穫できる、と聞いている。当初は乗り気ではなくてすべて明美さんにお任せしていた家庭菜園だけれど、もはや貴重な食糧源になっていた。涼しくなったら、正子も手伝おうと思っている。

こうしてざっと合算しただけで相当な出費になる。各部屋、廊下に設置するBGM用のラジカセはご近所に頭を下げてかき集めるとしても、スピーカーやダミーの監視カメラはメルカリでできるだけ安いものを探すしかなさそうだ。足元を照らす簡易誘導灯、舞台用のブラックライトは専門業者からのレンタルの方がお得かもしれない、と杏奈は言う。それだけでも、五万円はかかりそうだ。正子はとくに逡巡もなく、八月中に計画していた白内障の手術を先延ばしすることにした。

正子と杏奈は、応接室から庭の親子を見るとはなしに眺めながら、冷たいドクダミ茶を飲み、梅の甘露煮をつついていた。義母が家計簿や日誌と一緒に仕舞い込んでいた、黄ばんでちぎれかかった屋敷の図面を見つけたので、ひっくり返した木箱の上に、ノートやスケッチブックと一緒に広げてある。熱中症の警告が出るような気温だが、節約のために、エアコンは時々にしてもっぱら古い扇風機に頼っていた。

夏休みに陽子ちゃんと出かけた、町外れの見世物小屋や商工会が主催した墓場での肝試しを思い出しながら、正子は再び口を開いた。

「辺りを真っ暗にして、こんにゃくでもほっぺにぶつければ、とりあえず驚かすことは確実にできるじゃない。私が目指すのはそういうんじゃないのよ。ホーンテッドマンションみたいに、ちゃんと物語があって、お客さんもその世界に引き込んで、怖いというよりは、ちゃんと演技で面白がらせたいの。一つの舞台みたいなものになればいい」

正子は怖がりで、陽子ちゃんにずっとしがみついていたけれど、映画館の暗闇に慣れている彼女は、まるで怯《おび》えた様子を見せなかった。飛び出してくるお化けをからかったり、顔に張り付いたこんにゃくを、なんてことない調子で剝がしてみせ、正子を励ました。面白がり屋でちょっとやそっとじゃ悲鳴をあげない彼女が、引き込まれるようなお化け屋敷を目指したい。

「ネットで見たんだけど、ホーンテッドマンション自体、何度も何度もシナリオを書き換えて、なかなか実現しなかったらしいもんねえ。まずはストーリーありきってことか」

鉛筆をくるくる回しながら、杏奈は言った。いつもスマホと首っ引きの彼女が文房具に触れている様子は新鮮に映った。暑いのも手伝ってか、かつらを被《かぶ》るのが急に面倒になったようで、短い黒髪のまま当たり前の顔をして過ごしている。

「そうよ。あなた監督を目指していたんだから、脚本は書けるでしょ？　この家にぴったりくる物語をできるだけ細かく書いてほしいの。それに沿って、私も演技プランを考えたり、必要なものを調達していくわ。まずは、そうねえ、お化け屋敷って、あなたたちくらいの子はどんなイメージなの？」

「うーん、文化祭とかでクラスの人気者たちが盛り上がって、お化けの格好をしたり、キャーキャー騒いでいるっていうイメージが強いな……。私はそういうの、あんまりノレなくて、昔からちょっと変わっていて……」

話が長くなりそうなので、正子はすぐに質問を変えた。

「じゃあ、幽霊っていうと、どんな印象？」

「そうだな、やっぱりぱっと思いつくのは、若い女だよね。うらめしや、って悲しそうな顔で言っている。髪は長くて、ほっそりしてて。顔は半分たれたりしてて、三角巾みたいなやつを額につけている。生前の嫉妬や失恋を引きずっているイメージが強いよね」

「なんか、それもマジカル幽霊よねえ」

そういえば、男の幽霊のうらめしやをほとんど見たことがない。

「それを言うなら、マジカルゴーストじゃん？」

「それそれ！ 私、かわいそうなのは嫌なのよ。面白くて、スカッとして、元気が出るやつがいい」

きっぱりと正子は言い切った。

「離れで、夫の販促用のパネルを見つけた時、私、幽霊かと思ってすごくびっくりしたじゃない？ でも、違うってわかった時、あんなに怯えた自分が、おかしくなったし、なんだかせいせいもしたの。ああいう、ジェットコースターみたいな心の調子を大事にしたいわ」

あの監督のパネルも、お化け屋敷の装置になるかも、と杏奈は言い、さっそくノートに書き付けている。

「そういう意味では、幽霊役が老人てマジでいいかもしれないね。長生きしてるっていう時点で、かわいそう感がだいぶ薄れるもん。それに、性格も悪いやつってあらかじめわかっていたら、さらにいいかも」

杏奈はちらっと上目遣いで、こちらを見る。正子はニヤニヤ笑って、同意した。

「じゃあ、こういうのはどうかしら。例えば、この家でかつて遺産相続を巡る殺し合いが起きたとするじゃない。私はそこで唯一最後まで生き残った強欲な資産家のおばあさんなの。でも結局、数年後、ここで事故死した。幽霊になった今もなお、この家にやってくる人を見ると、遺産を狙いに来た輩《やから》だと勘違いして、殺すつもりで草刈り鎌を持って襲いかかってくるの」

杏奈が噴き出し、両手を打ち合わせた。

「なに、その幽霊、ぜんぜんかわいそうじゃないね!! それに、世間が思う、柏葉正子のネガティブイメージもなぞってるし、ウケそう。ねえ、いっそ死因は強欲ババアらしく、一万円札で足を滑らして転倒、なんてどうかな」

つやつやと光るおでこを軽くこづいてやりながら、正子は頷《うなず》いた。

「そんなに強くて悪いおばあさん役、日本ではまず見かけないもの。演じ甲斐《がい》があるわ。ホーンテッドマンションも、お化けに哀れさがぜんぜんないから、あれだけ、人気があるんじゃないのかしら？」

「そもそも、ネットで調べたところによると、ホーンテッドマンションのモデルになった家って、このお屋敷にすごく似てるんだよ」

杏奈はそう言って、スマホを差し出した。ホーンテッドマンションほどではないが、どことなくおどろおどろしい印象の、古びた豪邸が端末に映し出されている。

「カリフォルニアにある、ウィンチェスターハウスっていう豪邸。三十八年間、増築が続いて、とってもへんてこな巨大屋敷になったんだって」

義母の介護が終わってから、初めてと言っていいほど、正子はこの家を好ましく感じている。一人で住むには広すぎるし、古すぎる屋敷だけれど、そのおかげで、正子は七十五歳にして半永久的に演じる場所を得ることができるかもしれないのだ。

「せっかくだから、お客さんにはお化け屋敷に入る前に、設定を頭に入れてもらいたいわね。書いたものをパンフレットみたいにして、並んでいる人に配る？」

「それよりはさ、例えば、お屋敷の元使用人がかつてつけていた日記、みたいに小説風のブログを更新しとくのがいいと思うんだよね。宣伝にもなるし」

なるほどね、と正子がうなっていると、杏奈は木箱に手をついて立ち上がった。

「明日まで時間ちょうだい。プロットを書いてみるね。まずは客になったつもりで、一階を一部屋一部屋めぐってぐるっと回って、外に出るまでどれくらいかかるか、時間を計ってみる」

杏奈がスマホをストップウォッチ代わりに掲げて部屋を出ていくと同時に、明美さんがタオルで汗を拭きながら、庭から応接室へと入ってきた。

「さっきからブレーンストーミングですか？」

畑の方を見ると、真美ちゃんは、昨日までの雨でしっとりしている土を掘り起こし、捏《こ》ねて遊ぶことに夢中なようだ。

「なあに、ブレーンストーミングって？」

正子は彼女の分のコップにドクダミ茶を注《つ》いで、差し出した。

「ありがとうございます。会議でよくやる方法ですよ。とにかくみんなでどんどん案を出し合うんです。絶対に相手の言うことを否定しないのがコツです」

明美さんは、タオルを首にくるりとかけ、お行儀悪くてすみません、と言いながら、足を崩して隣に座った。そうしていると、農家のお嫁さんのようだ。目の前の庭に、かつて義母が元気だった頃の実り豊かな菜園が重なった。

「二人の話、そこで聞いちゃってたんですが、びっくりしました。売れないまま古くなっていく家をお化け屋敷にして人を集めるという発想は、すごくいいと思います。物語に合わせて家を選ぶのではなく、その家に合った物語を書くというのも、理にかなっているし、キャストがシニアというのも新しいです。そんなこと、よく思いつきましたね」

明美さんが初めて見せるような真剣な顔つきなので、正子は笑って、右手を顔の前でひらひらと振ってみせた。

「そんなご大層なもんじゃないわよ。家を壊すためのお金はないし、お金を稼ぐためにお芝居したくても、誰も私を使いたがらないんだもん。じゃあ、もう家でやるしかないじゃない。遠出はきついから、自宅で仕事すると思えば楽だしね」

正子は肩をすくめたが、明美さんは先ほどからの生真面目な口調を崩そうとしない。

「いやいや、すごいですよ。私、反省しました。家の中やご近所にも、ビジネスのヒントはいくらでもあるんだなって」

「前から聞こうと思っていたんだけど、明美さんてなんのお仕事なさってたの？」

彼女はドクダミ茶を一口飲んで、潤った声でこう答えた。

「ソーシャルワーカーです。社会福祉士っていった方がわかりやすいですかね」

もちろん新聞やニュースで知っている名だが、それが具体的にはどんな仕事かよくわからず、正子は曖昧に微笑《ほほえ》むことにした。

「もともとはNPO法人に居たんですが、たあくんの働いてたメーカーの住宅部門の都市再生事業チームに特別アドバイザーとして派遣されていたんです」

「へえ、知らなかった。間島さん、なにも言わないんですもの。武くんの同僚だったとだけしか聞いてないわ」

「地域にある資源や人材を組み合わせて新しいものを生んだり、当事者から話を聞いて、問題を解決するのが仕事でした。例えばお年寄りと若者のシェアハウスのマッチングとか、空き家を改装して飲食店にするとか。地方への出張がかなり多くて、育休明けはけっこうきつかったです。もともと私の方も限界がきていて、たあくんが体調を崩してから退職しました」

ほとんど勝手に指先が動いて、スケッチブックの片隅に「今あるものを組み合わせて新しいものを生む」と書き付けた。ホーンテッドマンションのような最新技術を導入することはできないけれど、この家にあるものや、タダで使えるものを組み合わせて、何かを生むことは可能だ。出費は引き続き最小限に抑え、徹底して工夫で乗り切ろう。

「道理であなた、いろいろなことに詳しかったのねえ」

明美さんはおもむろに正座をすると、ぐっと上半身を前に乗り出した。

「このアイデア、うまくいったら、本格的にビジネスになりそうな気がします。今の段階から私も一枚噛《か》ませていただいていいですか？　お金や運営のことなんかは私、詳しいと思います」

「まあ、気が早いわよ。でも、助けてくれるのはありがたいわ。明美さんが一緒に働いてくれたら、こんな頼もしいことはないわよ」

明美さんは庭の真美ちゃんに目をやり、コップの水滴で濡《ぬ》れた顎を、首にかけたタオルの端でそっと押さえた。

「私、昔から両親が忙しくて、ぜんぜん家に居なかったんです。だから、こんな風に家庭菜園とか家族とゆっくり過ごすこととかに憧れがあって。でも、やっぱり焦る日もあるんですよね。こんな、どっちつかずなスタンス、甘えてるって叱られちゃいますかねえ？」

そう言ってこちらを見た明美さんは、いつもの、間島さんの家のお嫁さんでスーパーマーケットのパートさんだった。先ほどの怜悧《れいり》な彼女も、どちらも正子は好ましく思う。

「そうね。私もあなたも、家から離れられないもんねえ。でも、ねえ、それってとっても、お化けみたいじゃない？　お化け屋敷をやる上で、その呼吸を大事にしましょうよ。あの世とこの世を行き来するみたいに、どっちつかずでいきましょうよ」

同意を求めて顔を覗《のぞ》き込むと、明美さんはいつものように、感じよくそれでもあっさりと首を横に振った。

「そうですね。いいと思います。でも、お化け役も顔を出す役もいやですよ。今はスーパーの仕事もあるし、あくまでもアドバイザー兼経理としての参加にさせてください。万が一、何かトラブルがあった時、責任までは負い兼ねますので。私はお二人と違って、有名人ではないですからね。売り上げが出たら、お給料をいただきます。二割でどうでしょうか」

裏方で二割は多いかな、と思ったのだけれど、正子と杏奈で残りを分け合うと考えれば、この明美さんを味方に引き入れられるだけで、お買い得かもしれない。明美さんはこちらの思案顔を了解と見たのか、はきはきとこう続けた。

「そろそろ、夏休みじゃないですか。この街、大学のキャンパスも専門学校も高校もあるし、休み前に駅前でチラシを配れば、学生が肝試しで来てくれるんじゃないですかね」

そういえば、スーパーマーケットの前で無断で動画を撮られたことを、懐かしく思い出す。ああいうたちの若者がからかい半分で遊びに来てくれれば、きっと商売は軌道に乗るだろう。

「そんなことより、インスタを開設すれば一発だよ。正子さんはなんたって有名人だからね。アンチ含めてここに詰めかけるよ。あとは面白ければ、口コミで広がるはず。でも、正子さんの体力問題もあるし、できるだけ、演技以外は身体を使わない方向で考えてる。月曜と木曜は休みでオープンは十七時から二十一時まで。値段は映画と同じ千八百円。宣伝は全部SNSでやるよ。インスタもブログも使って告知するつもり」

いつの間にか戻ってきていた杏奈がしたり顔で加わってきて、正子と明美さんの間にどっかりと腰を下ろし、時間が表示されたスマホを差し出した。

「ゆっくり一階を一部屋一部屋回ったら、十三分だったよ。これ、『カリブの海賊』や『ホーンテッドマンション』とだいたい同じだね」

「でも、本当に大丈夫ですか？　自宅を開放して住所を公開して、なにか大きなトラブルにならないでしょうか」

心配そうな明美さんに、杏奈と話し合ったことを説明してみる。

「それはね、孝宏が、杏奈ちゃんが初めてここに来た時にやったのと同じようにしようと思うの」

「つまり、運転免許証、保険証、パスポート、学生証なんかの提示を義務づけて、それをスマホで撮影して保存するの。入り口での対応は私がやるつもり。クラブとか漫画喫茶の入店方法と一緒だね。十二歳以下は保護者同伴必須。ただし未就学児不可。それだけでかなり抑止力にはなると思う」

杏奈がすかさず付け加えた。なおも不安気な明美さんに言い聞かせるように、正子は続けた。

「悪意がある人に自宅を破壊されたり、火をつけられたりするのは、もう仕方ないと思ってるのよ。でも、そうなったらそうなったで、屋敷にかけた火災保険のお金なんかが出て助かるわ。それに、どうせこの家、壊すつもりなんだもん。最悪、離れにでも住めばいいんだしね。いざとなったら杏奈ちゃんは私を捨てて間島さんの家にでも逃げなさいね」

「言われなくてもねー」

あきれた様子の明美さんを前に、正子と杏奈はそれぞれの拳を軽くぶつけ合った。

「でもさあ、この家、今、小道具も家具もなんにもないよね。ストーリーが決まったところでどうするの？　遺産相続で揉《も》めた一族ってことは、高そうな絵とか置物とか、シャンデリアがあるような家ってことでしょ？」

杏奈が天井のむき出しのままの照明器具を見上げれば、明美さんもこちら側のコップにも順にお茶のおかわりを注ぎながら、がらんとした食堂と応接室に視線を泳がせる。

「メルカリであんなに気前よく全部うっぱらわなきゃ、よかったですねえ」

正子は否定せずに、ホーンテッドマンションの小道具や家具を思い浮かべ、頷いた。

「そうね。今にして思えば、あれ全部役に立ったわよね。全身が映る鏡とか、燭台《しょくだい》とか、人形とかオルガン。ほら、あの玄関の油絵なんて少しおどろおどろしい雰囲気もあって、まさにもってこいだったわね。でもね、後悔しても仕方ないし、実は考えもあるわよ」

　明美さんと真美ちゃんに留守番を頼むと、杏奈を促し一緒にお勝手口から裏手に出た。頭のてっぺんがたちまち熱くなるような気温で、麦わら帽子を被ってくればよかった、と後悔した。ハンカチを取り出し、頭に載せる。間島邸を通り過ぎ、野口さんの家の前まで来ると、インターホンを押す。無反応だったが、声を張り上げた。

「こんにちは。野口さん、私よ。正子。そうちゃんとこに住んでいる大女優よ。あの、お願いがあってきました」

　絶対、中に彼はいる。そんな確信があった。このところ出歩いている姿も目撃されないし、こう暑くては、独り者で自由になる金も少ないシニアは家で過ごす他はないのだから。通りに向いている大きな鏡がアスファルトに強く反射し、正子は思わず眉の下に手をかざす。

「野口さんは、集めたがらくた、じゃなくて、ここにあるもの、いつか直して使うつもりだって言ってたわよね。ねえ、これ、壊れたままでいいから、私たちに貸し出してくれないかしら？」

　なるほど、と杏奈はつぶやき、確かにあれなんて使えそう、と指差した先には、乱雑に積み上げられた女性マネキンの手足が、四方八方に飛び出している。

鉄の門に触れると、やけどしそうだった。庭と合わせても浜田邸の五分の一にも満たない敷地面積の、青い瓦屋根に外壁の一部に煉瓦《れんが》を使ったごく普通の二階建てではあるが、鉄屑《てつくず》で溢《あふ》れ返っているせいか、熱気が溢れて背景が歪《ゆが》み、迷宮めいた奥行きが生まれている。ガソリンと血が混じったような強いにおいが漂っていた。サンダル越しにも熱くなっていることがわかる小石の敷き詰められた道を行き、ドアノブに手をかけたら、離れを開けた時の緊張感が蘇《よみがえ》った。同じことを考えていたらしい杏奈が、耳打ちしてくる。

「死んでたりってことはない？　この暑さだし。おじいさんじゃん」

正子は腹に力を込め、ドアを押す。鍵は開いていた。

玄関のたたきには見覚えのあるサンダルやゴム長靴、大量の壊れた傘が藁《わら》のように積み上がっていた。突き当たりの階段まで伸びている廊下は、ミキサーやランプスタンド、トースター、ラジカセなどの小型家電で埋まっていて床がほとんど見えない。むっとするような籠った空気にどことなくビタミンに似たつんとくるにおいが混じっている。密《ひそ》かに恐れていた死臭や生ゴミの気配はないので、ほっとした。下駄箱の上に飾られているキルト細工はおそらくは、けいこさんの手によるものだろうか。その上の写真立てには若々しく身《み》綺麗《ぎれい》な野口さん夫妻と息子が収まっていた。薄暗い奥に向かって正子は叫んだ。

「私、野口さんに仕事を手伝って欲しいのよ。お化け屋敷をやるつもりなの。あなた、浜田の家の構造には詳しいし、人に好かれるでしょう？　そこを是非、生かして欲しいの。

お化け役でもいいし、案内役でもいいから、一緒に働いて欲しいのよ。たいしたお金は出せないけども……」

　サンダルを脱ぎ、杏奈の手を借りながら、オーディオ機器をひょいと踏み越える。転ばないようにして、二人で手を繋《つな》ぎ、少しずつ廊下を進んでいく。玉暖簾《たまのれん》で目隠しされた入り口を、背の高いピンスポが遮っていて、こんな時なのに、正子は顔を輝かせた。

「これ、撮影所のものね。なんだか、懐かしい。そういえば、よく撮影所からがらくたをちょうだいしてきてるって言ってたものね」

「へえ、新しい電球に入れ替えたら、使えるんじゃないの。機材、ほかにもないかな」

　感心している杏奈と一緒にピンスポを玄関方向に押しやり、おそらくかつては居間だっただろう部屋にようやく入っていく。予想通り、鉄屑や壊れた電化製品で溢れ返り、ダイニングテーブルのセットや食器棚などの元の暮らしを感じさせるものから日常の香りを奪っている。ソファにはブリキの鎧《よろい》が寝かせてあった。それはかつて撮影所で目にした大道具で、正子は声をあげた。鳥かごが転がっているかと思えば、スタンド式のスナックの名前が入った看板や、剝製の壁飾り、おもちゃの入ったカプセルが出てくるガチャガチャマシンもあった。バーベキューで使うような網やコンロ、折りたたみのテーブルや椅子も何脚も転がっている。よくよく目を凝らせば、ご近所で見た記憶があるものばかりだ。室内は熱で固まっているサウナのような状態だが、どこからか微弱な風が流れてくる。空気の揺れる道筋を追っていたら、部屋の中央でおもちゃの扇風機がカタカタと回転していた。そのすぐそばで野口さんが骨の浮き出た裸の背中を向けて横たわっていた。恐る恐る近寄ると、前髪とまつ毛が風でかすかに揺れていて、濁った色の液体が入ったペットボトルが周囲にいくつか転がっている。手にはせとものの人形が握られていた。

「野口さん、大丈夫なの⁉」

と正子は叫んで、彼を抱き起こそうとする。一回り、しぼんだように見えた。ぼんやりとこちらを見上げた目は赤く充血していた。杏奈がヤバい、助けを呼んでくる、と背後で叫び、返事も待たずに部屋を飛び出していく。玄関の扉が乱暴に閉まる音がした。

「寝ていただけだよ」

と、彼はぼそりとつぶやいて、また目を閉じた。意識はあるようで、まずはほっとする。見上げれば、壁には九〇年代によくCMで見たエアコンが設置されている。リモコンを探したが、がらくたの山を見回し、ひとまずは無理そうだとあきらめて、サッシ窓を開けた。庭に籠った鉄くさい熱気が押し寄せてきただけだったが、ほんの少しだけ、空気が回転したのがわかる。

居間と一続きのダイニングキッチンを覗き込むと、流しには見切り品のシールが貼られたままの空のお弁当の容器が積み上がっていた。ちゃんと洗って、乾かしている。水アカで覆われた流しの蛇口をひねると、ほとんどお湯のような温度の水が出た。水道代が払われていることに安心して比較的きれいなコップを見つけて水を注ぎ、戸棚のあちこちを開け、湿気で固まった塩を見つけると、ひとかけら落とした。熱射病には塩水だと、はるか昔に義母に習っている。屈《かが》んでコップを差し出しながら、彼が握り締めている人形をまじまじ見て、正子は、あ、と声をあげた。

それはかつて新婚時代、義父がドイツかどこかで買ってきてくれた、全長三十センチほどの裸のキューピッドが、ハートのついた矢を弓で放とうとしている置物だった。高価なものと聞いているが、もうすっかり色褪《あ》せて、あちこちにヒビが広がり、顔の絵の具は剝げていて、瞳のきらめきや頰の赤みも失われている。今の今まで、すっかり忘れていた。夫婦の愛が永遠のものになるよう祈ってくれる、地域に伝わるお守りの伝統工芸品だ、と聞いている。そっと手を伸ばすと、矢の先端のハートが欠けていて、ほとんど、壊れた部分が本体のヒビ割れに引っかかっているだけだった。野口さんは、正子の支えで顔だけ持ち上げると、口に水を含んだ。喉仏が一度上下した。

「くっつかないよお」

しばらくしてから、野口さんは消え入りそうな声でそう言った。

「これ、どうしたの？　どうして、野口さんが持ってるの？」

「けいこさんがお宅に一人でいたら、そうちゃんが急に帰ってきた。声がして、廊下に出たら彼とぶつかった」

アルバムの写真を思い浮かべる。そうだった。けいこさんは、親しくなろうにも、いつも一人作業を見つけては、台所や納戸に姿を隠してしまう人だった。野口さんはあそこに写っている日々を、昨日のことのように語り出した。

「けいこさんはよろけて、この人形を壊してしまったんだ」

あの頃、台所を出てすぐの廊下には飾り棚が打ち付けてあって、キューピッドは確かにそこに飾られていた。いつからか姿を消したのだ。野口さんの声が徐々になめらかになっていく。

「そうちゃんは、気にしなかったし、家の人にはごまかしてくれた。でも、けいこさんはそうちゃん家《ち》に行かないようになった。何を言ってもダメだった。それでも、人形をこの家に持ち帰り、何年もいろんな方法で直そうとしていた。新発売の接着剤が出るたびに、買いに走っていたよ」

正子はため息をついた。ごめんなさい、と言うべきだろうか。夫のことだ。よろけたけいこさんの身体を抱き起こす時に、思わせぶりな視線でも送ったのではないだろうか。二人の間に生まれた秘密に意味を持たすような振る舞いをしたのではないか。置物が壊れた以上に、潔癖そうな彼女は何か正子に対してやましい気持ちを抱いたのかもしれない。彼女が家に来なくなった時に、どうしてちゃんと会いに行って事実を確かめなかったのだろうか。

「そうちゃんが、女優さんと噂《うわさ》になっただろ」

なんのことか咄嗟《とっさ》にはわからなかったが、おそらく結婚後、夫の醜聞が最初に週刊誌に載った時だ。あの頃は息子も生まれて間もなく、夫の浮気癖にも慣れていなくて、正子は動揺し、一度は孝宏を連れて実家に帰ったのだった。とはいえ、正子の我慢が足りないとする父母の言動に傷つき、居心地の悪さに耐えかね、実家の映画館で婿取りした陽子ちゃんの元に転がり込んだ。さすがに長期滞在は申し訳ない気がして数日後、紀子ねえちゃんのマンションに移動した。二週間後、義父と義母に電話で懇願され、しぶしぶ帰宅したのだ。

「けいこさんは、このお守りを自分が壊してしまったせいだと言っていた」

野口さんのか細い声は途切れ途切れになった。相変わらず、正子が友人の妻であるという認識は薄いようだ。

「違うのに。最初っから、私たち、じゃなくて、そうちゃんの奥さんとそうちゃんは壊れていたようなものだもの。けいこさんにはなんの責任も落ち度もないわよ。だいたい、こんなもの、ただのせともものじゃない」

「俺、ここにあるもの全部、ちゃんと直してけいこさんみたいに持ち主に返すつもりだったんだ」

野口さんはどうやら、すすり泣いているようだった。それを見ていたら、情愛なんてもう自分には関係のない違う惑星の出来事だと思っていたのに、鼻の奥がつんとしてくる。彼らのような男女にとって、夫婦とは深いところで結びついていて、こじれても死別しても、いつかまた必ず巡り合えると信じられるものなのだろう。それはそれで、しんどいことのように思えた。

「いいのよ。そもそも、けいこさんだって、直したりしなくて、よかったんだから」

正子は野口さんのからからに乾いた大きな手を両手で包んで、顔を覗き込んだ。

「野口さん聞いて。いつか直さなきゃ、なんて思わなくていいの。ねえ、壊れたまま、参加しましょうよ。ここにある壊れたままの方が、今の私にはいいの。腰が痛いまま、皺《しわ》だらけのまま、私たち、楽なやり方でパレードに出ましょうよ」

野口さんがこちらを無言で見つめている。頷こうとしたら、急に目の前を、スプラッシュ・マウンテンやカリブの海賊で遭遇したような、虹色がかった水の膜が覆い、彼の姿が横に歪んだ。気付けば、髪も額も雫《しずく》がしたたっていて、二人の周りにはうっすらとした水たまりが広がっている。ずぶ濡れのまま顔をあげると、間島さんの家の武くんが、寝間着姿でからっぽのバケツを抱え、肩で息をしている。

「おじいさん、野口さんだけでいいんだよ」

真っ赤な顔で、後ろから駆け込んできたのは杏奈だ。

「明美さん呼びに行こうと思ったら、間島さんの家からこの人が出てくるから、そこでお年寄りが倒れているって言ったの。いきなり庭でバケツに水を汲《く》んで走り出しちゃって」

「すみません。家族以外と話すのが、その、久しぶりで」

　武くんはぼそぼそと言い、困りきったように口を結んだ。表情は硬いが、そうしていると、無精髭《ひげ》の目立つむくんだ顔をしていても、我が家の庭で近所の子どもたちと焼き芋を焼いたり、だるまさんがころんだをしていたあの頃と変わらない。

「いいのよ。あなたは昔から、優しい子だったもんね」

　と、正子が言うと、武くんはほんの少しだけ、表情を和らげた。正子は水滴を撒《ま》き散らしながら、立ち上がった。

「ねえ、ここエアコンもついていないようだけど、電気のお金は払っていないの？」

　野口さんは聞こえないふりをしてか、曖昧に笑っている。リモコンもどうせ見つからないし、今、ここで話していても結論は出ない、と踏んだ正子は提案した。

「なら、今日はひとまず、うちに来て、涼んでいらっしゃいよ。水風呂を浴びて、冷たいおそうめんを食べていって。武くんもどう？　明美さんも真美ちゃんもトマトに水をやりに来ているのよ。おそうめん以外、なんにもないけれど」

　日はやや陰ってきていたが、武くんと杏奈が支える形で野口さんを連れ出し、リヤカーに寝かせて浜田邸まで運ぶ頃には正子の身体も髪もすっかり乾いていた。さらさらと揺れる毛先を肩のあたりに感じて、そうだ、そろそろ髪を結える長さだ、メルカリで売れなかった夏物の着物を着てみよう、とふと思った。

武くんと野口さんが現れると、明美さんは目を丸くし、真美ちゃんは珍しく、パパ、と笑顔で叫んで駆け寄ってきた。杏奈に手伝わせて、食堂の床にドクダミ茶、そうめんと庭で採れた紫蘇《しそ》、手作りした梅醤《うめびしお》に、間島さんお手製のカボチャの煮物をタッパーのまま並べ、ピクニックのようにして、みんなで取り囲んだ。野口さんは夫のTシャツを照れくさそうに頭から被ると、ほんのちょっぴりではあるが、そうめんを口にし、お茶をたくさん飲んだ。夕方の風が出てくるまで、正子はお化け屋敷のアイデアをおとぎ話のようにして、みんなに話して聞かせた。

明美さんに電話して確認させたところ、ガスも電気代も野口家の口座からちゃんと引き落とされているようだった。野口さんは庭で採れたミントを浮かべた水風呂に入った後、杏奈が近所のコンビニで急いで買ってきたたくさんのポカリスエットと一緒に、間島一家に付き添われて帰宅した。

エアコンを本体で操作する方法を武くんに教えてもらい、ひとまずは涼しい部屋で横になったらしい。新しいリモコンを至急メーカーから取り寄せるよう手配したこと、野口さん夫妻は昔から近所の武くんをよく可愛《かわい》がってくれていたこと、武くんは、自分には時間があるのだから時々は野口さんの様子を見に行くようにする、と言っているらしく、彼の変化に喜びを感じていること、などが明美さんからポンポンとＬＩＮＥ送信されてきた。

いきなりは難しいのかもしれないが、武くんの体調を見ながら徐々に味方に引き込めるのではないか、と正子はもくろんでいる。お化け屋敷の入り口の身元確認は、若い男性の方がいい気がするのだ。

「野口さんが回復したら、武くんにも手伝ってもらって、あの家にあった、使えそうながらくた、どんどんここに運び込みましょうよ。それだけで、野口さんもだいぶ暮らしやすくなるし、あの部屋も涼しくなるんじゃないかしら。そうだ、このキューピッドも、お化け屋敷に置かない？　このヒビ割れや、錆《さび》の広がり、ハートが欠けているところも、なんだか怖くていいじゃない」

その夜、木箱の上に置いた小像のお腹《なか》をつつきながら、正子は言った。先に風呂に入った杏奈が、はっかのにおいを身体から漂わせながら、同意した。

「そうだね。ペンキで血糊《ちのり》をつけてさ、雰囲気出そうよ。例のおばあさんが、遺産相続人を殴り殺した時の鈍器って、設定にしたらどう？」

「いいわね、それ。どうせなら、ネットに写真も載せてくれないかしら？」

「うん。そろそろインスタ開設しようと思っていたし、ちょうどいい。それよりか、お化け屋敷の名前はどうしよっか」

と、杏奈が尋ねたので、正子は即答した。

東京ディズニーランドにちなみたい。観光客にもたくさん来て欲しい、この辺りの名所になればいいという気持ちを込めて。

翌日の夜、旧盆にオープンすることを決めた「東京ホラーハウス・午前三時の草刈り鎌〜強羅《ごうら》川《がわ》夫人の遺産相続〜」のInstagramが開設された。アイコンには赤いペンキをぶちまけたキューピッドの写真を使った。杏奈は、強羅川家のメイド頭が生前残していた手記としてブログを立ち上げてURLを貼り、髪を結い着物を着た正子が草刈り鎌を構えている写真をセピア加工したものを、アップした。杏奈に貰《もら》ったカラーコンタクトを着け、目をかっと見開き、歯をむき出しにした正子は、いでたちが上品なだけに、いかにも邪悪に見えた。

朝までについた「いいね！」は、もちろん生前の夫のお説教ツイートへの賞賛には遠くおよばなかったが、それでもこれまでの二人の嫌われ方を考えれば、奇跡的なほどの数を叩《たた》き出したのである。

——あれは東京から戦争の爪痕がようやく消えた昭和二十九年、強羅川家の遺産分配が始まった頃でございます。奥様の様子がすっかりおかしくなってしまわれたのは。じいやの草刈り鎌を手に、夜のお庭にぼんやり立っていらっしゃるのを当時、見習いメイドだった私はよくお見かけしておりました。その頃でしょうか。財産を目当てにこのお屋敷を訪れる人たちが一人また一人と、ちょうどこんな夏の日暮れになると姿を消してしまわれたのは……。誰もいないはずの地下室から、苦しそうなうめき声が聞こえてきたのはどうしてなんでしょう……。おほほ、おしゃべりがすぎましたね。お客様、遠くからよくいらっしゃいました。お靴を脱いでおあがりくださいませ。屋敷の一番奥にある祭壇に、わずかばかりでもいいのでお賽銭《さいせん》を入れていただき、お金以外何も信じることのできない、奥様の魂を慰めていただきたいのでございます。カメラのフラッシュ、動画撮影等は、奥様が嫌がりますので、どうかお控えください。床の足跡を辿《たど》っていただき、決められた道筋を逸《そ》れないでくださいましね。最後に一つ。仮に誰かが目の前に現れても、触れたりしてはなりませんよ。たとえ、こんな声がしてもです……。ギッ、ギッギッギャアー!!

予想通りだった。間島さんのふっくらと丸みを帯びた声は、いかにも古株の有能なメイド頭然としている。その分、最後の内臓が絞り出されるような叫び声は、このシナリオを書いた杏奈でさえ、きゃっと小さく叫ぶほどの迫力と落差があった。正子はその反応に満足して、ボイスメモアプリの停止ボタンをタップした。「東京ホラーハウス」の案内人は、強羅川満子《みつこ》の腹心であるメイド頭「つね」にしよう、と提案したのは、ディズニーランドのアトラクションでの導入部分が頭にあったからだ。あそこではスタッフではなくキャラクターに決まりごとを説明させるので、流れがもたつかず、世界観も崩れない。自分の声を吹き込むことも考えたのだが、この屋敷においてはあくまでも正子は強羅川満子なので、同年代のほかの女の声がどうしても必要だった。最近育て始めたバジルを花束のように携えて会いに行くと、間島さんは久しぶりにまともに顔を合わせる正子を歓迎した。嫁と孫だけではなく、最近は息子までもが屋敷に出入りしていることに恐縮しつつ、リビングに招き入れ、お手製だという真っ赤な赤紫蘇のジュースを手作りのコースターに載せてもてなしてくれた。改めて依頼内容を説明すると「本当に私なんかでいいの？　プロの女優さん相手になんだか申し訳ないみたいだわ。お芝居なんてやったこともないのよ」と、恥ずかしがりながらも、瞳を輝かせた。正子の向かいに座り、老眼鏡をかけ、咳払《せきばら》いをすると、杏奈の書いた台詞《セリフ》を何度も目で追いかけた。こんな風にしゃべって欲しい、抑揚はこんな風に、と正子はかつて夫にされた演技指導を思い出しながら、間島さんに手本を見せ、言い回しを何度か修正した。ご近所さんでも一番熱心にテレビドラマを見ているだけあり、のみ込みが早く、間の取り方にはセンスがあった。計五回音読し、二回録音して、一時間ほどの滞在で屋敷に帰ってきたところだ。

八月の一週目、庭では炎天下に負けずに蝉が猛《たけ》り狂っている。

「意外とみんな楽しんで手伝ってくれるわね。まあ、これ以上頼むとお金が発生するという線の見極めは重要よね。迷惑になったら、元も子もないし」

演技の勘がいいと褒めた時の、間島さんの花が咲くような笑顔を思い浮かべながら、ペンキだらけの割烹着《かっぽうぎ》を頭から被り、やりかけになっていた作業を再開する。駅前のホームセンターで格安で購入した青と白のペンキを七対三で混ぜた液を、書生部屋の片隅でカチカチにかたまっていたものをほぐしたハケで、マネキンに塗りつける。すでに八体を仕上げているが、まだ半分に満たない。オープンは来週に迫っているので、そろそろ速度をあげなければ間に合わなくなってきている。

「でもさー、野口さんはもうタダ働きでよくない？　もはや、あの人、ほとんどここで過ごしているようなもんじゃん。ご飯も食べていくし」

杏奈はそう言ってタオルで口をふさぎ首の後ろで固結びすると、青白く塗られたマネキンに赤いスプレーペンキを吹きかけた。缶の中でカラカラと何かが転がる澄んだ音がする。視線の先には、一続きの応接室の暖炉の前で、コンクリートブロックに載せたマネキンを膝で押さえ、鋸《のこぎり》を引いている野口さんがいた。正子たちが仕上げた遺産相続人たちの遺体を、ブルーシートの上に積み重ね、くるぶしから下をせっせと切断しているのだ。揮発性のにおいにくらくらと酔いそうで、塗装作業に入ってからというもの、屋敷はさながら工事現場の様相を呈している。

「そうはいかないわよ。あの人がいなかったら、回らないわよ。ちゃんとお金は支払いましょう」

倒れているところを発見してからというもの、野口さんはほとんどこの家に入り浸り、お化け屋敷の装置や小道具作りに精を出している。それだけではなく、自宅にある使えそうな照明器具やマネキン、家具をリヤカーに載せ、せっせと運んでくれてもいる。がらくたがこちらに移動しているだけではあるが、野口邸は少しずつ片付きつつあり、室温も上がり過ぎず、まともな衣服やそれなりに預金の入った通帳なども見つかるようになった、と武くんから報告があった。台所の床下収納からは賞味期限を数ヶ月過ぎてはいるが、お中元の缶詰や乾麺も発掘され、これ幸いと、正子は共有させてもらうことにした。今日のお昼はバジルと粉チーズをたっぷりからめたスパゲティとまだ青いトマトとツナのサラダだ。今のところ、お腹は痛くなっていないから、なくなるまでは食べ続けるつもりだ。

「それよりも、お客さん満足してくれるかしら。不安なのよねえ」

正子は細い筆に取り替えてマネキンの唇を青紫に塗りながら、つぶやいた。予想外の反響は嬉《うれ》しいけれど、戸惑いを隠せないでもいる。Instagramは日を追うごとにフォロワーを増やしていた。最初は冷やかしのようなコメントも見受けられたが、杏奈が「つね」名義によるブログをアップし、強羅川夫人の写真の投稿が増えるにつれ、評価は徐々に変わっていった。『怖すぎる』『本当にちえこばあちゃんなのか』『マジでゾンビなんじゃないか』という声が後を絶たない。柏葉正子は悪評を苦にして夫の後を追って自殺し、本当に幽霊になったのではないか、という伝説がまことしやかにネットに流れ、またたく間に尾ひれがついていった。

正子のアンチたちは、呪い殺されるかもしれない、それを防ぐには強羅川夫人の写真をスマホの待ち受けにして、一日に何度も心を込めて祈らなければならない、少なくとも「東京ホラーハウス」に行って入場料とお賽銭を払わねば、いやいや「つね」が更新している設定のブログの書き手の正体こそが、本物の悪霊であり、柏葉正子のここ最近の豹変《ひょうへん》ぶりは身体を乗っ取られたためではないか、という説も濃厚で、オカルトマニアまで注目しているらしい。こうしている今も、家の前には、オープンが待ちきれないらしい客がちらほらとやって来ては、不躾《ぶしつけ》にインターホンを鳴らすので、かつてワイドショーが詰め掛けた時のように、インターホンの音量は最小限に絞ってある。

「安心しなよ。もう一回、流れを確認するよ。変更点もいくつかあるし」

杏奈はスケッチブックを床に広げ、もう数え切れないほど歩き廻《まわ》った道のりを、図面の上でなぞる。

「まずおもてでは、明美さんが客の列をさばく。この段階で身分証明になるものを持っていない人、保護者同伴なしの十二歳以下は、容赦なくハネるよ。門の前まで来たら、客はインターホンを押す。食堂で待機している正子さんは、これに対応して、受話口で、どうぞ、お入りくださいなって、言うんだよ。ポーチのところで武さんが、身元確認して、料金を貰う。武さんが今、人に会うのが得意じゃないから、ステンドグラスの一部になっている来客確認用の小窓から、目だけ出してやりとりするよ。その方が断然怖いしね。で、デジカメで身分証明になるものを撮影して本人確認が取れたら、私が内側から隠れてドアを引いて、スマホでさっきの間島さんのナレーションを再生。客がそれを聞きながら靴を脱いでいる間に、向かって左の次の間の戸を引いておく。基本的に、私と武さんはここから離れない。二階に行こうとする人を引きとめたり、客の出入りを調整する役目ね。あ、玄関ドアの開く音がしたら、食堂の正子さんはスタンバってね。本当はインカムで指示や情報を共有できたらいいんだけど、ま、今は仕方ないか。基本的に一階の窓は雨戸をすべて閉めて、光が漏れないように、隙間もガムテープで塞ぐよ。明かりは、セロファンを貼った電球だけね。ええと、客はまず、次の間から和室に入る。ここには、まだまともだった頃の強羅川夫人の暮らしを連想させるものが置かれているんだよね。」

正子は頷いた。次の間には、孝宏がかつて使っていた子ども用の布団と学習机を並べ、ピンク色のセロファンを貼りつけたライトで甘い印象を残してある。床にはぜんまいじかけのブリキのおもちゃがカシャカシャと歩いていて、義母が幼い頃使っていた手鞠《てまり》を無造作に転がしてある。天井にはメリーが回転し、平和な少女時代を連想させるようにした。襖《ふすま》の先の和室は一転して、布で目隠ししているエアコンによる風と青白い照明でひんやりした空間になっている。晩年の彼女が金の亡者になっていく日々をイメージし、書き物机には、帳簿とそろばん、小さな金庫が置かれて、錆びた鳥かごの中では、カナリアの剝製が黒い目を光らせている。視線を上げれば天井には首吊《つ》り用のロープが揺れている。畳が少しだけずれていて、青い光が漏れ、マネキンの白い手が覗いている。最初に彼女が自殺を偽装した、遺産相続人の遺体のつもりである。そうしている間も、アルミホイルで覆われた孝宏のオーディオ機器からは、真美ちゃんがたどたどしく歌う童謡がゆっくりと流れている。こちらは昨日、杏奈が録音したものだ。

「和室を出ると、短い廊下。暗闇でも迷わずに進めるように床には足の形に切り取った蓄光ステッカーを進行方向に向かって貼ってある。ここには、野口さんが撮影所から持ってきちゃったブリキの鎧を立てかけるね。動くんじゃないかな、って触る人、多いと思う。剝製の壁掛けも飾るよ。ここで時間を稼ぐ、と。応接室に入ると、ドスの利いた緑色の照明。大量のマネキンが山積みになっていて、ところどころに墓標が立っていて、合間にできた小道を歩くようになっている。BGMはこの間録音した、間島さん夫婦と野口さんのうめき声をスピーカーから流すね。流しそうめんマシンに水だけ回転させて、チョロチョロチャプチャプという水音もさせている。暗いところで聞く水音は『カリブの海賊』もそうだけど、怖いもんね。窓の前には、監督の販促用パネルがカーテンに隠れて、部屋の中を覗いている格好で置かれているよ。強羅川夫人の悪事を知っててすべて見過ごしているじいやのつもりなんだけど、これも暗闇でライトアップされていると、地味に怖いよ」

両扉を開いた先にある食堂は、遺産相続の協議を思わせる、いたって普通の舞台装置だ。野口さんの家で見つけたバーベキューセットや折りたたみ机を繫げて並べ、長い長いテーブルを作り、シーツを被せ、食器を並べ、燭台や造花を飾ってある。わざとひっかき傷をつけた義父愛蔵のレコードを壊れたオーディオで回転させている。途切れ途切れで聞こえてくるリスト「死の舞踏」が背筋をぞっとさせるだろう。テーブルの中央には紫色にライトアップされた、遺産分配表が置かれている。客が覗き込もうと身を屈めた瞬間、とうとう着物姿の正子がテーブルの下から、登場することになっている。シーツをひるがえして奇声をあげながら飛び出し、布団たたきの先端に、銀紙でぐるぐる巻きにした段ボールの刃を付けた草刈り鎌を思い切り振り回す。そうやって、客を渡り廊下に続く、茶の間まで追い立てるのだ。

縁側に面した渡り廊下を行った突き当たりに現れる納戸には、大量の花で飾られた強羅川夫人の祭壇が待ち受けている。夫の葬儀をヒントに、正子が考え付いたものだ。「ちえこばあちゃん」のできるだけ大きく引き伸ばしたＣＭポスターが欲しい、と設楽さんにメールしたら、思いがけず、彼女は事務所に保管してあったものを、折れないようにわざわざ筒状のケースに入れて郵送してくれた。それを義父が愛用していたレリーフつきの額縁に入れて飾り、下から煉瓦色がかった赤い照明で照らしたら、ちえこばあちゃんの優しい笑みや目尻の柔らかそうな皺まで、なにやらまがまがしい印象に変わった。客はこの下に設置された、真美ちゃんと間島さんが段ボールでこしらえたお賽銭箱に小銭を入れることになっている。

それが済んだら、客は来た時と反対の北側の廊下を通って玄関に帰っていく。このゾーンには、デスマスクを着けた野口さんが待ち受けている。地下貯蔵庫に続く階段に身を潜め、ドライヤーで客の足元に冷風を送る予定だ。女中部屋、書生部屋のドアは半開きで不気味な光が漏れているばかりでなく、加湿器の霧も立ち込めて、あの世への入り口のような印象を与える。床には血にまみれたマネキンの足先が、ところどころに置かれている。ようやく玄関が見えてほっとしたところで、野口家の庭にあった巨大な鏡が紫色の照明とともに待ち受けていて、客自身の姿と後ろに続く廊下、ぼんやりと佇《たたず》む、野口さん扮《ふん》するデスマスク男、つまりはこの家で死んでいった遺産相続人が目に飛び込んでくる仕組みだ。

客が靴を履く時は、背後を何度も確認すること請け合いだ。たった五人で回転させるには、これ以上ない、ベストな筋書きだと思う。

「土足だと掃除が大変だから、靴を脱ぐっていうことにしたけど、かえって良かったよね。靴下なり素足なりで、真っ暗な知らない人んちを歩くってすごく怖いもん」

ほぼ一人で構成を練った杏奈は満足そうだが、正子は何かが気に入らない。懸念を素直に口にした。

「でもねえ。私の登場が一回きりって、お客さん、それで本当に満足するかしら。うぬぼれかもしれないけど、みんな私目当てでこんなところまで来るんでしょ？」

スケッチブックをじっと睨《にら》み付け、正子は一番小さなエリアを指差した。

「ここで、何か起こせないかしらね。ほら、お納戸に作った祭壇のところよ。ここでお賽銭を入れたら、花の中から強羅川夫人が飛び出すとか」

杏奈はとり合わず、塗装作業に戻りたそうなそぶりを見せた。

「無理だよ、正子さんは一人しかいないのに。どんなに早く動いても無理。どうやって、食堂で客を追い払った直後に、先回りして納戸で待ち構えるんだよ」

「できるよ」

いつの間にか、隣に来ていた野口さんが顔を突き出して、にこにこと笑っている。今日の彼は、ハワイ土産らしきTシャツ姿に女物のしゃらしゃらしたプリーツ加工のパンツが涼しげだ。ペンキと切り屑《くず》で汚れた太い指が、スケッチブックに描かれた、祭壇が設《しつら》えられた納戸の壁をなぞる。

「突き当たりの納戸だろ。この辺りには、小さな隠し戸があって、いざという時のための、庭への抜け道があるんだよ。そうちゃんと隠れん坊の時に、よく出入りしたもんだよ」

正子は思わず声をあげて両手を打ち合わせたが、杏奈は不満げに、あんまり正子さんの出番を増やさないでよね、とぶつぶつ言っている。今から行ってみましょうよ、と正子が堪《たま》らなくなって立ち上がると、野口さんは得意満面で力強く先を歩き出す。食堂を出て、廊下を渡り、台所の勝手口からつっかけサンダルで裏庭に出た。緑の濃いにおいが立ち込め、木漏れ日が当たった場所がじんわりと熱くなる。屋敷の一番北側に当たるここは、じめじめとしていて、こんな猛暑でも土は黒々と濡れ、足を置いた場所から沈んでいく。表から見るとドラマチックな洋館だが、こうして裏に回ると、腐りかけているような濡れたこげ茶色の木造の壁がむき出しで、錆びたトタン板でところどころが補強してある。ヨウシュヤマゴボウのすずなりの実が頰をかすめて、手で払ったら、紫色の汁がついていた。疎開先で、この実をすりつぶして、ハンカチを染めたことを思い出す。母に再会したら、プレゼントするつもりで、花火のような模様をいくつもつけたのだ。

茂みをかき分けた先に、納戸の突き当たりに当たる壁が現れ、野口さんは屈み込む。続いて正子も腰を折った。耳元で羽虫がうなっている。そうそう確か、この辺りだとつぶやきながら、野口さんは大きな石をよいしょ、と横に退《ど》ける。しめった土の上で太いミミズがのろのろとくねっていた。壁の下部分に野口さんは手を置き、力を込めて真横に滑らした。すると、完全に壁の一部になっていた小さな木戸が軋《きし》みながらも徐々にその姿を現し、やがて、ぽっかりとした暗闇が生まれた。五十年近くも暮らしてきて、一度も気付かなかった空間である。野口さんは頭を入れようとしたが、肩でつかえてしまい、すぐに引っ込めてこちらを振り向いた。

「俺はもうダメだ。でも、正子さんなら、入れると思うよ」

彼に名前で呼ばれたのは初めてで、正子はなんだか子どもに戻ったような気持ちでこくりと頷いた。どきどきしながら、木枠を両手で摑《つか》み、小さな四角に頭を突っ込んだ。蟬の声がしゅっと遠のき、視界はひんやりした闇に包まれた。夢中で身体を押し入れるうちに、暗がりの中に、幼い野口さんが見えてきた。彼の差し出した小さな手を摑むと、正子もまた少女に変化し、屋敷も若返っていく。二人は顔を見合わせると、にっと笑いあう。納戸を出て応接室に向かって駆け出し、よく磨かれた重厚な家具や巨大な壺《つぼ》の周りをぐるぐると回り、階段を二段飛ばしで駆け上る。二階の子ども部屋には、すました顔の色白な少年が待ち構えていた。あれは、孝宏だろうか。いやいや、幼い日の夫のような気がする。三人は舶来もののおもちゃで遊び、両手を伸ばしてバランスをとりながら屋根の上を歩いた。手作りらしきほの温かい揚げ菓子と冷たいココアをすすめてくれる彼は恵まれているように見えたが、どこか所在なさそうでもあった。豪邸住まいのせいか、近所の子供たちは彼に気後れするようで、まったく仲間がいないのだとぽつぽつ話してくれた。野口少年は、そんなことない、これからは友達だ、と宣言した。正子も、私を仲間にしてくれ、と口を開きかけたら、光が差してきた。視界が白っぽくぼやけ、正子はいつものように目をしばたたく。

スカートの裾に気を配りながら、蛇のように足先まで室内に引き込むと、冷たい板の間に手をついて、そろそろと身を起こす。渡り廊下の方から斜めに差し込む光が、室内をほんのりと明るくしている。振り向いたら、いきなり自分自身と目が合った。額縁に入った「ちえこばあちゃん」のポスターが、正子を見下ろしているのだ。よいしょ、と立ち上がる。廊下を渡り、茶の間を通って、食堂に戻った。

そこには杏奈と、この数分のうちに来ていたらしい、明美さん夫妻が立ったまま、なにやら熱心に話し込んでいた。それぞれ両手いっぱいに、スズランテープをかけた段ボールの束と、ビニール製の造花が押し込まれた買い物袋をぶらさげている。聞けば、パートが終わる時間に合わせて、武くんがスーパーマーケットに明美さんを迎えに行って、そのまま二人で荷物を運んだのだという。彼も最近は、ごく近所ならば出歩くようになったらしい。

「スーパーから段ボールと春に使った販促物、貰ってきました。あとこれは、売れ残りのコロッケとメンチカツです」

正子はお礼を言うと、二人からの荷物を次々に受け取り、壁際に置いた。ビニール造花は祭壇に飾るつもりで、頼んでおいたものだった。安っぽい毒々しい色合いは、暗闇でいかにも映えそうである。

「東京ホラーハウス」オープン以降は、明美さんはパートの予定をまったく入れていないという。なんだか申し訳なくなってしまったが、

「五時間働いて五千円程度の日給なので、それ以上稼げればなんの問題もないですよ」

と、彼女は確信に満ちた口調で言う。一人千八百円という入場料にくわえてお賽銭の追加収入、Instagramのフォロワー数や、お化け屋敷に来るほとんどの客が二人以上で来場するというデータから計算し、切れ目なく客が来た場合、四時間の稼働で、最低でも五万

円以上の利益を見込んでいるらしい。明美さんはキャストではないので武くんと合わせて一万円のギャラでいいという。野口さんには一万、杏奈と正子は一万五千円ずつの取り分とみているそうだ。夢のような数字に、正子は取らぬ狸の皮算用と言い聞かせつつも、うっとりと夢想するのをやめられない。もし、この調子がずっと続くと仮定して、週五回働けば、月二十万以上の収入になる。一年で二百四十万円。この分でいけば八十歳になるまでには、この屋敷も壊せるのではないだろうか。

「この感じだと来月には、手術が受けられるかもしれないわねー」

と、正子は知らず知らずに、そうつぶやいていた。前々から白内障の相談をしている明美さんは、ですよね、早いに越したことはないですもんね、と頷いている。会話が理解できない様子の杏奈は、一層険しい顔で、

「正子さんが出番を増やしすぎてるんだよ。このままだとストーリーまで破綻する」

と、訴えている。

「問題はないわよ。食堂でお客さんを脅かしたら台所に行って隠し戸から納戸に入るわ。歩いても一分やそこらよ。お客さん、お賽銭を出す時に、少し手間取るはずだから時間も稼げるわ。脅かしたら、そのまま廊下を通って食堂に戻れば、全部で三分もかからないわ。話の筋は変わらないようにするから」

説明しているうちに、野口さんも戻ってきた。

頬にヨウシュヤマゴボウの汁がついてい

る。正子がここ、という風に自分の顔を指すと、野口さんはきょとんとして頬を触り、やがて合点がいったらしく、照れくさそうに首にかけたごわごわのタオルで拭った。杏奈はなおも食い下がってくる。

「でもさ、持ち場と持ち場を行ったりきたりしていたら、インターホンが鳴っても、逃しちゃうんじゃないの？　次の客が食堂に入ってくるタイミングだってあるんだし。それに、本番は着物なんだよ？　今みたいにすいすい動けないんだよ？」

「インターホンは出たり出なかったりでも最悪いいんじゃないかしら。無言なら無言で怖いじゃない。あとのことはアドリブで切り抜けるわよ。テーブルの下に隠れる暇もなく、次の客が現れたら、そのまま、襲うようにするわよ。着物は裾からげで頑張るから」

　祭壇の下から飛び出すというアイデアをどうしても取り上げられたくなくて、正子もつい必死になってしまう。しぶる杏奈を明美さんがまあまあ、となだめ、ひとまず、全員で床に腰を下ろして、やかんに入った冷たいドクダミ茶で休憩することになった。

「私も、正子さんの出番は多ければ多いほど、評判は良くなると思います。でも、ここまで複雑な構成になってきた以上、客の出入りの情報を共有するためにも五台のインカムは絶対にあった方がいいですね。客の動きや不測の事態はスタッフ同士で共有しないと」

　少しだけこちらが落ち着いたのを確認してから、明美さんが冷静な口調で言った。

「レンタルならそんなに高くはないし。私、明日までにネットを見て候補を見繕っておきます。本番までに全員が通信に慣れておく必要があるから、すぐに手配します」

正子はしぶしぶと頷いた。出費はとうに予算オーバーしていた。照明器具は野口さんの家にあるものの電球を入れ替えてしのいだが、ダミー用の監視カメラのレンタル料は高くついた。できるだけ、あるもので済ませようというルールは崩れつつあり、ペンキや蓄光シートもホームセンターで底値で買ってはいるものの、結局三万円近くを使ってしまっていた。杏奈のピリピリした様子と正子のしょげた顔をみかねてか、明美さんはスマホを取り出し、話の方向を舵《かじ》取りした。

「あ、そういえば、今、パート仲間の間で話題なんです。北条紀子『MAD8』の新着撮影風景見ました？」

MAD8と聞いて、正子はぱっと身を乗り出した。紀子ねえちゃんが出演するハリウッド大作はつい最近、そのようにタイトルが決まったばかりである。名女優が八名、それぞれの武器を構えてずらりと横一列に並んだカットも世界一斉公開され、大きな話題を呼んでいた。再生された動画では、緑色の背景を張り巡らせたスタジオで、ボロ布を着物のようにまとった紀子ねえちゃんが日本刀を構え、ワイヤーで背中を吊られて、空中に高く上がっていくところだった。天井すれすれから、地べたのカメラに向かって、弧を描きながら降りてきたかと思うと、ポーズを決めて再び宙に浮く。背景やワイヤーは画像処理して、紀子ねえちゃんが自分の力で砂漠を飛んで巨大異生物に斬りかかっていくように見せるのだという。

「かっこいいわねえ。紀子ねえちゃん」

正子は深くため息をつくと、ふちの汚れたペンキの缶や手足のないマネキンを見回した。比べても仕方がないのはわかっている。でも、本音では、少しでもいいから、近づきたい。

「私も、空を飛んでみたいわ」

うっとりと正子は言った。野口さんは、いいねえ、飛ぼう飛ぼう、とはしゃいでいるが、間島夫妻も杏奈も、あきれ果てているのを隠そうとしない。

「ワイヤーアクションをやるっていうこと？」

「うん。紀子ねえちゃんみたいに、こんな風に高いところから舞い降りて、お客を脅かしてみたいわ。きっとみんな驚くと思うし、目玉になると思うの。私をこんな風に天井から吊って、上げ下げすることはできないのかしら」

正子は明美さんにねだって、もう一度動画を再生してもらう。ぽおん、ぽおんとピンポン球のように自由に空間を移動する紀子ねえちゃんは、この世界のしがらみ全部から解放されているように見えた。明美さんは困りきった顔で、言った。

「さすがに無理ですよ。専門の技術者がいるわけでもないし、下手をしたら、正子さんだけじゃなくて、お客さんも一緒に大怪我《おおけが》する恐れがありますよ。それに、一周の中で、三回も登場するのは、体力的にも限界あるんじゃないでしょうか」

「そうだよ、吊るして飛ばすなんていくらなんでも危険だよ！」

顔を赤くして、杏奈が怒鳴った。どういうわけか、ここ最近の彼女は正子に対してあたりが強い。オープンを目前にして、緊張が続いているせいだろうか。

「じゃあ、替え玉を用意するのはどうかな」

ずっと黙っていた武くんがぼそっと口を開いた。正子は期待を込めて彼を見やった。

「厳密には、正子さんと背格好が似たマネキンに同じ着物を着せて、かつらをつけて、腹ばいになった形で吊るして天井をスライドさせるだけなんだけど」

なーんだ、と杏奈はあきれたようにつぶやいたが、正子はたちまち、スーパーマンのような体勢で宙を進む自分の姿を思い浮かべていた。身体をどこにも触れさせないで、闇の中を超高速で突っ切っていく。お腹のはるか下には朝、雑巾掛けした廊下がぼんやり光っている。今まで一度も立ったことのない角度から、正子は屋敷を見下ろすのだ。自分が本当に飛ぶか飛ばないかは問題ではない。大切なのは客に強羅川夫人が空中から襲ってきたと一瞬でも信じさせることである。

ひょっとすると、自由になれなくてもいいのかもしれない。自由な人物を演じるだけでいいのだ。その感覚は正子の滋養となる。心に羽を生やす。こんな風にイメージするだけで、空を飛ぶ感覚だって、味わうことができるのだ。武くんは人差し指で図面をなぞり始めた。

「ほら、ここです。お客さんが納戸から北側の廊下に出てから、野口さんが足元に冷風を送る地点まで、しばらく何もない廊下を歩きますよね。強羅川夫人のマネキンを吊り下げるとしたら、ここじゃないかな。廊下の天井にカーテン用レールを取り付けて、滑車つきのフックをいくつか使ってマネキンを吊るし、ピアノ線を胴体にくくりつけて、前方に向かって伸ばしてピンと張る。客が納戸から廊下に出ると同時に、脱衣所のドアの後ろあたりに潜んでいた野口さんがピアノ線の先端を手前に向かってひっぱるんだよ。暗闇の廊下の向こうから、いきなり正子さんがこっちめがけて飛んできて、客の頭の上で止まる仕掛けになるね」

彼がこんなに饒舌《じょうぜつ》になることは珍しく、正子は驚いている。そういえば、昔から自由研究には熱心な男の子だった。実験で使うために、いらない空き瓶はないか、などと、よく屋敷を訪ねてきたものだ。

「なんだ人形じゃん、ってことにならないかな」

と、杏奈はなおも眉をひそめている。正子は胸を張った。

「一瞬、死ぬほどびっくりすれば、あとでどう思われようとそれでいいと思うわ。あとは引き返すだけ、と思った瞬間、いきなり私が暗闇からまっすぐにこっちめがけて飛んできたら、誰だってぎょっとするわよ」

義母の着物でメルカリで売れなかったものが、まだ何枚もある。いずれも、似た色合いで素材も近い。杏奈が最近まったくかつらを被らないので、あのプラチナブロンドを借りてマネキンに被せ、それらしく髪型を整えれば、ぱっと見には自分そのものに見えるのではないか。

「俺の持ち場は変わるの？　貯蔵庫から足元に風を送る作業はどうなるの？」

野口さんには珍しい憮然《ぶぜん》とした調子から察するに、どうやら、彼は彼なりに自分の分担に使命感を抱いていたらしい。武くんはごく平静な口調で、こう提案している。

「うーん、実はこの仕事、人がやらなくてもいいんじゃないでしょうか？　足元にミニ扇風機回しっぱなしにしとくんでもいいわけですし」

「たあくん、代わりにドライアイスを置くなんてどうかな。スーパーの鮮魚のバックヤードから、いくらでも貰えるよ。アルミホイルぐるぐる巻きの発泡スチロールの箱に入れて、少しだけ蓋をずらせば、溶ける時間は調節できるよね」

と、明美さんは武くんに向かってそう言い、もはや夫婦だけで話は進んでいる。友達然とした男女のやりとりは、正子には新鮮に映り、わくわくと見守った。

「最後に後ろから鏡に映りこむお化けの役割はどうなるんだい？」

野口さんはまだ納得がいかない様子だ。

「それ、ブリキの鎧を、野口さんのもとの持ち場に移動してみるのでイケるかもしれない。実はさ、前から、初めの方のエリアであれを使うのはもったいないかなって思っていたんだよね。ラスボス感ハンパないもん。鏡に映るだけでいいなら、人じゃなくてもいいじゃん」

杏奈までが、とうとう賛成の立場に回った。結局、これまでの野口さんの役割は、ドライアイスとブリキの鎧が受け持つこととなり、彼は一応理解しているものの、やや不満顔である。

明日、武くんと杏奈が二人で、明美さんをパート先に送りがてらホームセンターに追加の買い物に出かけることが決まり、お開きとなった。準備期間に入ってから、やり始めるときりがないので、夕食の支度に入る十七時までにはすべての作業を終え、できるだけ早く寝て、翌朝は九時から仕事を開始する、というルールが誰からともなく敷かれていた。最近は身体が疲れているせいか、睡眠導入剤なしでも、ぐっすり眠れる。

間島夫妻が帰ってしまうと、正子は売れ残りのコロッケとメンチカツをかりっと網であぶり、余分な油を落として、玉ねぎと卵で甘辛くとじた。それをどんぶりにしたものと、野口さんの家で見つけた、お歳暮の古い海苔《のり》で作ったお吸い物を添えて、食堂に設えたお化け屋敷用の長テーブルに並べた。三人で協力して洗い物を済ませる。まだまだここに留《とど》まりたそうな野口さんだが、杏奈がコンビニに支払いがあるので、一緒に外に出ようと持ちかけ、こちらに目配せして上手く連れ出してくれた。お風呂を沸かす準備をしていたら、玄関の方で声がした。

ドアを開けると、孝宏と清野が、緩衝材で覆われた額縁を抱えて立っていた。二人ともTシャツにデニムという、中年らしくないいでたちで、汗で生地を貼り付けている。そうしていると、土地売却の話の際にはまったく初対面に思われた清野が、学生時代、仲良しグループに交ざってここに訪れたことがあったような気がしてきた。

「言われたものは確かに持ってきたけど、俺、賛成なわけじゃないからね」

孝宏は、引き戸が開いていた次の間とその先の和室を覗き込む。そこに設えられたマネキンの身体の一部や首吊りロープを見て、露骨に顔をしかめた。自宅をお化け屋敷にする旨はとうに伝えていたが、半ば無視されていたので、正子は勝手にもう承諾と見なしていた。

「我が家を、見世物にするなんてさ。いくらここが嫌だからってそれはないよ」

ぶつぶつと言いながらも、孝宏と清野は、清野の車で運んできたという、絵画を八枚、リレーのようにして、廊下を通って食堂に運び込んでくれた。緩衝材を取り去ると、正子は満足して、しげしげと絵を眺める。

かつて、孝宏がオランダで買い付けてきた、気鋭の若手アーティスト作というふれこみの印象的な人物画である。貴族のようないでたちの男女がバロック風に油絵で描かれているのだが、目と目がくっついていたり、口が耳元まで裂けていたり、鼻がなかったりする。孝宏はひどく気に入っていて、日本で最初にこの作品を紹介できることが得意で仕方がなかったようだったが、一見古典的なのにグロテスクでまがまがしい作風はまったく受け入れられなかった。会社が潰れた後も在庫として、大黒ふ頭の貸し倉庫に眠っているという話を、この間、ふいに思い出して、お化け屋敷用に貸してもらえないかと頼んだのだ。

「そう、これよこれ。最初に見た時、なんて気持ちが悪いんだろうって、びっくりしたの」

うっかり口を滑らすと、孝宏は傷ついた顔をしたが、清野はふふっと噴き出している。

「なんていうか、先輩のセンスは尖《とが》りすぎてるんですよね。大学のゼミの時から、それは変わらないです」

そうね、と正子は頷いた。この間、二人の家を訪れて思ったことだが、家具や調度品の趣味は、まったく関係のない職種についている清野の方がはるかに良いようだ。

「でもねえ、あなたが大好きだった『真知子の冒険』のお化け屋敷って、実は外観だけは、この家を使ってるんだって、知っていた？　パパが亡くなった後、あなた一体どこでロケしたんだろうって気にしてたじゃない？」

孝宏は目を丸くし、高い梁《はり》や窓枠を仰いで見せた。

「あとね、納戸に秘密の抜け道があるのよ。面白いわね。五十年近く住んでいても、知らないことっていっぱいあるのね」

「……なんだよ、楽しそうな顔しちゃって。このうちのことそこまで嫌いじゃないのなら、こんなことやめろよ」

孝宏はそう言うと、応接室に続く扉を押した。大量の青白いマネキンと父親のパネルに気付いて、大げさなうめき声をあげている。この家を見世物にしたその金を元手に土地を売ってしまいたいことと、屋敷の新たな側面を発見して興奮していることは、正子の中でまったく矛盾しないのだが、うまく説明できない。

「先輩、そんなこと言うけど今、全然ここに帰らないじゃないですか？　それに、いずれ壊して土地を売ることにも、反対ではないんでしょう？」

清野が急に割って入り、その視線は孝宏の肩越しの、山積みの遺産相続人や段ボールで作った墓標に向けられている。小柄で独特な風貌をしている彼は、どういうわけか、この空間によく馴染《なじ》んでいる。

「正子さんのアイデアは、合理的ですよ。何もできない、金も出せない僕たちが口挟む筋合いはないですよ」

孝宏はややバツの悪そうな顔をして振り向き、それ言われたら俺なんも言えないじゃん、とぼやいて、本当に黙り込んだ。明美さんと武くんのやりとりを見ていても、感じていたことだが、カップルたちが言いにくいことでもお互いどんどん口にし、それでいて険悪にならないあり方に、正子はかすかに感動している。

「先輩よく言ってたじゃないですか。小さい頃、いろんな人がここを出入りして、思い思いに楽しそうに過ごしているのを見ているのが好きだったって。正子さんのやろうとしてることは、その延長ですよ」

　そう言うなり、清野は正子に向き直り、熱っぽい口調になった。

「僕、『東京ホラーハウス』のインスタやブログ、ずっと追ってたんです。僕、昔、ミュージカル研究会で、けっこう本気で頑張っていたのもあって……。それで、もしかして、何か役に立てることがあるかもしれないなって」

　彼がリュックサックから取り出したのは、一枚のＤＶＤだった。正子も知っている、「オズの魔法使」である。随分昔のことで内容はおぼろげだが、急にモノクロからカラーに切り替わる瞬間とヒロインの履いている赤いルビーのような靴が鮮烈な印象を残す作品だ。

「あの、実はこれ、何かの参考になるんじゃないかって。よかったら、これから一緒に観ませんか」

「え、これから？　三人で？」

　正子は思わず、孝宏の顔を見た。彼と最後に一緒に映画鑑賞したのは、三十年以上前になる。映画の好みはよく合った。人が死んだり悲しくなるような内容は苦手で、明るく美しい海外のラブコメディが大好きだった。銀座のフルーツパーラーでみずみずしい甘いものを食べながら感想を言い合うのは楽しかった。確か、劇場に母子でいるのを、クラスメイトに見つかり、冷やかされたとかで、その習慣も消えていったのだ。孝宏はむっつりとした表情で頷き、まさにその高校時代を思い出させた。

「ええ、お時間あればですけど。ポップコーンや飲み物も買ってきたんですよね」

そう言うと、清野は照れくさそうに、アメリカのものらしいしゃれた色味のポップコーンの袋やコーラや紙コップなどを手品のように次々と取り出してみせた。

この部屋にはもうテレビも再生機器もない。パソコンでの視聴は可能だが、どうせなら大画面で観た方がいいだろう。正子は二人を促して、玄関で靴を履き、離れに移動することにした。

夜になったばかりの庭は、青臭いにおいが濃く立ち上り、コオロギの澄んだ鳴き声に取り巻かれていた。屋敷の周辺や畑の辺りはすっきりと刈り込まれているが、その他の場所ではメヒシバが早くも膝の高さまで伸びつつあり、離れに向かう道のりは、歩くたびに草がうっとうしくまとわりついた。合成樹脂のドアを開けると、一時期立ち込めていたような死臭は消えていて、杏奈が撒き散らした綿あめのような消臭スプレーのにおいが漂っていた。お化け屋敷を始めるにあたって、ここにあったオーディオ機器やレコード、家具や販促用パネルなどをせっせと持ち出しているせいで、このところ空気はよく入れ替えられていた。室内はがらんとしている分、壁の方向を向いたソファとスピーカーの存在感が際立ち、ホームシアターという本来の目的を取り戻しているかに見えた。考えてみれば、ここで家族と映画鑑賞したことなど、ほとんどゼロに等しい。正子はＤＶＤの操作の仕方がさっぱりわからなかったが、夫とここに籠っていた孝宏はよく心得ていて、三人がソファに並ぶと、たちまち巨大なスクリーンが天井から舞い降りてきて、照明が落ちた。あの懐かしい、リボンの輪の中で吠《ほ》えるライオンが現れた。「虹の彼方《かなた》に」のメロディが流れ出すと、お父さんの回す映写機に重なる陽子ちゃんの白い横顔が蘇った。

「思い出したわ。陽子ちゃんちの劇場で見たのよ。この人、ジュディ・ガーランドよね」

清野と孝宏に挟まれ、コーラの入った紙コップに口をつけながら、セピア色の画面に正子は釘付《くぎづ》けになる。

「ジュディ・ガーランドは、ＬＧＢＴＱのアイコンなんです」

と、清野が言った。一体この作品の何がお化け屋敷に役立つのか、見当もつかないが、今はこの状況を楽しもうと思った。孫の顔を見たいとか、嫁と買い物に出かけたいと思ったことはない。でも、こんな風に、息子に近しい誰かと共通の話題を持つことは、ずっと望んでいたかもしれない。お下げ髪を垂らし、硬そうな鳩胸《はとむね》で、ジュディ演じるドロシーは、どこかうつろな目を見開いて、歌声を震わせているところだ。

「レインボーフラッグって、虹の彼方にからきてるの？　もしかして？」

と、孝宏は次第に興味を示し始めている様子で、正子が膝に載せているポップコーンの袋に腕を勢い良く突っ込んだ。バターと黒胡椒《くろこしょう》のにおいがふわりと立ち上る。つまむ指が止まらない。

「そういう風に言われることもあるよ。ジュディ自身もバイセクシュアルだったと言われてる。そして、セクハラやパワハラが横行するハリウッドで生きるのが辛《つら》かった。睡眠薬の過剰摂取で亡くなった数日後に、ニューヨークのゲイバーでの乱闘をきっかけに、世界で初めての同性愛者の暴動が起きたんです。でも、正子さんに見ていただきたいのは、ジュディじゃなくて、悪い魔女を演じているマーガレット・ハミルトンの方なんです」

風が止み、おそるおそるドロシーが家のドアを開けると、画面がカラーに切り替わった。これよ、覚えてるわ、と正子は小さく叫んだ。あの時、陽子ちゃんがわあっと声をあげ、こちらの手を握りしめたのだ。彼女の目には涙が光っていた気がする。泣くような場面ではないのに、とても不思議だった。青空が広がり、ギラギラした鉄製の巨大な花が咲き乱れ、真緑の野原に着色されたような小川が流れている。透ける素材を使ったとろけるピンク色の衣装を着た魔女や、大勢の小人がドロシーを取り巻いている。今なら、陽子ちゃんの気持ちがわかる気がする。あまりにも時間やお金をかけた、毒々しさと紙一重の世界を目の当たりにすると、正子も胸が詰まることがあるのだ。作りものの美しさは決して正義ではない。でも、ままならない現実をねじ伏せ、悲しみや諦念を押し流してしまう力を持っているのも本当だ。煙とともに現れた、緑色の肌をしたかぎ鼻の魔女を見て、正子は息を呑《の》んだ。CGが存在しない時代だから、この不気味な雰囲気は演技ということになる。この魔女はマジカルだけれどマジカルではない。何故《なぜ》なら、他に似ている魔女がまったく思いつかないのだから。羽のように大きな手を動かす様さえ、コウモリやカラスを思わせた。

「マーガレットは、この通り、独特な容姿をしていたので、なかなか役にありつけなかったらしいんですが、他の女優にはない個性を生かして、この魔女を演じきったんです。撮影中に大やけどをして、身体の緑色がしばらくはとれなかったそうです」

「なんでこんなに、怖いのかしらねえ」

清野の言葉を受けて、正子はため息混じりにつぶやき、よく考えてみた。この緑の魔女には、道理や常識が一切通用しない。完全にこの世界の規範外を生きていて、彼女にしか見えない世界があるのだろうと見る人に納得させる、何かがあった。強羅川満子にしたって、自分のことを怖いとか、頭がおかしいとかは思っていないのだ。彼女は彼女なりの道筋にのっとってこの屋敷に息づいている。そのことを忘れてはいけないと思った。

「マーガレットは自己プロデュース力に優れていたんだと思います。本当は子ども好きの優しい女性ということですよ」

西の魔女が爆発と共に消え、ドロシーは赤い靴を履き、エメラルドの都を目指して、黄色い道を歩き出す。かかしやライオンやブリキ男に次々に出会う。それを観ているうちに思い出した。

いつか、ハリウッドに行こう、パリに行こう、ヴェネチアに行こう。陽子ちゃんと交わした数々の約束だ。この分だと、何一つ叶《かな》わないまま、お互いに知らない場所で一生を終えるのかもしれない。でも、今も昔も、正子の中には黄色の一本道が伸びている。それはエメラルドの都ではなく、この日本のどこかにいる、陽子ちゃんの心に通じているのではないか。

「清野さん、ありがとう。私もマーガレット・ハミルトンみたいに、誰にも似ていない悪役……、ステレオタイプではない役というものを、よく模索してみるわね」

映画が終わると、正子は二人を、離れからそのまま見送った。暗い庭を歩いて、庭に面したガラス戸から、食堂に入る。

「どこに行ってたの？　心配したよ」

いつの間にかコンビニから帰っていたらしい杏奈が、血相を変えて飛び出してきた。あら、と正子はつぶやいた。自分としてはずっと家の中に居たつもりだが、彼女にしてみれば、不気味なマネキンばかりの他人の部屋に何も知らされず取り残され、生きた心地がしなかったのだろう。

「ごめんなさいね。息子とその恋人が来ていてね、離れで映画を観ていたのよ。ねえ、知ってる、オズの魔法使っていうね……」

「なにも言わないで、いなくならないでよ！」

そう遮った杏奈の目は濡れている。正子はびっくりして、肩をすぼめて謝った。

「そうよね、怖かったわよね。ごめんなさいね。こんなところに一人で残して」

「そういうことを言ってるんじゃないよ」

杏奈はもどかしそうに口を歪め、両手でTシャツの裾をくしゃくしゃに握りしめている。

「なんか、正子さん、いつも生き急いでいるからさ。この世に長く止《とど》まる気なんてないっていう風に見えるよ。いっつも先のことしか、考えてないじゃん。半分だけしか、身体がここにない感じ」

どきりとした。確かに正子の心はいつも、どこか遠くを彷徨《さまよ》っている。思えば子育てをしている時も、介護をしている時も、そうだった。今目の前に集中していることは、ほとんどない。本音を言えば、心はずっと、エメラルドシティに憧れた、あの頃に止まっている。こんな年齢になっても、未来というものを、どこかで夢見ずにはいられないのは、どうやらボケ始めているからではなさそうだ。

「昼間もさ、なんか、明美さんと手術がどうとか、言ってたじゃん！　あれ、どういうことなの？」

一瞬、なんのことかわからず、正子は記憶を辿った。

「身体を大事にしてよ。いつも、死ぬ死ぬ、言いすぎなんだよ。そういうことを何かにつけて言うのって、暴力だし、脅しだよ。やっと、私も居場所が見つかったと思ったのに、勝手にそっちの都合で去られちゃ困るよ」

涙ぐんでいる杏奈を見て、正子はようやく、自分がどれほど無神経だったかを理解した。

「ごめんなさいね。私が悪かったわ」

ぺこり、と頭を下げ、なおも納得がいかない様子の杏奈に、正子は言った。

「手術っていうのは、ただの白内障よ。日帰りで終わる、簡単なものよ」

「白内障って？　なんだっけ……」

「目の前が白っぽく、ぼやけるのよ。私くらいの年代には多いのよ」

台所からパンフレットを持ってきて細かく説明すると、杏奈はようやく安心したようだった。

「オズ」の高揚感も手伝って、正子はつい杏奈を抱き寄せた。驚いたことに、杏奈も抱き返してきた。二人はしばらくの間、お互いの体温や柔らかさをただ、感じ合っていた。

身体を離すと、正子は彼女の顔を覗き込む。

「ねえ、杏奈ちゃん、私、自分の目を緑色にして、暗闇でよく光らせたいのよ。できるかしらね。あなたの目もここに来た時は、そんな感じだったでしょう？」

正子は急にマーガレット・ハミルトンの肌のような緑色にこだわりたくなっていた。髪を白くした時は、好かれたいと思っていた。自分は無力で才能もないのだから、できるだけ多くの人に愛してもらい、引き上げてもらいたいと思っていた。でも、今は、一人でも多くをびっくりさせたい、面白がらせたいという気持ちが強い。緑の目はその手助けをしてくれるはずだ。

杏奈が魅入られたように頷いたところから察するに、正子の目はすでに人のものではないように、らんらんと光っていたらしい。

お盆の初日というせいもあるのだろうか、思いの外、もの好きは多かったようだ。オープンの二時間前から、門の前に客がちらほらと現れた。ブルーシートを敷いて、生垣にもたれて座っている男の姿もあった。花火大会の場所取りに似ているな、と思った。年齢層は二、三十代が中心、男女比は、やや男の割合が多いだろうか。十六時半の段階で、四軒先の御宅《おたく》まで、行列は続いているとのことだった。ご近所迷惑にならないか心配だったので、野口さんを走らせ、一軒一軒に先にお詫《わ》びをして回った。明美さんは今、最後尾に立ち、それ以降にやってきた客に、整理券を配り、追い返しているとのことだった。整理券なんていつ作ったの、と問うと、昨夜、もしもの場合を考えて一家総出でプリントしたのだという。

以下はすべてインカムから流れてくる、やりとりである。

——すごい入りですよ。ほとんど帰ってもらうことになりました。

「やっぱり、延長しない？　せっかく来ていただいたのに、帰ってもらうの申し訳ないです。私、一、二時間なら、頑張れるわ」

不安になって、唇の下に突き出している小さなマイクに向かってそう提案すると、

——それだけはやめましょう。最初に決めたでしょ？

司令塔の迫力を以て、明美さんはきっぱりと言った。絶対に残業はしない、というのが彼女が最初に定めたルールだった。「東京ホラーハウス」は正子の健康にかかっているのだから、身体を壊してしまえばすべてがおじゃんだ、と。続いて、武くんの声が遠慮がちに割って入り、自身の経験を述べ伝えた。退職前、もう少しやれる、と過信した日々が続き、いつしか心身のバランスを崩していることに気付けなくなっていた、無理をして仕事を進めることは、人生を使った先払いでしかない、必ず後になって停滞することになるから、結果からすれば何も変わらない、むしろ損だ。それに、ちょっとやそっとではお化け屋敷の中に入れない方が、付加価値も生まれるのではないか、とも言っていた。口コミで広めるには、経験した人が必ず誰かに自慢したくなる要素がなければならないらしい。Instagramでは、混雑状況により入場制限がかかることは告げてあるのだから、決して不誠実ではないと言う。そう話している間にも、ここからは見ることの叶わない、表の行列の賑《にぎ》わいが彼らの声の背景をざわざわと埋め尽くしている。

インカム越しに会話をしながら、正子は折りたたみの椅子に座り、ミラーを置いた台所の調理台に向き合って、ドーランを含ませたスポンジを肌に滑らせている。顔も首も手も真っ白にコンクリート壁のようにムラなく塗り込め、唇は赤く染めた。ゴム製の牙を犬歯二本に嵌《は》め、ジェル状の血糊を顎につたわせる。義母に心の中で詫びながら、山吹色の友禅の胸のあたりにも赤い水性インクをぶちまけてある。撮影用の化粧ならば新人の頃から慣れているので、一人でもまったく問題ない。杏奈はヘアアイロンを使って、正子の肩に下ろせるくらいに伸びた銀髪を、ふくらませ、うねりをつけている。目の細かいくしを差し込み、流れとは逆方向にぎゅっぎゅと梳《す》いていくと、髪はどんどん大きく空気を孕《はら》んで、やがては正子の頭をすっぽり覆う灰色の雨雲のようになった。

「髪のアレンジは得意なんだ。高校の間は、同級生とどれだけ差をつけられるかに燃えていたからさ。誰も気付いてくれなかったけどね」

と、杏奈は拗《す》ねたように言った。ふくらんだ髪をたくさんのピンを使って動きをつけながらまとめたら、正子の頭はますます巨大になった。それを乱暴に崩してスプレーで固めると、落ち武者のようで、完全に常軌を逸した女に見えた。今なら、撮影所時代にからかってきた男たちにも、この間の面接の男たちにも、すごむだけで勝つことができるように思える。自分がとてつもなく強くなったようで、自然と背筋が伸び、胸がぽんと前に出た。

とはいえ、正子はおののいてもいる。今、好意を持って屋敷を訪れている人はほとんど居ないだろう。ひょっとすると客に襲われるかもしれない。禁止しているとはいえ、写真を撮られ、さらされる可能性も高い。少しも怖くないというふうを装ってきたが、いざ目の当たりにすると、身がすくんでしまう。長いこと、完結していた正子の世界に他人がどんどん入ってくるのだ。これと同じ経験をかつてしている。撮影所の男たちが大勢、夫に誘われてこの屋敷に来た夜だ。

でも、今は。本当に、本当に、同じだろうか。

正子は大きく息を吸い込んだ。台所を漂う、ペンキと錆びた鉄のにおい、昼食に食べた、スーパーの売れ残りのからあげの残り香。大丈夫だ。すべて日常の延長にあるものだ。住み慣れた場所で、落ち着いてやればいい。気負いは捨てよう。よくもわるくも、彼らは夫や家ではなく、正子を見に来ている。世の中の求める姿を拒否したせいですべてを失った七十五歳の落ちぶれた姿を面白がって見に来ている。

最後に杏奈が差し出したのは、頼んでおいた、光を吸収して、ブラックライトの下や暗い場所で発光するカラーコンタクトレンズだ。ぐにゃぐにゃと形を成さない、濡れた透明の切れっ端を、目に入れるのは何度やっても慣れない。杏奈の助けを借り、ようやく装着に成功した。視界がエメラルド色になるのかと思っていたが、そんなことはなく、残念なような気もするが、そのかわり、暗闇でも見通しは利くだろう。長い付け爪も備えて、やっと鏡を見ると、返り血を浴び、緑に光る目、鋭い牙と爪、真っ白な肌に鳥の巣のような頭の老婦人が、こちらを見つめ返した。正子は親しみを込めて、心の中で彼女にあいさつをする。こんにちは、満子さん。あなたは、真面目な努力家ね。誰にも頼らず、頼れず、一人でこの屋敷を守ってきたのね。

「どうかしらね。このお化粧」

正子は、両手の指を折り曲げて、威嚇するように構えてみせた。お世辞ではない証拠に、杏奈がごくりと喉を鳴らした。

「めちゃくちゃ、怖い。こんなおばあさん、私これまで見たことないよ」

「あの、今、言っておくわ。杏奈ちゃん、ありがとうね」

正子はぺこりとお辞儀をした。頭が重たいのを忘れてしまい、顔を上げる時、筋が引きつり、首の後ろをさすってしまう。

「え、なにが」

新聞紙の上に広げた細々とした化粧道具を片付けていた杏奈は、手を止めた。

「私を主演にしてくれて。素晴らしい脚本を書いてくれて。この家を舞台に監督してくれて。全部、あなたのおかげよ」

「なに言ってんだよ。そんなご大層なもんじゃないよ。もうよくわかっているでしょ。こんなに話題になったのは、正子さんの知名度ありきだよ。このお化け屋敷が一段落したら、アルバイトでも探すつもり……」

杏奈は薄く笑いながらそう言って、散らばったスポンジを小さな缶にまとめている。正子は勢い良く首を横に振る。ピンが一本ふっとんだ気がしたが、どうでもいい。

「それは古い世界での成功例でしょ。あなたの才能は、もっと、なんていうか、今ふうなのよ。役立たずとされているものに、命を吹き込んでくれたじゃない。あなたの書く物語が、職場を生んだの。きっとその力があれば、あなたの地元も、あなたみたいな女の子たちも、救うことができると思うわ。この家の居心地がいいのはありがたいけど、あなたはもっともっと広い世界でもやっていける人よ」

杏奈はしばらく、正子を見つめ、聞こえるか聞こえないかの小さな声でありがとう、と言うと、台所を出ていった。入れ替わりに野口さんがやってきて、彼は正子の変貌ぶりに、しきりと感嘆した。立ち位置の最終確認をし、開場五分前にそれぞれの持ち場に着くと、杏奈が駆け回って一階の電気を落とし、音響を流し始めた。

その日、最初のインターホンが鳴る。正子が受話口に「どうぞ」と低くうめくと、向こうでぎゃっと大げさな声がした。すぐさま、食堂の長テーブルの下に潜り込んだ。オーディオから「死の舞踏」が途切れ途切れに聞こえてきて、なんだかこっちまでどきどきしてきた。

——正子さん、一組目のお客が入りました。男女二名ずつの大学生ふうのグループです。

インカムから武くんの声がする。続いて、玄関ドアの閉まる音がした気がする。四人の客はもう次の間に入った頃だろうか。ちゃんと世界観に浸ってくれているだろうか。こんな子どもだましと、馬鹿にして、正子の思い出の品を足で蹴飛ばしてはいないだろうか。短い間に、正子はありとあらゆる可能性を考え、頭が重いせいもあって、すっかり疲れてしまった。

そろそろ、食堂のドアが開いてもいい頃なのだが。正子はすでに待ちくたびれて、テーブルから這《は》い出した。紫色に照らし出された食堂を見回し、応接室に繋がっている両扉に耳をつけた。間島夫妻と野口さんによるうめき声のＢＧＭしか聞こえてこない。力を込めてドアノブを握りしめ、押してみる。流しそうめんマシンの流水音がした。マネキンの遺体の山越しに、パネルの夫と目が合った。すると、どこかで伝え聞いたあの言葉が蘇った。

――あんなつまらないばあさんに今さら何ができるんだ。

　正子は猛然と声に出して反論した。

「できるわよ。なんだって。私はなんでもできる」

　明美さんと武くんのように、孝宏と清野のように。正子は今、生まれて初めて、暗闇で夫と対等に向き合っていた。

「でも、私、もうあなたのこと恨んでない。だって、この家から出られなくたって、凡人だって、人から嫌われていたって、私はなんにだって、なれるんだもの」

　サングラス越しに、夫の目が動いた気がしたその時、甲高い叫び声と話し声がした。応接室の入り口にようやく、人影が現れたのだ。正子は慌てて扉を閉めて、テーブルの下に再び潜り込んだ。怖い、マジ無理、なにこれ、といった笑い混じりの叫び声が隣室から聞こえてくる。やがて、食堂のドアが開く。正子は静かに深呼吸する。若者たちの声が急に大きくなった。空気がかき回される。汗や日焼け止めのにおいが熱と一緒に流れ込んでくる。視界を揺れるクロスの先に、両手で折れそうな細い足首が見え隠れした。その先端に輝く爪は暗闇でもよくわかるようなラメで彩られている。正子はふと思いついて、すぐ目の前の白い肌につくかつかないかのところに、ふわふわと手を泳がせてみた。

「きゃっ、下になんかいる！　きっしょ！　マジ無理なんだけど！」

はるか上の方から、きんきんに冷えたアイスキャンディーみたいな若い女の声が降ってきた。杏奈のそれとはまったく違う。突然、彼女の高校生活やアルバイト先での様子というものが、はっきりと目に浮かんだ。こんな同世代の仲間と居ると、彼女はきっと引け目を感じて、おどおど振る舞い、本来の良さが出ないのだろう。でも、あの子は年寄りとばかり一緒にいるようでは、伸びていかない。予想はしていたけれど、別れは近づいているのかもしれない。正子が今、背中を押すしかないのだ。そのためには、なんとしてでも、このお化け屋敷を成功に導かねばならない。「東京ホラーハウス」に関わっていた、と話しただけで、杏奈が同世代に一目置かれるようにしなければ。それには、今目の前に居る彼女たち、つまりネットで目にした話題のスポットに誰よりも早く訪れる、行動力と拡散力を兼ね備えた若者たちの心を完璧に摑まなくてはならない。今だ。正子は勢い良く、テーブルクロスをはね返して、鎌を構えて、躍り出た。ぎゃあっと、叫び声があがった。

「お〜ま〜え〜た〜ち〜に〜」

腹の底、もっともっと下、はるか昔に出産でしか使わなかったような下半身の力を振り絞り、正子は低く長くうめいた。武くんが言った通り、目の前に佇むのは男が二人、女が二人の四人組である。四人で七千二百円。そう思ったら、やる気がむくむくと湧いてきた。男の一人は正子と視線が合うと、ひっと叫んで、尻もちをついた。慌てて仲間たちが、抱き起こそうと駆け寄る。正子は草刈り鎌を振り上げ、目を剝《む》いた。やりすぎたか、と思ったが、すぐに躊躇《ちゆうちよ》は引っ込めた。西の魔女のように、強羅川夫人もまた、誰も信じないし、自分さえよければ後は誰がどうなろうが、どうでもいいのだ。たった一人で美意識を持って生きてきた誇りが彼女を奮い立たせている。若者たちは、口元は笑みの形なのに、目は恐怖と期待できらめいている、というちぐはぐな表情を浮かべ、完全に正子に魅入られている様子だ。

「び〜た〜い〜ち〜も〜ん、わ〜た〜さ〜な〜い〜」

銀紙を巻きつけた布団たたきを振り上げただけで、若者たちはもみ合うようにして、きゃあきゃあ叫びながら、我先にと廊下に逃げていく。思った通りの反応だ。正子はさっと着物の裾をたくし上げると、反対側の廊下に走り出る。ピアノ線を張り詰めている野口さんと暗闇で目が合い、にっと笑いあう。お勝手口から、まるで水の中のような湿ったほの暗い裏庭に飛び出し、納戸の隠し戸にさっと耳をつけた。さっきの若者たちらしき話し声と、小銭のぶつかるしゃりしゃりしゃりした音がする。よし、とつぶやく。そろりと戸を開け、身体を完全に引き入れると、正子は勢いをつけて身を起こす。「かねをおいていけえ!」と怒鳴った。ぎゃっと悲鳴があがる。先ほど怖がっていた一人の男が再び尻もちをつき、完全に泣いている様子だ。女たちは抱き合って、半ば楽しげに叫び続けている。うずくまった仲間を引き上げるようにして、彼らはまた、逃げていった。

正子が食堂に戻る間に、今度は野口さんの引っ張ったマネキンを見たらしい、彼らの大騒ぎが聞こえてきて、暗闇でほくそえんだ。インターホンに出て、テーブルの下に潜ると、次の客が食堂に入ってきた。足元から察するに、今度は中年の男性二人組のようだ。一度こなしたら、流れは摑めた。

失敗がなかったわけではない。四時間のうちに、三組ほどリタイアが出て、全体の流れが狂ってしまった。泣き出してうずくまった二十代女性を前に、正子と野口さんはおろおろと顔を見合わせ、結局、杏奈が肩を抱いて外に連れ出すことになった。身分証の提示を嫌がったり、忘れたにもかかわらず無理矢理中に入ろうとする連中にも手こずらされた。杏奈が不安視した通り、祭壇の下から飛び出すタイミングが難しく、正子は何回もしくじった。多少白けた空気が漂ったことも、否定できない。野口さんも野口さんで、強羅川夫人のマネキンを引っ張るのが早すぎたり、遅すぎたり、そうかと思うと、レールをフックが滑らかにすべらなかったりして、なかなか思うようにはいかなかった。心臓の強い輩が、にやにやと笑いながら、正子に向かって「写真撮らせてください。インスタにあげていいですか」と興が削《そ》がれることを口にした。咄嗟に言葉が出ずに、背を向けて逃げてしまったのが、今なお痛恨の極みだ。明美さんが朝までにフローチャートなるものに改善点をまとめる、と言っていた。

しかし、それも含めて、民家を開放した手作り感やぎこちない演出は、今の若い人には新鮮に映ったようだ。初日の売り上げは十万二千六百円。賽銭を加えると、十一万五百十円だった。正子と杏奈は抱き合って喜び、お札をパッと宙に撒き上げ、その中をひらひらと舞ったのだ。いつもより二時間も遅く、ぐったりと寝床に横になり、スマホで検索したところ、好意的意見は八割程度だった。もはや誰も正子をちえこばあちゃん、とか、可愛いお年寄りとは言わなかった。夢に出てきそう、本物のお化けみたいだった、と、皆がおののいている。食堂と納戸、二回現れることにしたのは成功なようで、正子は二人いるんじゃないか、と本気で信じている者、天井のマネキンさえ、正子本人と思い込む者が大勢いた。市の文化財に指定もされた浜田邸の中を歩けるだけでも価値はある、という意見も目立った。批判のほとんどが「怖すぎてドン引きした」といったものであった。

オープン二日目には、整理券を持った客が詰めかけて、すぐに定員はいっぱいとなり、新たに並んだ客はまたしても繰り越しになった。もはや文句を言う客はいなかった。それはビッグサンダー・マウンテンに三時間並ぶことに誰も疑問を持たないことによく似ていたかもしれない。「東京ホラーハウス」は入りにくさや手間も含めて、希少価値のあるアトラクションとして認められたらしい。

はやる気持ちを必死で抑え、正子たちは当初決めた通り、連日行列が出来ても、稼働は四時間というルールを徹底した。続けるうちに、飛び出す前の間の取り方や表情の作り方、部屋から部屋へと移動する時の呼吸が摑め始めた。怖がりの客には手加減して、本来お嬢様育ちである強羅川夫人の愛嬌《あいきょう》を出すやり方、刺激を求める客にはいつも以上に怖がらせる、冷やかしの客ほどプロとして毅然《きぜん》と演技する、といった勘も働くようになった。それは、野口さんも同じだったようだ。

お化け屋敷を出たばかりの叫び疲れた客に、明美さんは間島さん手製の「赤紫蘇ジュース」を使い捨てのカップで売るようになった。パート先のスーパーのキッチンを使って二人で作ったもので、店長が食品営業許可書を得ているため、販売しても問題ないらしい。明美さんは、事前に店長と契約しておいたという。「強羅川夫人のすする生き血」というネーミングがあたり、飛ぶように売れて、思わぬ副収入となった。

最初に取材が来たのは、徐々に客足も落ち着き始めた八月の最後の週だった。

お化け屋敷開場前にやってきた、ウェブサイトを運営しているという、杏奈とそう年齢の違わなそうな、大きなリュックサックに伊達《だて》メガネの女のプロデューサーが最初に尋ねたのは、このアトラクションのプランナーは誰か、というものであった。明美さんと杏奈がすぐに応対した。肩書きが必要だったので、杏奈はお化け屋敷専門のシナリオライター、明美さんはソーシャルワーカーの経験を生かした空き家再生プロデューサーとでっちあげた。その翌日には、『日本再生の鍵はお化け屋敷⁉　高齢者の雇用を生み、空き家をコンテンツにする画期的アイデア』という記事がネットにアップされ、大勢の人々にシェアされ、拡散された。

とはいえすぐに厄介ごとは起きた。ネットニュースでこの屋敷のことを知った福祉保健局の男が客に紛れてやってきて、営業許可申請とやらの手続きが済んでいない、市の文化財を現状変更するには申請が必要だ、勝手に自宅を興行場にするとはどういうことか、と大勢の前で叱られたのだ。明美さんは落ち着き払ったもので、人波をかき分けて、あらかじめとうに書き上げていたらしい書類や、勝手に写しをとったらしい屋敷の図面を台所の棚から持ってきて、紙挟みにまとめてさっと差し出した。

「申し訳ありません。ここにいる家主のおばあちゃんに、確かにオープンの一週間前には提出を頼んだつもりなんですけど、夏バテでぼんやりして忘れてしまったみたいなんです。お年寄りのミスですので、大目に見ていただけないでしょうか」

などと、神妙に頭を下げるので、正子は内心むっとしつつ、強羅川夫人の扮装《ふんそう》のまま、おどおどとすまなそうに振る舞った。後日、福祉保健局から派遣された男女に屋敷を隅々まで視察され、スプリンクラーと消火器、二台の誘導灯を至急設置するように言い渡された。計十五万円強の出費となったが、客の安全と興行続行のためと思えば、今の正子には決して高い買い物ではなかった。夏中、働き続けたおかげで貯金は倍以上に増えていた。

明美さんに、どうして最初に教えてくれなかったの、となじったら、オープン当初は資金がまったくなかったから、致し方なかったのだ、と澄ましたものだった。福祉保健局が向こうから来るギリギリまで粘るつもりだったのだという。そんな危ない橋を知らずに渡らせるなんて、と腹も立ったが、これだけの初期投資が必要と知っていたら、確かに正子はお化け屋敷をあきらめていたに違いなかったのだ。

次から次へと面白いくらいに、ネット、紙に関係なくあらゆる媒体からの取材依頼が「東京ホラーハウス」に舞い込んだ。記事の中には英語圏で翻訳されるものもあるらしい。明美さんと杏奈はコンビのようにしてそれに応えていった。主婦とプロの視点を行ったり来たりしながら穏やかに話す明美さんと、映画監督に挫折し流されるままに、世話になっている大家の老人を主役にシナリオを書いた経緯をあっけらかんと打ち明ける杏奈の組み合わせは、受けがよかった。反対に正子に関する記事はとても少なく、杏奈たちのインタビューの合間に何枚か写真を撮られた程度で、取材にいたっては一ヶ月の間でついに一件も来なかった。「お化け役を演じることが老人の認知症防止と孤立解消につながる」「老人の演じるお化けは、皺や銀髪のせいで迫力満点」といった扱われ方しかされなかった。とはいえ、そこまで嫉妬や焦りを覚えなかったのは、正子本人にもInstagram経由で出演依頼がいくつか来たからである。自主制作のホラー映画の主演や、地元大学の演劇サークルの客演、遊園地のお化け屋敷のキャストといった小さな仕事だが、ちゃんとギャラや拘束時間が提示されていた。通常業務があるので、すぐにはお引き受けできないが、検討させてくれ、という返事をした。「東京ホラーハウス」が廃れても、食い扶持《ぶち》を稼ぐ道があることは、正子に精神的余裕をもたらした。

そのせいで、杏奈が地元にしばらく帰ると言い出しても、さほど動揺しなかったのかもしれない。

「生まれて初めて、私個人に仕事の依頼が来たの。ちゃんとお金も貰えるみたい」

オープン一時間前の恒例となった食堂でのミーティングで、彼女はためらいがちに切り出したのだ。床に直置《じかお》きした大皿の上には、マーガリンを薄く伸ばしたふかしたさつまいもが山盛りで、めいめいが手を伸ばしている。

「地元の役所の町おこし課から。ネット記事を読んだ職員さんが、兄の同級生だったんだけど、すぐに、私に気付いたんだって。私の生まれた町は空き家だらけだって話したよね？その中でも、一番お荷物になっているのが、もう何年もそのままになっている、使われていない病院なの。町おこし課は私にシナリオを書かせて、あそこをお化け屋敷にして、観光名所にしたいんだって。キャストは地元のお年寄りたちや劇団の人たちでやるつもりなんだって」

「すごいじゃないの。あなた、もうすっかり有名人ね。監督みたいなものじゃないの」

正子は手を叩いた。自分の予想通りになったぞという得意な気持ちと、いよいよ杏奈が巣立ってしまうという寂しさがないまぜになって、ことさらにひょうきんに、もり立てた髪を左右にゆらゆらと振ってみせた。明美さんはさつまいもを齧《かじ》りながら、早くも膝の上に立ち上げたノートパソコンを睨みつけている。

「杏奈ちゃんが視察から帰って来たら、地元のみなさんのアイデアやシナリオの構想、杏奈ちゃんがスマホ撮影した病院内の動画をもとに、私がキャストの数や必要な設備を割り出し、町おこし課提出用の資料をまとめようと思っています」

明美さんはいつの間にか、スーパーでのパートを辞めていて、ここの広報のような存在も兼ねていた。杏奈がどこか浮かない様子なので、正子はこう尋ねた。

「あんまり、嬉しそうじゃないのねえ。故郷に錦を飾るっていうやつなのに」

杏奈は膝頭を見下ろした。夏中、板の間に膝をついて、客の出入りをさばいていたせいで、ピンク色に擦りむけて、心なしかへこんでいるように見えた。

「だってさあ、この話、地元で噂になってるんだよ？　ネットで見た『東京ホラーハウス』みたいなお化け屋敷だったら、働きたいっていうフリーターの子たちがもうすでに、お役所に詰め掛けているんだって。視察の後、ホールで、スタッフやキャストの希望者に簡単な講演会をしてくれって言われているんだけど、昔の同級生とかも来ちゃうかも。会いたくない人がたくさんいるんだよ。あの町に黒歴史しかないのに、私……」

「そうねえ。でも、今後こういうお話はどんどん来るような気がするわ。最初が一番緊張するのは仕方ないわよ」

　彼女を手放したくない気持ちが強ければ強いほど、正子はどういうわけか必死になって囃《はや》し立て、せっせと彼女を励ましていた。どうせいずれ別れ別れになってしまうのなら、賑やかに振る舞い、心がしんとする瞬間を片時も作りたくなかった。

　明日にはもう旅立つというので、正子はすぐに、孝宏、清野と作ったばかりのＬＩＮＥグループを開いた。杏奈が数日間抜けるので、どちらかでいいから手伝いに来てくれないか、と単刀直入に頼んだ。その晩、杏奈が、正子と一緒に寝たい、と言い出したのには驚いた。急に涼しくなったよね、寒くない？　などと、彼女はもごもごと言い訳がましくつぶやいて、ほとんど視線を合わせようとしない。

　並んで眠れる場所を探し、一階の和室に布団を並べることにした。明日は営業日なので、お化け屋敷の内装にはできるだけ触らないように気を付けて、セロファンを貼ったライトを隅に寄せ、床から突き出しているマネキンの腕を引き抜いた。少しだけずらしていた畳を元の場所にはめ、最低限の面積を確保した。闇の中で天井からぶらぶらと揺れている、首吊りロープを眺めながら、二人は横たわった。この夏、この部屋を通りすぎていった数え切れないほどの来場者を思い浮かべたが、内面は少しも騒がしくならなかった。その分、雨戸を夜風が激しく叩いている。台風が上陸するかもしれない、とニュースで聞いていた。そうしたら、杏奈の出発は延びるのだろうか。空き缶が転がっていく音がして、やがてどこかにぶつかり、止まった。

「なんだかさ、家に帰るのに、家を出ていくみたいな気持ちなの」

「え、あなたにとって、ここが家になったってこと？」

返事の代わりに、布団の中に杏奈の手が伸びてくる。お互いどちらからともなく、指を絡めたら、触れた場所からとくとくと温かい血が回り始め、正子にしては珍しく、眠気がすぐに襲ってきた。

翌朝、台風は逸れ、正子は自分でも驚くほどに、しょんぼりした。雨戸を開けたら、見えないガラスの梯子《はしご》が降りてくるような、冷たい秋空が澄み渡っていた。杏奈は前夜のしおらしさが嘘のように、ろくに朝食も食べようとせず、新幹線の時刻を気にして、せかせかと旅立っていった。荷物になるから、と言い、かつらは五つとも置いていった。正子は一人で掃除を始める前に、女中部屋にごろんと転がった、青やオレンジの光の輪を浮かべたかたまりをしばらく見下ろした。

体温が高く大柄な杏奈がいないだけで、急に屋敷が広く、寒々しく感じられた。掃き掃除や窓の開け閉めにも一苦労で、しょっちゅう椅子に腰掛けて休まねばならなかった。脂っこいものを胃が途端に受け付けなくなった。彼女が使った寝具を庭に干していると、疎開先の朝を思い出すような、しんとした気持ちが白いシーツに広がっていく。

午後には孝宏が、手製だという春巻きの皮を使った中東風のおかずを持って、張り切って手伝いに来てくれたけれど、どんどん何かを発信しないと、体調まで崩してしまいそうで、正子はミーティングでしきりにアイデアを口に出し、意欲的に振る舞おうと努力した。

「杏奈ちゃんがいない間に、次のストーリーを考えましょうよ。ハロウィンらしい出し物がいいわ。東京ディズニーランドって今、悪者たちがパレードをやっているんでしょう?」

庭に目をやれば、明美さんが初夏に種を蒔《ま》いたカボチャはようやく小ぶりの実をつけている。そうでなくても街はどこもかしこも、オレンジと紫に彩られていた。

「それはいいですね。お客さんも仮装で参加できたら、面白いかもしれないですよね。そうだ、お庭にカボチャだけじゃなく、骸骨の顔をしたかかしや箒《ほうき》なんかを並べて、インスタ映えスポットを作ったらどうでしょう?」

明美さんは言葉を発するのと同じ速度で、パソコンのキーを叩いている。

「そうそう、強羅川夫人のプランは、日本的だったでしょ? 夏の肝試しはそれでもよかったけど、涼しくなるし、一気に古風なヨーロッパっぽくしてみたいのよ。私、もう着物は飽きちゃったわ。袖のふくらんだ、裾を引きずるような、スカーレット・オハラみたいなドレスなんて一度着てみたいのよねえ」

例の演劇サークルが、正子がいずれ客演してくれるのであれば、衣装や小道具を貸すと申し出てくれている。サークル部長によれば、シェイクスピア劇もよく演じていると聞いたので、探せばそんなドレスも見つかりそうである。

「何年もこの屋敷で花婿を待ち続けたままおばあさんになってしまった、白髪の花嫁の話なんてどうかな？　ディケンズの『大いなる遺産』に出てくるキャラクターがヒントなんだけど」

と、孝宏がうきうきと提案したが、正子はすぐ控えめに押し返した。

「そうねえ、花婿が来るのを信じて、何年も一人で待っているか……。ここでは、少しも同情を呼ばない、凶悪なおばあさんという線は崩したくないのよね」

杏奈が居ないと、誰も正子の主張をすっとプロットに落とし込むことができないので、内心もどかしかった。しかし、他人ではない孝宏の前ではそうズケズケとものも言えず、せっかく息子と距離が縮まったというのにさほど喜んでいない自分にも腹が立ち、一人むしゃくしゃを溜《た》め込むばかりだった。

結局、新興宗教のカリスマ的女教祖が、夜な夜な、生け贄《にえ》を捧げて不気味な儀式を繰り広げているという設定の「女教祖・ヴァークドルフ魔利子《まりこ》」が誕生したのは、三日後、杏奈が屋敷に帰ってきてからであった。

地元の名品だという、わさび漬けと硬いクッキーの土産を広げ、杏奈はその晩、玄米茶を淹《い》れる正子相手にうきうきと報告した。

「キャストは地元のお年寄りたちをゾンビメイクすることに決めたんだ。テーマは『院内感染』。町のPRのために、病院の中庭で、『スリラー』を踊る動画をドローン撮影するの。

みんな『東京ホラーハウス』をネットで見て、なにかお化けっぽい出し物がしたいからって、八月からずっと、ラジオ体操の後に練習してたんだって」

　杏奈のアイデアを、というより、杏奈を独り占めしておきたい気持ちが高まって、喉の奥がねじれるようだった。日本中の老人がお化けを演じるムーブメントがやってきたら、自分の存在などあっという間に忘れ去られてしまうだろう。正子は強羅川夫人用の草刈り鎌を振り回しながら、わーっとその辺を暴れまわりたくなってきた。

　でも、ここで不安を見せたら、弱さを見透かされ、徹底的に面倒に思われて、別れを早めてしまわないか、という恐れもある。こうした駆け引きは実の息子相手ですっかり慣れたと思っていたのに。しおらしくまつ毛を伏せ、こぷこぷと熱いお茶を湯のみに注いでいると、杏奈は照れくさそうに言葉を続けた。

「お役所の人に頼まれて、役所の会議室で、お化け屋敷で働きたい五十人くらいの人たち相手に、講演したんだよ、私たちにとっては、どうってことないことでも、みんなには珍しいみたいで、すごく熱心に聞いてくれたんだ」

「やったわね。ついに、あなた特別になったじゃない！」

　親指を突き立て、にやっと笑ってみせたが、杏奈はまったく乗ってこない。

「ううん。初めて注目されてよくわかったけど、私、やっぱり特別っていうやつでは、ないみたいなんだ」

やけにさっぱりした顔つきで杏奈が言い放ったので、正子の胸はかえってざわついた。

「講演の後ね、高校の頃は、ろくにしゃべったことない子たちと近くのファミレスで話したんだけども、みんな、嫌な奴《やつ》とかじゃなかったの。ゾンビでいこうっていうアイデアも、私の元クラスメイトのめいちゃんていう女の子が出したんだよ。ショッピングモールのゲーセンでバイトしてるの。あの子たちとはLINEで繋がったから、町おこし課とは別にまめに連絡取り合おうと思う。シナリオが完成したら、まずお役所の人よりみんなに読んでもらいたいな」

杏奈が同世代を肯定的に語るのはほぼ初めてのことで、正子はなんだか置いてきぼりをくらった気持ちになり、こんなことを言ってしまう。

「そうお？　でも、一番は杏奈ちゃんでしょ？」

「いやいや、私だけじゃなくて、どんな子も面白くて、どんな子もセンスあるよ。なんか自分だけ目立つこととか、どうでもよくなってきちゃったんだよね。今は、地元のみんなが面白いと思ってくれるような、あの病院のヤバさが一層引き立つシナリオを完成させたいな」

「そう……。なんかあっという間に、あなた、先に進んじゃったのね」

拍子抜けした上、突き放されたように感じられて、正子はうなだれた。誰がどう聞いても、彼女は健やかに成長し、自分は埃《ほこり》を被った利己主義にとどまっている。恥ずかしさで肩が重く、十歳は老け込んだ気がして、うつむいていたら、杏奈は笑って正子を覗き込み、こちらの皮が緩み始めた手の甲を撫《な》でさすった。

「正子さんはそのままでいいってば。自分が一番で、自分だけが特別で、自分が一番目立ちたいのが、正子さんなんだから。それも、個性じゃん。正子さんにしかない、才能みたいなものだと思うよ」

「そう？　そうかしら…？」

「うんうん。だから、強羅川夫人ってこんなにウケたんだと思うよ。凶暴で自分本位なキャラクターが正子さんにぴったり合っていたんだよね。あ、これ褒めてるんだよ」

そう言われたら、本当にそんな気がしてきて、正子はむくむくと活力を取り戻した。そして、新しいお化け屋敷のプランについて、ああしたい、こうしたい、と夜更けまで唾を飛ばして夢中で話し続けたのだ。

ハロウィンシーズンに合わせた「女教祖・ヴァークドルフ魔利子」への改装のため、「東京ホラーハウス」は、惜しまれながらも、二週間の休業を宣言した。準備期間に入る前に、杏奈は「院内感染～注射針の要塞～」の台本を書き上げ、町おこし課と仲間たちに送った。続いて、留守の間のミーティングの議事録や正子のオーダーをもとに、「魔利子」のプロットにとりかかり、二日で完成させた。

一九八〇年代にドイツからやってきた謎の女教祖は、中世の魔女狩りを逃れた生き残りである、と自ら語り、バブル期に生まれた人々の心の暗がりに付け込むように、信者に法外なお布施や過酷な修行を要求し、蛇を崇拝させる新興宗教を立ち上げる。しかし、祈禱《きとう》中に儀式で使うロウソクが倒れて、ドレスに火が燃え移り、陶酔して踊り狂っている信者たちの目の前で、焼死する。宗教施設は廃墟《はいきょ》になり、主人の死を悼む蛇たちの住処《すみか》となる。ここに足を踏み入れたら、蛇と一体化してモンスターとして蘇った魔利子に襲われ命を落とす前に、地下室の壁にタロットカードを張りつけ、魂を鎮めねばならない。

以上のあらすじは、元信者たちの被害を取材しているルポライターの手記という形で、硬派なノンフィクション風にまとめ、会社ではウェブ担当だったという武さんが完成させた「東京ホラーハウス」のサイトに小出しにアップしていくことになった。タロットもサイトからダウンロードして印刷し、客に各自持参させる流れを作った。

屋敷のいたるところにうごめく蛇は、客の目につく場所には百円ショップのゴム製のおもちゃを使い、よく見えなそうな部分には野口さんが溜め込んだホースやゴム管を切断して塗装したものを置くことにする。各家庭に眠っていた鯉《こい》のぼりにシーツを詰め込んだものとマネキンの上半身を組み合わせ、蛇女になった魔利子を何体も制作し、床や壁に取り付けたレールの上を走らせる。予算が前回の倍以上あるだけではなく、清野は週一回、孝宏も三回は手伝ってくれることになったおかげで、天井に張り巡らした蛇を纏《まと》わせた網が、客の頭上すれすれにざっと落ちてくるという凝った仕掛けも、実現できそうだ。

今回の正子の見せ場は一回きりだが、首にぬめぬめした大蛇を巻きつけ、迫力満点な全ドイツ語による祈禱をたっぷり五分間は演じる予定だ。杏奈いわく魔利子の儀式は「フェスみたいな感じ」で、霊的な力というよりは派手なパフォーマンスで、信者を集団催眠状態に導くのだという。さっそくドイツ語の勉強と同時に、有名なロック歌手のステージを動画で研究しているところだ。地下貯蔵庫から這い出してくるミイラ化した信者役は、野口さんが担うことになった。ゴミ屋敷のがらくたがほとんどこの屋敷に移り、かつての景観を取り戻した今、野口さんは近所の主婦にアイドル的人気を誇っていた。言われてみれば、身長もありたくましく声も通る彼は、生まれ持った華がある。このところ役者としての自覚が芽生えてきたらしく、今日もはりきって庭で発声練習をしている。海外生活が長く、疎遠になっていた息子が、「東京ホラーハウス」のネット記事に写り込んでいた、キューピッドの人形にピンときて、連絡をよこしてきたことも、彼の気持ちを上向きにしたらしい。

赤紫蘇ジュースの評判に気をよくした間島さんやその主婦仲間たちは物販チームを結成し、カボチャを練り込んだケーキやクッキーをスーパーのキッチンで手作りして、屋敷の庭でお化け屋敷帰りの客に売るために動き始めている。間島さんは明美さんのすすめで、一日で終わる食品衛生責任者養成講習会を受講し、修了証を手にしているようだ。かつて保育園の建設に反対したことがあるのが嘘のようにご近所さんたちは協力的だ。自分たちが主役になれさえすれば、多少生活習慣が変わってしまうことも厭《いと》わないものなのかもしれない。

一方、杏奈の地元でも、シナリオと明美さんの指示書をもとに、ちゃくちゃくと地域をあげてのホラーハウスの準備が進みつつあるようである。彼女が帰京してから五日後には、ゾンビメイクをした有志の老人たちが、古い病院の中庭で「スリラー」を踊る動画が、町のサイトにアップされ、さる有名な廃墟マニアが自身のInstagramで取り上げたことから、またたく間に拡散された。肌が爛《ただ》れたような化粧をし、包帯や点滴を纏って、ぼろぼろの衣装で踊る、五十名近くのシニア世代とおどろおどろしい病院のマッチングが目を引くばかりではなく、「東京ホラーハウス」プロデュースチームが手がけるとあって、オープン前から注目を浴びているらしい。らしい、というのは、妬ましくなって作業が滞るのは明らかなので、正子があえてこの動画を見ていなかったためだ。ところが。

「今日の昼のワイドショーで、私の地元のことが取り上げられるらしいんだ。ここテレビないけど、明美さんちだったら、見せてもらえるかな?」

庭に飾る用に、オレンジ色の西洋カボチャのわたをくりぬいて、お化けの顔を彫っていた矢先、杏奈がついにそう言い出した。正子はしぶしぶと腰を上げ、仕方なく野口さんにも声をかけ、間島家を訪れ、事情を説明し、テレビの前に陣取った。間島さんのご主人は迷惑そうだったが、間島さんは彼に構わずに、ハロウィン物販用の試作だという、シナモンの利いたひとくちパンプキンパイと熱いロイヤルミルクティーをいそいそと用意してくれた。

十四時を過ぎたら、予告通りに『今年のハロウィンの主役はシニア！　全国のお年寄りに広がる空前のホラーブーム』と題された特集が始まった。自分の名がいつ出るか、と今か今かと待ったが、「東京ホラーハウス」でさえ名前だけの紹介で、あくまでも、同時に起きている流行現象の一つとして取り上げられているに過ぎない。渋谷の街頭インタビューでは「お年寄りが演じるお化けを見てみたいですか？」と若者にアンケートがとられ、ゲストコメンテーターの有名シニア俳優が「人間でない役柄は演じがいがありますよ。ぜひ、私も、生きているうちに、お化け屋敷で働いてみたいものですね」と発言した。台風の目は自分なのに、と正子はじりじりした。話題はついに杏奈の故郷へと移り、例のダンス動画が流れ出した。

聞いていたよりもその病院は非日常的で、映画のセットのようだった。背後には暗い森が広がり、中庭は荒れ放題で、ルーフパネルのへこんだ国産車が何台も野ざらしになっている。窓ガラスは割れ、ぽっかりとした暗闇を覗かせていた。壁のあちこちにまがまがしい雨染みが浮かび、スプレー缶による下品ないたずら書きの上には苔《こけ》や蔦《つた》が這いのぼっている。悪夢に出てきそうな巨大要塞で、ここと比較されたら、浜田邸が平凡な都会の一軒家に見えてしまうではないか、と正子は奥歯を噛みしめる。

「あ、あのおばあさん、近所の文房具屋さんの奥さんだよ。あの人、しゃべったことある！あ、同級生のおじいちゃんもいる!!」

杏奈が頰を赤くして、中庭で踊る、ゾンビメイクの老人たちをいちいち指差している。間島さんの夫までが身を乗り出して、ラジオ体操みたいだな、とつぶやいて、音楽に合わせて、軽く肩を揺らしているではないか。

ふん、と正子は鼻を鳴らし、椅子から勢い良く立ち上がった。画面を見る限り、どの年寄りも、かろうじて手足を音楽に合わせて動かしているといったていたらくだ。ゾンビという設定だから、ぎこちないのも味になっているだけで、キレもリズム感もない。かつては端役といえどミュージカル映画に出演して、あの北条紀子の横で歌声を披露した正子とは比べものにならないだろう。たまらず、見よう見真似《まね》で「スリラー」を踊りだした。手足をまっすぐに固めたまま、右へ左へとかくかくと移動し、音楽に合わせてポーズを絵画のようにびしっと決める。真美ちゃんはきゃっきゃと笑い、野口さんは掛け声をかけながら手拍子を打ち、間島さん夫妻や明美さん夫妻も愉快そうにこちらを眺めている。誰も正子が、口を真一文字にして、首筋にじんわり汗を浮かべながら、必死に踊っていることには気付いていない。

マジカルグランマを脱したはずなのに、結局、老人という大きなカテゴリーに押し込められ、正子の炎は埋没しつつある。なんとかしたい。ここから抜け出したい。みんな、輪になっているけど、正子には居心地が悪い。どうしても、一人だけで輝きたい。決して悪くはない現状に満足できない自分にも腹が立ち、泣きたいような気持ちだった。

——全国の老人ホームでもこうした取り組みが広がり始めています。都内の『柏《かしわ》エターナルハウス』では、近隣の子供を対象に、お年寄りたちが、ヘルパーさんの手を借りて、手作りのお化け屋敷を開いて、交流を温めています。

ナレーションとともに画面には、芝生の青々とした庭に面したフローリングの室内が、五十センチほどの高さの段ボールで区切られ、見晴らしのいい迷路のようになっている様子が映し出された。曲がり角には、妖怪のお面を被ったり、三角の白い布をつけた七、八十代くらいの男女が待ち構えていて、幼稚園くらいの子どもが通るたびに、おどけた調子で手を前に伸ばしたり、厚紙で作った灯籠を突き出したりして、きゃっきゃとはしゃがせている。正子は、おままごとね、と内心嘲笑《あざわら》い、安堵《あんど》した。

その時、隅に映り込んでいる一人に、視線が吸い寄せられた。ダンボール迷路の外側にぽつんと立ち、庭を見つめている、経帷子《きょうかたびら》風の白い浴衣姿で頭に三角の布をつけた、ふっくらした丸顔の小柄な女性だ。若い男性スタッフに声をかけられたら、何かを言い返し、そのまま、つんとそっぽを向いている。正子は駆け寄って、薄いテレビ画面に頬を寄せた。近くに寄れば寄るほど、その像はぼやけ、点になって視界から弾《はじ》けていく。

「陽子ちゃんよ。この人、陽子ちゃんよ」

正子はそれでも、その逃げていこうとする点を夢中で親指で押さえ込んだ。画面は、目がチカチカするような派手な色合いのスタジオへと移った。

「陽子ちゃんて、正子さんの親友で、映画館の一人娘？　親戚と一緒に千葉で暮らしているんじゃなかったの？」

困惑しきった様子の杏奈の質問を、正子は無視した。

「この老人ホーム、どこにあるの？　すぐに会いに行くわ」

五年ぶりに見る陽子ちゃんは、腰を庇《かば》うようにしていて、少し元気もない様子だが、あの頃と何一つ変わっていなかった。すぐに自らスマホでテレビ局に電話をし、お化け屋敷の試みをしていた老人ホームの正式名称と住所を教えてくれ、と極力穏やかな口調で質問した。すぐにメモを取り、明美さんに我が家からどうやって行けば最短なのか、調べてもらった。乗り換えに東西線を使えば、一時間ほどで着くとのことだった。ねえ、今日の準備はどうするの、と杏奈のあきれた声が後ろから聞こえてきたが、正子はすぐにタクシーを呼びつけると、駅まで飛ばし、電車を乗り継いだ。

久しぶりに乗る地下鉄で、スマホを確認したところ、駅からほとんど歩かないという立地の良さが触れ込みだが、一刻を争うのでタクシー乗り場に並んだ。結局三千円近くの交通費を使ってしまった。一見するとごく普通のマンションに見える柏エターナルハウスは、煉瓦造りの塀で庭がぐるりと目隠しされている。背伸びして覗き込むと、先ほどワイドショーで目にしたあの広い部屋に面していて、同年代の男女の姿が見え隠れした。表の自動ドアの前に立ったら、総合病院の待合室そっくりの暖かすぎる空調が吹き付けてきた。消毒液と調味料のにおいが、生ぬるい空気に乗って、鼻の奥をつんとさせる。壁に貼られた、クレヨンのらくがきは、入居者によるものらしい。

すのこが張り巡らされた、旅館の入り口のような広々とした空間に居心地の悪さを感じていると、受付の小さなガラス戸が横に引かれ、淡いピンクの制服を着た若い女性が顔を出した。

「大変申し訳ありませんが、本日の面会時間はもう終了しております。それに、あらかじめご予約いただかないと、家族以外の方とはお会いできないことになっているんですよ」

背後にはごちゃごちゃとした事務所らしき空間が広がっている。先ほどの調味料のにおいがぐっと強くなった。十七時前だから、夕食の支度のまっ最中なのだろう。

「そこを、なんとか。一目だけでいいんです。たった今、放送されたワイドショーで見たんです。幼馴染《おさななじみ》が確かにテレビに映っていたんです。渡辺《わたなべ》陽子さんとおっしゃる方で、私と同じ七十五歳。確かに彼女です」

陽子ちゃんの名を出すと、にこやかさをサランラップで貼り付けていたような態度が崩れ、若い女性はこちらへの興味をあらわにした。

「あれ、おばあちゃん、もしかして、ちえこばあちゃんですか？」

後ろで紙類を束ねていた、四十代くらいの女性スタッフがそう声をかけ、小窓に近づいてきた。赤ん坊を相手にするかのような態度に呑まれまいと、壁のらくがきを横目で睨み付けつつ、正子は誇り高く胸を張り、名を名乗った。

「安西《あんざい》さん、ひょっとして、正子ちゃんて柏葉正子さんのことだったんじゃないの？」

安西さん、と呼ばれた手前の若い女性は、ぴんときた様子で、こちらをまじまじと見つめた。

「そうかあ。そういえば、渡辺さん、よく正子ちゃん、正子ちゃんて、とても楽しそうにお友達の話をされるんですよ。女優さんを目指している、同級生の話。そうか、あれは、ちえこばあちゃんのことだったんですねえ」

そうです、そうです、と正子は夢中で頷いた。陽子ちゃんが自分を話題にしていて、それも悪くはない感情を抱いているというだけで、飛び上がりたいほど嬉しかった。

「あのＣＭ、私たちスタッフも大好きだったんです。ちえこばあちゃんということでしたら、ほんの一瞬なら、いいですよ。少しだけ、そこでお待ちくださいね」

そう言うと、安西さんは窓の向こうに姿を消した。数分がとても長く感じられ、正子は玄関でたまたま目についたからつっかけてきた、履き潰したスニーカーを見下ろして恥ずかしくなったり、漂うにおいから夕食は青魚の梅煮ではないかと予想したり、落ち着きなく過ごした。やがて、安西さんに付き添われ、丸襟のワンピースに水色のカーディガンを合わせた、銀髪の女性が現れた。

「久しぶり。陽子ちゃん、私よ。ずっとあなたのこと探していたのよ」

急いで近づいたら、陽子ちゃんがシャボン玉のように弾けてしまう気がして、正子は恐る恐る歩み寄る。五年前に会った時よりも、ひとまわり身体が小さくなった。その分、十代の面影が濃くなっている。ふんわりと優しく結ばれた唇や、細まった目からこぼれる光は、街で唯一の映画館の看板娘そのままの姿だった。

「もちろんよ。正子ちゃんね、ずっと一緒に遊びたかったわ」

穏やかな声で、彼女は歌うようにささやいた。

「ねえ、北条紀子の『われらがバカンス』がそろそろ、うちの劇場でもかかるのよ。私たちが、誰より早く、お父さんに、見せてもらいましょうよ」

ふざけているのかと思った。正子は陽子ちゃんが、いたずらっぽく笑うのを、待った。しかし、彼女は大真面目な様子で、五十年代の上映ラインナップをまるで昨日のことのように語り、おもむろに正子の手を握りしめてきた。

「正子ちゃんは、絶対に大女優になれるわ。北条紀子の妹役のオーディション、きっと受かるわよ。私、その時は東京についていってあげるからね」

杏奈の水風船のようなパンパンに膨らんだそれとは違い、陽子ちゃんのひんやりと皮のたるんだ手は正子にしっくりと馴染んで、触れた場所から一体化していくようだった。どうしてどんなに努力しても人生が思うようにいかなかったのか、正子は初めてわかった。正子と陽子ちゃんは二人で一人なのだ。離れ離れでいたら、お互い力を発揮できない、そうした運命なのだ。思えば、彼女の人生のピークもまた、北条紀子のオーディションに出かけるよう親友をけしかけて東京まで付き添い、見事に端役を射止めさせた、あの瞬間ではなかったか。正子は陽子ちゃんの手をきつく握り返し、安西さんに遠慮がちに帰るよう促されるまで、決して離そうとしなかった。

——申し上げにくいのですが、陽子さんは、認知症です。こちらに来た二年前にはもう、退行現象とまだら症状が同時に起きていて、ご家族との同居が難しくなっていました。今は、ご自分を十八歳だと思っていらっしゃるんです。日常生活は今のところ、問題なくこなしていらっしゃいますが、このまま進行すれば、難しくなるでしょう。

帰りがけにホームの前で安西さんに耳打ちされても、正子はショックを受けなかった。自分だって昔のことばかり考えているのだから。

「今夜は、うちにね、あの蔵元俊という子がテレビの取材でやってくるんですってよ」

テレビに映ったCMの俊を指差し、正子は得意満面にそう説明した。へえ、と陽子ちゃんはプラスチックの花柄のカップで、テーブルの中央に置かれた給湯ポットから注いだぬるくて香りのない緑茶を一口飲むと、にこにこと頷いている。「東京ホラーハウス」の話を聞くのが、彼女は何よりも楽しいらしい。陽子ちゃんが相手だと、正子は何時間でも話していられる。そうか、自分はもともとは、こんなにおしゃべりだったのか、と驚くほどだ。この多目的ルームでは、どんな風に過ごすのも自由で、入居者たちは、車椅子に乗ったままけん玉をしたり、小学生に見せるための芝居の練習をしたり、と思い思いに過ごしているが、誰も正子と陽子ちゃんほど熱心に顔を突き合わせてはいない。

「あの子、知らないわ。有名人なの？　見たことあるようなないような」

と、陽子ちゃんは愛らしく首を傾《かし》げた。正子が女優デビューをする前年で、陽子ちゃんの世界は止まっているらしいが、電子機器や情報手段の発達、メディア情報に関してはそれなりに把握しているらしく、こちらの言いたいことはだいたい理解できるようだ。それだけではなく、一緒に過ごした当時の記憶は正子よりむしろ鮮明で、打てば響くような反応が得られるのだから、若い世代と話すより、だんぜん会話が弾む。こちらの皺や艶のない銀髪も、まるで目に入らないらしく、正子の中に眠っている少女を、丹念に泥や埃を払って取り出し、語りかけてくれるのだ。かみ合わない部分はうまくはぐらかしたり、相手の視点に寄り添ってお芝居することも、長年にわたる介護で慣れている。再会してからというもの、正子は事務所に予約を入れ、一日置きにこうして会いに来ている。お茶を飲んで、たわいもない話をして帰るだけだけれど、起きている間は、ほとんど陽子ちゃんのことばかり考えている。いよいよ本日は「女教祖・ヴァークドルフ魔利子」の初日で、もちろん成功させたいが、どこか他人事《ひとごと》のような気分だった。

「俊はかつて私にひどい仕打ちをした大スター様なんだけどね、お化け屋敷の評判を聞きつけたら、見事な手のひら返しよ。かつての名コンビの再共演ということで、バラエティ番組のハロウィン特番のリポーターとしてやってくるの。ま、愛想よく振る舞って返り咲き狙うわよ」

正子は胸を拳でどんと叩いてみせた。失脚するなり、LINEを即ブロックされた恨みは忘れたわけではないが、本格的に芸能界に復帰するチャンスをみすみす見逃すような真似はすまい。明美さんを通じて、テレビ局からの出演依頼を受けた時はいちもにもなく了承した。ヴァークドルフ魔利子の化粧と扮装のまま、「その節は大変お騒がせして、申し訳ありませんでしたねえ」と、ちえこばあちゃん風におっとりと俊に話しかけて、視聴者にインパクトと混乱を突きつける戦略である。正子とてやる気がなくなったわけではないのだ。

「ご近所さんたちも、お化け屋敷に参加するのよ。今日はテレビに出られるんじゃないかって張り切ってるわ」

物販チームが敷地内で食品を販売することについて、正子は参加費をとらない代わりに、四名ずつ週一回のペースで、お化け屋敷にノーギャラで出演してもらえないか、と交渉した。彼女たちは半ば興奮して、条件を飲んだ。魔利子の祈禱中に、トランス状態に陥る信者役を演じてもらう。白い服は各自用意してもらうことにしたので、衣装代もかからずに済みそうだ。祈禱シーンの迫力を演出するには、どうしても信者役が必要だったので、我ながら名案だったと思う。

「楽しそうねえ。私もお芝居やってみたい。正子ちゃんのようにはとてもできないけどね」

と、陽子ちゃんが目を輝かせるので、正子は彼女の背後にいる、色紙で作ったサルやカニのお面をつけた、台詞を暗唱中の男女をちらりと見やった。

「ここでもお芝居できるんじゃない？　陽子ちゃんも参加したら？」

「いやあよ。あんなお年寄りたちとしたって、楽しくないわよ」

と、顔をしかめてみせた。彼女にとって、ここでは自分一人が少女のまま、という認識らしい。陽子ちゃんはウットリと視線をさまよわせた。

「そりゃ、私だって映画館の娘ですからね、小さな頃から女優さんには憧れていたわ。でも、正子ちゃんのように才能がある女の子を見ていたら、自分には無理だわって、すぐにあきらめたのよ」

「まあ、知らなかったわ」

「ううん。いいのよ。だって、正子ちゃんが夢を叶えていく姿を見ていれば、私、自分のことみたいな気持ちがするんだもの。ああ、きっと、評判になるわね。正子ちゃんが演じる、女教祖ってきっと、ビビアン・リーの『欲望という名の電車』のブランチみたいな役なのね。過ぎ去りし栄光を忘れられない、狂気のひと。正子ちゃんの激しいところがよく出て、みんな引き込まれるわね」

かつて、狂気がない、と言われたことを気にしていた正子には、これ以上ない褒め言葉だった。胸の奥がほかほかして、ヴァークドルフ魔利子のリハーサルも兼ねて、大きく両手を広げると、

「さあ、みなさま、祈りましょう！ 蛇神様にお祈りしましょう！ Der Wunsch wird wahr werden !!」

と、ブランチを思い浮かべながら、芝居っ気たっぷりに唱えてみせた。陽子ちゃんははしゃいでひとしきり手を叩いたあと、別人のように冷静な口調で、

「本番は首に蛇を巻くんでしょう？ 時々ね、顎を引いて、蛇の顔に向かって、ぶつぶつ話しかけたりすると、頭がおかしい感じがしてすごくいいと思うわ」

と助言をくれたりした。まずいお茶を飲み終わり、壁の時計を見れば、もう十三時半だった。面会終了時間まではたっぷりあるが、そろそろ帰宅しないと、杏奈に大目玉をくらう。今日だって、オープン直前なのにそんなに頻繁に行かなくても、と言うしかめっつらを振り切って、逃げるようにして出てきたのである。

先週、陽子ちゃんの親戚と話すことがかなった。小太りで首がほとんどない六十代半ばのその男は、想像していたような冷淡な様子はなく、自分一人で通えるように週二回、嘱

託で働いている子会社のそばの老人ホームをあえて選んだことなどを、何故か汗でびっしょりになりながら、話してくれた。陽子ちゃんは認知症を患う前から、家族と折り合いが悪く、離れで一人で暮らさせていたこと、見かけに反して力が強く、思い込みと気性が激しいので、不仲だった妻の手に怪我をさせたことが入居の決定打になったと教えてくれたが、おっとりした親友と向き合っていると、にわかには信じられない。

「あら、つまらない。もう帰っちゃうの？」

陽子ちゃんは、白っぽい唇をぷっと尖らせた。そうすると粘膜がちらりと覗き、そこだけは少女時代と変わらず、濃い紅に濡れている。

「もっともっと長く居て欲しいわ。正子ちゃん、せっかく再会できたのに。こんなのいやよ。私、正子ちゃんとずっと一緒に過ごしたい。正子ちゃんのお屋敷に住みたいわ」

「あらあら、じゃあ、今度外出許可を貰って我が家に遊びにきてもらおうかしら」

「今度なんていやよ。私、こんなところ、嫌いよ。ねえ、私を連れ出してくれない？　今すぐに」

最初は笑って受け流そうとしたが、陽子ちゃんの目は、怖いくらいに光っている。

「そんなこと、できるわけないじゃない。外泊したいのなら、ちゃんと申し出て、親戚の方からも許可を貰えばできるんだから、ね。それに、今日はもう私も帰らないと」

正子は狼狽《うろた》え、周囲にこの会話が漏れ伝わっていないか、素早く辺りを見回した。陽子ちゃんが、こうと決めたら引かないということを急に思い出したのだ。北の街にラベンダー畑を見に行く計画を立てた時も、親たちを説得し、お金を貯《た》め、交通手段と宿泊先を調べ上げ、おそるべき行動力でそれを実行に移したのだった。

「お願い。置いて行かないで」

陽子ちゃんの手首から腕にかけて、薄い皮膚を突き破りそうなほど、血管が盛り上がっている。その猛々しさを見ていたら、正子はもうなんのごまかしも利かないことを悟った。

「夜になると、とっても寂しいの。寂しくて眠れないの。お父さんもお母さんもいないの。なんで、こんなところに、私、いるの？　どうせ、二度とおうちに帰れないのなら、このまま正子ちゃんの住んでいる、お屋敷に行きたい」

陽子ちゃんは、正子の腹の周りに手を回して、こちらの、脂肪も筋肉もないたゆんとしたへその辺りに、鼻をきつく押し付けた。当たったところが、痛いくらいだった。

「わかったわ。陽子ちゃん」

赤くなった目でこちらを見上げる陽子ちゃんに、どんどん耳が熱くなってくる。突然、なんだってできる気がしてきた。彼女を守り、ここから連れ出すのだ。戦火に燃えるアトランタを、メラニーと生まれたばかりの赤ちゃんを馬車に乗せて突っ切った、スカーレットのように。

自室から羽織るものとズックをとってくるように命じた。そのすきに、正子は玄関から、自分のスニーカーを回収し、ハンドバッグで隠すようにして、多目的ルームに戻り、陽子ちゃんをじりじりと待った。安西さんを呼び止め、おやつまで陽子ちゃんと庭を散歩してもいいですか、と許可をとり、彼女の手を引いて、みんなの見ている前を堂々と横切った。ガラス戸を開け、中庭に出て備え付けのつっかけにつま先を入れた。よし、と息を整えると、後ろを何度も振り返りながら、胸の高さの塀に手をついて、スカートの裾も気にせずに、下半身を引き上げた。塀に座ると、身体の向きを整え、下からこちらを見上げている陽子ちゃんを力いっぱい引っ張りあげた。息を整えながら、ホーム正面の歩道に降り立ち、すぐに陽子ちゃんをズックに替えさせ、自分もスニーカーを履き、二人分のつっかけを花壇に載せておく。

びくびくしながら彼女を引っ張って早足で歩いていると、親子連れを降ろしたばかりのタクシーをつかまえることができた。後部座席に乗り込むなり、陽子ちゃんは抱きついてきた。二人は屋敷に到着するまで、運転手が怪訝《けげん》な顔をして何度もミラーで確認するほど、きゃあきゃあと肩をぶつけてはしゃぎ合った。

まだ十五時前なのに、家の前には行列が出来ていて、人々はいずれも魔女やドラキュラなどの仮装をしていた。正子が後部ドアから現れるなり、歓声と拍手が巻き起こった。レッドカーペットみたい、と陽子ちゃんは目を輝かせ、正子に寄り添い、彼らに向かって恥ずかしそうに手を振った。どこからか「可愛い」という声があがり、陽子ちゃんはくすぐったそうに身をよじった。門を抜けると、庭は大きな作り物のカボチャやかかし、提灯《ちょうちん》で彩られ、魔女の帽子を被った物販チームは折りたたみテーブルにケーキや飲み物をせっせと並べていた。

「遅いよ。なにやってたの」

玄関に現れた杏奈がいきなり、声を荒らげた。服装や髪型はいつものままだが、お腹の辺りに、衣服を突き破って臓物が飛び出しているという特殊な装飾が施されていた。「ふしぎの国のアリス」の帽子屋と三月うさぎも傍《かたわら》にいて、こちらを困惑気味に見ている。目を凝らすと帽子屋は孝宏で、うさぎは清野だった。全身黒ずくめでその上に白い骨組みを描いた、ガイコツ姿の明美さんは、正子の後ろにいる陽子ちゃんを見つけるなり、マジか、と叫んだ。これまで彼女から一回も聞いたことのない、苛立《いらだ》ちの滲《にじ》むざらざらした声音で、目の周辺を黒く塗りつぶしたお化粧と相まって、正子は少し恐ろしくなってきた。

「今、老人ホームから、電話があったところなんだよ。正子さんが陽子さんを無断で連れ出したって聞いたけど、やっぱりか。信じられない。下手すりゃ、警察沙汰じゃん」

杏奈に責められても、こうなったら、しらを切りとおすよりほかない。正子は大げさに眉を下げ、陽子ちゃんを守るように立ちふさがる。

「仕方ないのよ。くっついてきちゃったのよ。急いでいるからタクシーをつかまえて振り切ろうとしたら、無理やり乗り込んじゃって。ホームに連絡するわ。今夜はここに居させましょう。明日には必ず、ホームに帰すから、ね、ごめんなさい、ね」

「だいたい、なんで初日に、外出するんだよ。リハーサルも終わってないのに。お客さんは追い返せないから、このまま、陽子さんありきで、オープンするしかないよ。十八時にはテレビ局が来るんだからね。絶対に失敗できないよ」

と、杏奈がガミガミと続ける。陽子ちゃんがびっくりするではないか、と正子はむっとする。心配になってふと隣を見ると、彼女はもうそこにはおらず、とっくに玄関から部屋に上がって、階段を中程まで上り、ステンドグラスを通過した光に、手をかざしているところだった。

「誰か、あのおばあちゃん、見ていられる人、いる？　あ、そうだ。いっそ、信者の中に入れちゃうのはどっかな？　両隣の人に挟んで見張っててもらえれば、いいよね？」

明美さんはもはや、正子をまったく見ておらず、包帯を巻きつけミイラの仮装をした武さん、孝宏たちに、やや高圧的に指示している。ひょっとして、自分が嫌われつつあるのでは、という予感がするが、あまり考えないようにして、台所で杏奈の手を借りて、衣装を身につけ、化粧をした。地元大学の演劇サークルから借りてきた、ペチコートでふんわりとふくらませた緑と白のドレスは、一目惚《ひとめぼ》れして選んだものだ。ところどころに緑のメッシュが入った白髪のロングヘアのかつらに蛇のおもちゃを編み込んで、太い束にしてぐるぐると頭に巻きつける。付けまつ毛に濃いグリーンのアイシャドウ。カラーコンタクトは強羅川夫人のものを流用したが、今回はそれがフランス人形のように見える。野口家から持ち込んだ鏡の前でポーズをとっていると、間島さんたちが、勝手口からいそいそと入ってきた。指示通り、上下白ずくめのいでたちで、唇を青く塗っている。陽子ちゃんも、杏奈の助けを借りて正子の白いネグリジェに着替えさせられ、彼女たちの輪に加わった。寝間着姿の陽子ちゃんは、脱走兵がスカーレットを襲おうとした時にサーベルを引きずって守りにきたメラニーそっくりだった。間島さんは事情を理解し、陽子ちゃんから目を離さないと約束してくれたし、物販チームも丁重に接しているせいか、彼女は先ほどから大変機嫌が良い。

十七時になって、一階の照明はすべて落ちた。ゴシック風のBGMに時々、シュッシュッという蛇が這うような音が混じる。各部屋は、赤い照明で照らされ、あちこちに仕込まれた蛇が降ってくる仕掛けに、早くも最初の団体客から、悲鳴があがりっぱなしだった。

「魔利子様、魔利子様！」

間島さんたちは床に額をつけたり、頭を振って、正子の前で金切り声で叫ぶ。陽子ちゃんは戸惑っている様子だが、すぐに隣にならって、身体を揺らし始めた。正子もそれに負けじと、首に蛇のおもちゃを巻きつけ、ドイツ語の呪文を唱えながら、白樺《しらかば》の枝を束ねたものを上下左右に振り立てた。陽子ちゃんのアドバイスを思い出し、時々蛇に話しかける。応接室に入ってきた客に向かって白樺を振り上げたり、シャーッとゴム製の牙をむき出しにして威嚇すると、誰もが悲鳴をあげ、調子を合わせて信者のように頭をがくがくと振ってくれた。衝撃を与えることで力業で切り抜けた強羅川夫人の時とは、まったく違う手応えだった。皆、正子の演技や世界観を楽しみに来ていて、最初から好感を持って参加していることがわかるから、その分、役に集中できる。野口さんの初演も好評のようで、屋敷の北側からはひっきりなしに悲鳴があがっていた。孝宏も驚かすタイミングをやっと摑んだようで、天井から蛇を絡ませた網が落ちてくる仕掛けも、今のところ、上手く稼働しているようだ。背後にはりめぐらした黒い布に隠れて、清野が調整しているドライアイスのせいで、正子の身体からは煙が上がっているように見える。

「ああ、熱い、熱い、身体が燃える」

正子は喘《あえ》いで、喉をかきむしるような仕草をした。目を剝いて、客たちに水を求める。五組ほどの客を相手にすると正子は大きく息を吸い、素早く暗闇の中でスマホの時計を確認した。そろそろ、蔵元俊たちが表に到着し、行列に並ぶスタッフと交代して、中に入ってくる頃だろうか。送られてきた台本によれば、まずは、彼が客としてカメラマンと一緒にここにやってきて、派手な悲鳴をあげることになっている。ドアのところに、次の客の姿が見えた。この日一番の演技を見せようと、正子はより一層白樺を振り立てた。

「こわい、火事よ！　火事！　みんな逃げて！」

突然、陽子ちゃんが泣きながら大声をあげ、間島さんたちが止める間もなく、立ち上がると、廊下へ向かって走り出した。客の手前、持ち場を離れるわけにはいかず、戸惑っているうちに、陽子ちゃんの叫び声は、大きくなったり小さくなったりしながら、一階をめまぐるしく移動していった。演出の一つととらえてくれるといいのだけれど、と思いながらも、正子は身体をよじり、演技を続行した。以前に比べて裏方の数は増えているのだから心配はない。

いきなり目の前が真っ白な泡に包まれるまでは、たいしたトラブルではないと必死に言い聞かせていた。

どうやら、屋敷内にいた客の一人が、陽子ちゃんの悲鳴を真に受けて、廊下に設置された消火器を転倒させて噴射したらしい。応接室の手前で待機していた俊とカメラマンはもちろん、正子も物販チームも泡だらけだ。灯《あか》りがつき、そこに居合わせた十三人の客は全員、屋敷内の具体的な広さやセットの粗末さ、日常の気配まで目の当たりにしてしまい、白けた空気になった。表で待機していたディレクターがやってきて、ビデオカメラが泡のせいで不具合を起こしたので、放送は一回見合わせると苦い顔で告げた。ハロウィン特番に合わせて海賊のいでたちをしマイクを携えた俊は、黙り込んだままだった。通りに並んでいた残りの客は、明美さんと武さんが頭を下げて、無料チケットと引き換えに、帰ってもらうことになった。

泡だらけになった室内を掃除し終えると、清野と孝宏、野口さんもいつになく、押し黙ったまま姿を消した。

食堂で、蛇のおもちゃで遊んでいる陽子ちゃんを見つめながら、正子は魔利子の化粧をのろのろ落とす。柏エターナルハウスからの電話で安西さんにこっぴどく叱られ、明日の朝一番にホームから迎えが来ることで話がついたばかりだ。最後まで残ってくれた、臓物がむき出しの娘とガイコツの二人に向かって、正子は遠慮がちに口を開いた。

「杏奈ちゃん、明美さん、今日は迷惑かけたわね。でもね、私、陽子ちゃんをこの家に呼び寄せようと思うの。ご家族を説得して、ホームは退居して、ここで一緒に暮らすの。入居費は無駄になっちゃうけど、月額の利用料をこっちの暮らしに回せば、介護ヘルパーも付けられると思う」

「認知症のお年寄りと同居するなんて、大変ですよ。今日の騒ぎを見たでしょ？　同い年にしたって、老老介護じゃないですか」

明美さんは何も滲まない声でそう言った。

「あら、私、義父も義母も、実の両親だって看取ったのよ。介護なら、慣れているわよ」

「今だって、はっきり言ってギリギリの生活なのに、人のお世話なんてできるわけないじゃないですか」

「でも、陽子ちゃんはあんな場所、好きじゃないって言ってるわ。いじめられているのかもしれないわよ。じゃなきゃ、こんな風に捨て犬みたいについてくるかしら？」

わざとおどけた調子で言ってみたが、杏奈が仏頂面で話に加わった。

「ねえ、介護の現場知ってるの？　すっごい少ないお給料で長時間労働なんだよ。私の地元の友達もたくさん働いているよ。老人ホームは高級ホテルじゃないんだよ。なにもかも、陽子さんの思うままにしてあげられるほど、余裕があるわけじゃないんだよ」

でも、と言いかけて、正子は、これまでにない二人の冷たい視線を感じた。杏奈は年寄りでもそうそうつかないような、実の詰まったため息を吐き出した。

「エゴだよ、自分が寂しいから、一緒に住まわせたいなんて。なら、好きにすればいいじゃん。結局、今ある日常より、昔の暮らしや仲間が大事なんでしょ。監督とそっくりだよ、今の正子さん。自分が盛り上がるために、周りを悪者にしちゃってさ」

安西さんや、陽子ちゃんの親戚の汗の噴き出した顔が思い浮かんだ。正子は泣きたいのを堪《こら》え、唇をきゅっと結んだ。明美さんが静かに口を開いた。

「また、こういうことがないとは限らないです。正子さんが、陽子さんとここに暮らすつもりなら、『東京ホラーハウス』は閉める可能性も視野に入れた方がいいと思います」

「なんで？　明美さんも杏奈ちゃんも……、私たちが社会参加することに肯定的だったじゃない？　ね、今の形のまま、陽子ちゃんも仲間に入れて、みんなで暮らしていきましょうよ。オープン中は、離れに隠れていてもらえば、いいじゃない？」

「それは、正子さんも野口さんもうちのお義母《かあ》さんも、運良く健康で、働く意思もあるからですよ。サポートが必要な人やそのつもりがない人を、こちらの都合で無理やり引っ張り出して、閉じ込めたり、何かやらせたりすることは違いますよ」

すぐに反論しかけた正子を、明美さんは有無を言わさない口調で遮った。

「陽子さんの身に何かあった時、正子さんは一人で責任がとれるんですか？」

誰に対して、むきになっているのか、正子はもう自分でもよくわからなくなっていた。

明美さんが帰ってしまうと、杏奈は、今日は離れで眠るから、と言い残し、夕食もとらずに、暗い庭をずんずん突っ切っていった。プレハブ小屋に灯《とも》った明かりを見ていたら、久しぶりに夫と家庭内別居していた日々が蘇り、沈んだ気持ちになった。陽子ちゃんは、夕食の納豆とご飯を半分ほど食べ、お風呂は断固拒否し、顔も洗わずに衣装のネグリジェのまま、和室に並べた布団にころんと横になった。

「ねえ、ラベンダー畑を見に行ったじゃない？　また、正子ちゃんと、旅行に行きたいわ。いつか、ハリウッドにも、行ってみたいわ」

そうね、と正子は隣に寝そべり、微笑んだ。手を繋ぐと、陽子ちゃんはうふふと笑った。彼女が寝息を立てるのを聞いているうちに、久しぶりの睡眠導入剤が効いて正子も眠りに落ちていった。

目が覚めたのは、雨戸の隙間から青い光が差し込む頃だった。隣の布団を見ると、陽子ちゃんの姿がない。悲鳴をあげて、はね起きる。玄関で彼女のズックを確認し、やや安堵したものの、大声で名前を呼びながら、屋敷中を駆け回った。お手洗いにも、台所にも居なかった。安西さんや、明美さんの警告が蘇った。

食堂から警察に電話をかけようとして、正子は初めて、ガラス窓から庭を目にした。陽子ちゃんは裸足《はだし》でカボチャの畑に居た。ふらふらと同じ場所を回転しながら、ほの暗い空を見上げていた。淡い色の満月が今まさに彼方に消えていこうとしている。正子はほっと息を吐くと、冷たいガラス窓にもたれ、それを眺めていた。知らないうちに、ガラスを頰で拭くようにしてずるずるとしゃがみこんでいた。向き合わざるをえない。陽子ちゃんはもう、かつての彼女ではない。そして、自分は無力だ、ということだ。確かに、お化け役で定収入を得ることはできるようになった。でも、それは義母が残してくれたこの特殊な洋館という舞台、そして、杏奈のプロットや明美さん、野口さんの力があってこそだ。日本中のシニアがこぞってお化け役を演じたがるようになった今、自分の代わりはいくらでもいる。正子の女優としての力量とはその程度のものだった。

それでも、陽子ちゃんの支えになることだけは、できるのではないか。正子はふっと月を見上げる。彼女を守る力も財力もないが、陽子ちゃんの隣で、スカーレットやブランチを演じることはできる。それが、正子にとっての自己実現なのではないか。世界中の誰にもできない、正子だけの、ひらめきと才能の使い方なのではないだろうか。

誰も傷つけず、誰にも迷惑をかけず、陽子ちゃんのそばにいる方法が、たったひとつだけある。明け方の庭は薄紫色に染まり、大きなカボチャに囲まれて佇んでいる陽子ちゃんは、正子の演じる女教祖よりも、はるかに神秘的で、本物の魔女の生き残りのように見えた。

正子、虹の彼方へ

蔵元俊が、お付きもなくたった一人で浜田邸を訪れたのは、火事騒動から四日経《た》った、閉館後だった。ヴァークドルフ魔利子のいでたちのまま、控え室にしている台所に俊を誘い、手近な椅子を勧め、自分も向かいにみかん箱を引き寄せる。お茶を出そうと思ったが、コンロの前には杏奈が踏ん反り返っていて、正子がやかんを火にかけようとするのを阻んでいるように見えた。

「この間は、ごめんなさいね。びっくりしたでしょ。消火器の泡のせいでビデオカメラのデータがダメになって、放送が流れちゃったんですってね。申し訳ないことをしたわ」

蛇が髪にたっぷり絡まった頭を下げると、俊は何故《なぜ》か口ごもっている。話し始めるのにだいぶ時間がかかりそうだと踏んで、正子はこの隙にメイクを落とそうと、洗面所で顔を洗ってくるわ、と言って立ち上がる。俊は慌てたように腰を浮かせ、

「あ、いいんです。そのままで、むしろ、そのままでいてください」

と、早口で阻んだ。

「来年春からのゴールデン枠の刑事ドラマで僕と共演してもらえないでしょうか。うちの事務所に入っていただければ、今までよりいい待遇が保証されますよ」

そう言うなり、企画書を手渡された。「育休刑事」と題されたそれは、テロ対策本部を舞台にした一話完結の連ドラで、俊は現在育休中の伝説の女刑事のバディにあたる、頼りない新米部下を演じるのだという。大のおばあちゃん子という設定で、正子はもちろんその祖母役である。どうせなら、犯人役を依頼してもらいたいところだった。

「事務所や局が了解しないんじゃないの？」

みかん箱に座り、老眼鏡をかけ、指を舐《な》めなめ企画書をめくった。

「この数ヶ月で状況は変わりましたから。事務所も局も今、あなたの起用に乗り気です。そもそも大きな役ではないんです。『ちえこばあちゃん』とほとんど同じように、ただ、黙ってにこにこして、いつも僕の隣に居てくれればいいんです」

ずっとコンロ前で成り行きを見守っていた杏奈が、険しい顔で割り込んできた。

「なにそれ。正子さんが叩《たた》かれたら見放したくせに。大方、このお化け屋敷がメディアで注目されたから、惜しくなったんでしょ？」

陽子ちゃんの一件以来、冷淡だった杏奈が、こうして戦ってくれることが今の正子にはほんのり嬉《うれ》しかったが、疑わしげにこちらを何度も振り返る彼女を、やんわり台所から追い出し、俊にまっすぐ向き直る。

「あなたの事務所に入れれば、マネージメントもお任せできるのかしら」

「はい、事務所はもはや、ちえこ……、柏葉さんと僕のセット販売にとても意欲的です。今や柏葉さんはシニアのインフルエンサーですから。あの、広告代理店のマーケティング調査によれば、僕の人気はやっぱり、高齢者と並んだ時が、一番安定していたみたいなんです」

　変装用メガネの奥の瞳は、もはや正子もこの家もまったく見ていなかったが、たいして腹も立たない。

「私ね、実は、来月には都内の老人ホームに入ろうと思っているの」

　まだ誰にも話していない計画を、蔵元俊なんかを相手に台所で話している自分がおかしくて、噴き出しそうになった。

「そんなにお元気そうなのに。ということは、お仕事はもう引退ということですか？」

　正子の健康状態にまったく興味がないのが、ありありとわかる声で俊は言った。

「女優は続けるわよ。入居しながら就業することは認められているの。その代わり、外出許可の時間内でしか働けないから、長時間の拘束は無理。これくらいの規模の役が今はむしろありがたいわ。テレビ局までの送迎もお願いしたいわ」

「へえ、じゃあ、ここのお化け屋敷はどうするんですか？」

「考えはあるわよ。出演と事務所所属、まずは前向きに検討させていただくわ。ここの人たちには話していないから、この件はまだ内緒にしてね」

俊がほっとしたようだ。正子はようやくやかんの上で蛇口をひねる。熱い麦茶を薄く淹《い》れ、湯飲みを勧めた。

「ええと、あと一つ、お願いさせていただけないですか。そのメイクと衣装でお化けの演技をしているところを動画で撮らせていただきたいんです。インスタにあげてもいいでしょうか？」

温麦茶を飲んだ俊はそう言って、ＣＭで宣伝しているのと同じスマホを掲げてみせた。ここでの動画撮影は禁止しているので、ドアの外で待っている杏奈に声をかけ、相談してみる。有名人の宣伝効果を見込んでか、しぶしぶとではあるが頷《うなず》いたので、セットのままの応接室に移動した。照明を落とし、赤いライトをいくつか点灯する。一度ボツになってしまった、蛇のように床を這《は》い回る演技をやってみたい、と正子は提案した。そうなると、俄《が》然《ぜん》杏奈が乗り気になって、こちらと同時にごろりと足元に寝そべった。衣服越しにもわかる床板の冷たさで、おへその周りがひやりとした。杏奈は正子と目の高さを合わせると、知演技の注文を付けてきた。俊もそれに倣って横になり、スマホを正子に向けて構えて、床を知り合ってから初めてと言っていいようなくだけた調子で、にやっと笑いかけてきた。

ごろごろと転げ回り、何度目かの撮り直しの末に、俊が帰ったのが二十二時過ぎだった。腰や腕が痛かった。夕食を作る気は起きず、売れ残りのカボチャビスケットと前日に作った茄子《なす》と油揚げの味噌汁《みそしる》を温め直して、蛇のおもちゃだらけの食堂に並べた。

「あの人、嫌われ始めているから、正子さんを使って再起を図りたいんだろうね」

と、杏奈が意地悪そうに鼻に皺《しわ》を寄せた。やはり、同世代をこき下ろす時の彼女は生き生きとしている。

「あら、あの人、なにかスキャンダルでも起こしたの？」

「特に理由らしい理由はないかも。なんか、この一、二ヶ月で突然、嫌われだしたの。きっかけは、バラエティのスポーツ大会みたいなやつ。芸人とのサッカー対決で、あいつゴール決めて拍手喝采だったのに、いつものように謙遜していたのね。それがきっかけかな。あのノリが、みんな、急にうっとうしくなってきちゃったんだよ。一度鼻についたら、あれも嫌だ、これも嫌だって、みんなでいろいろ素材を見つけて共有して面白がっている感じ」

「たったそれだけ？　なんだか、かわいそうねえ」

正子は本心から、そう言った。彼もまた求められる役割に嵌《は》まろうと、頑張ったに過ぎないのだ。今日のどことなく怯《おび》えた、小鼠《こねずみ》のようなまなざしを思い出した。

「正子さんてへんなとこでお人好《ひとよ》しだよね」

こんな風に、彼女と和やかに話すのは、もう随分久しぶりな気がした。この数日は、夕食も別々にとっていた。いつになく屋敷がしんと静かで、風の音がやけにはっきり聞こえた。正子はずっとこんな場所で一人で生きてきたことが、急に信じられなくなってきた。

「ねえ、白内障の手術、いい加減しなくていいの？」

「それね、手術は簡単なんだけど、術後一週間は、保護メガネをしないといけないのよ。演技の邪魔になるから、今はまだ無理ね」

もうすぐたっぷり時間ができるから、慌ててないわ、という言葉はビスケットのかけらと一緒にのみ込んだ。杏奈と食事をするのも、もう数えるほどなのだろうと思ったら、一品くらいは季節の素材を使ったおかずを手作りすればよかったかな、と思えた。

「早く受けた方がいいんじゃないの」

正子はそうね、とつぶやいた。杏奈はなおも何か言いたそうだったが、そのまま黙って、味噌汁をすすっている。いつの間にか、熱いものがじんわりと身体《からだ》に染み渡る季節になっていた。

正子が勝手に陽子ちゃんを連れ出して外泊したことが大問題となり、柏エターナルハウスからは立ち入り禁止を命じられている。入居したいと申し出ても、はたして許可を得られるか、自信はないが、涙ながらに訴えるしかないと思っている。ホームからの迎えの車に押し込まれながら、まるで永遠の別れのように泣きじゃくっていた陽子ちゃんを思ったら、喉の奥が痛くなってきた。迎えに行けないのなら、正子があそこに住むまでである。最初は、志半ばで夢をあきらめる挫折感もあった。ぐっと老け込み、自分なんて取るに足らないという気持ちに心は沈んだ。しかし、時間を置いたら、意外なくらい、正子は新しい生活が楽しみになってきたのである。お化け屋敷はもちろんやりがいはあったが、自分が倒れたらすべてが終わるという緊張感がずっと消えなかったし、杏奈たちと囲む食卓は愉快だったけれど、支度は死ぬほどおっくうだった。ホームでの暮らしをあれこれシミュレーションしていたら、目の前が冴《さ》え渡ってくる。あそこで催されている小学生のためのお遊戯会レベルのお芝居だったら、正子は確実に主役でスター扱いだろう。杏奈と並んで食器を洗いながら、もうこんな水仕事と無縁な暮らしをするのだな、と思ったら、指の骨がきんと痛むような冷たささえ、さわやかに感じられてくる。

その晩、蔵元俊の公式Instagramに投稿された『大親友の柏葉正子さんの「東京ホラーハウス」に遊びにいって、特別に動画撮影を許可していただきました。正子さんて本当に面白い！　おちゃめで可愛《かわい》いおばあちゃんであると同時に、尊敬する人生の大先輩です』という文とともに、正子が蛇のように床を這い回り、カメラに気付くなりぎらぎらした目で突き進んでくる様を十倍速で撮影した動画は、たった一晩で再生回数一万回を超えた。といっても、正子の人気というより、この投稿が何故か大炎上したからである。『柏葉正子が叩かれていた時はスルーだったのにしらじらしい』『お年寄りを床に転がすなんてひどすぎる。虐待じゃないの？』『ここ撮影は禁止ですよね？』などといった批判コメントを辿《たど》るにつけ、ああ、今、あの子は何をしてもだめなんだな、と正子は判断した。俊と切り離されて動画は独り歩きし、拡散され続けた。それに比例して「東京ホラーハウス」のInstagramのフォロワー数もぐんぐんと増え、数日すると英語のコメントが大量に寄せられた。海外からの観光客の来場も急に増え、正子は今、欧米で自分の動画が話題になっていることを知った。

離れの前で近所の子どもたちに竹とんぼの飛ばし方を教えている孝宏に、正子は後ろから声をかけた。

「懐かしいわね。昔よく、そういうので遊んだわね」

未就学児不可の年齢制限や注意書きを設けても、「東京ホラーハウス」には相変わらず小さな子を連れた家族は多かった。いつの間にか、子どもたちを孝宏が引き受け、庭や離れを使って遊ばせるようになっていた。お化け屋敷ではぎこちなく振る舞うことが多かったので、本人としても、居場所を求めて逃げ込むような気持ちだったのだろう。しかし、子どもが相手となった瞬間、彼は別人のように目配りが利いた。エプロンと野球キャップを身につけ、絵本や紙芝居をよく通る声で読み上げ、自分が小さい頃好きだった竹とんぼや凧《たこ》の遊び方を教えてやっている。開場にはまだ少し間があるのに、こうして物販チームの子どもたちが庭に遊びに来ていても、嫌な顔ひとつせず、相手をしていた。今朝から急激に気温が下がったせいか屋敷内は肌寒く、正子は衣装の上にコートをひっかけてきたものの、庭はぽかぽかと日当たりがよく、服の内側が汗ばんでしまう。柏エターナルハウスの眠たくなるような均一な暖かさを思い出し、これからはこまめな温度調節に頭を悩ませなくていいのだ、と思うと、じっとりと布が張り付く感触も愛《いと》おしい。

「清野ともさ、いつか子どもを引き取りたいな、って話してるんだ。最初の結婚もさ、お互い恋愛という感じではなかったけれど、彼女と子どもを持ちたいというニーズが一致したからなんだよね。まあ、無理だったけど」

目の前に大勢子どもがいても、孝宏は周囲に気を遣う風もなく、一度も聞いたことがない話を淡々とした。

「そうね、子育ては面白いものね。機会があればやってみてもいいと思う」

「え、ワンオペで辛《つら》かったんじゃないの？」

孝宏は竹とんぼの軸を手のひらでこすり合わせ、飛ばしてみせた。竹の羽根は高く舞い上がり、緩やかな弧を描きながら、藤棚のすぐそばにぽとりと落ちる。孝宏は大股で拾いにいった。足元にまとわりつく子どもの一人が、「ちえこばあちゃんだ」と正子を指差した。すぐに隣の女の子が「違うよ、サイコババアだよ」と訂正し、違う男の子は「強羅川夫人だ」と言い、離れから飛び出してきた女の子は「バークドルフ」と叫ぶ。

「大変なこともあったけど、あなたと居る時間はすっごく楽しかったわよ」

竹とんぼを手に戻ってきた孝宏に、正子はそう声をかけた。たくさんの側面を持つことができたら、一つが破綻しても、絶望することはない。自分のような凡才は、色々な顔を用意して、残りの人生をずるく生きていこうと思う。

「それを早く教えてくれればよかったのに。母さんが父さんの悪口言うたびに、なんだか、俺と過ごした時間まで母さんにとって嫌なものだったのかなってずっと思ってたよ」

「言葉が足りなかったわね。あなたとくっついていた時間は、初めてオーディションに受かった時と同じくらい、楽しかったわ」

孝宏が手にしていた竹とんぼを受け取ると、今度は正子が空中に放ってみせた。このおもちゃの遊び方を、最初に彼に教えたのは、自分のはずだったのだけれど、あの頃のように高く飛ばず、羽根はゆっくり回転しながら草むらに落下した。孝宏が再び拾いにいってくれた。正子は足元でなお揉《も》めている子どもたちに向かって、目を剝《む》いて、指を折り曲げると、「カボチャ頭にしてやるぞお」とうめいた。子どもたちはしんと静まり、きゃあきゃあ騒ぎながら離れに逃げ込んでいった。窓から怯えと好奇心に輝いたいくつかの目がこちらを見張っている。戻ってきた孝宏はやれやれと笑った。

「俺さ、簿記の資格を取って、次は税理士って思ってたけど、やめたよ。こんな年齢で体力に自信もないけど、保育士の資格を取ろうと思うんだ」

「あら、いいじゃない。あなたにぴったりよ。家具屋さんよりも税理士よりも」

「俺の人生で一番良かった記憶って、みんなこの家にあるんだよな。お化け屋敷やってみて、こういう古い家で暮らす大変さもわかったけどさ」

そう言うと、孝宏は離れの壁に寄りかかり、じっくりと屋敷を見つめた。正子も隣に並んで、この角度から屋敷をとらえた杏奈の映画のワンシーンを蘇《よみがえ》らせていた。生い茂る夏草と炎が溶け合ってまばゆい光を成していた。今にして思えば、そこまで悪い作品でもなかったような気がする。

「ずっと言ってなかったことがあるんだ。父さんは遺言状に、母さんが籍を抜くことだけは、阻止してもらえないかって書いていたって言っただろ」

言われて初めて思い出したくらい、頭から消えていた。よくよく考えれば、あの時からさして状況は好転していないのに、目の前の秋空は正子の胸にも広がっている。しんと寂しくて、冷たくて、けれどもどこまでも青く澄み渡っているような、そんな気分だ。

「あれは嘘《うそ》なんだ。俺が母さんに離婚されたら嫌だから、章雄と相談してそんな風に言い換えたんだ。もういいよ。俺の勝手だった。母さんは死後離婚しても構わないよ」

「なーんだ、そんなこと、もうどっちだっていいわよ。籍がそのままだろうと抜けようと、私は柏葉正子の名前で、生きていけるようになったんだもの。あなたにとって、この家での楽しい思い出が守られるなら、そのままにしておくわ。ねえ、いっそ、私が老人ホームに入ったら、清野くんとここに住んだらいいじゃないの？」

「え、なに、ホームって？」

ミーティングの時に話すわ、と正子は言って、なおも聞きたがる息子に背を向け、食堂に向かっていく。

「今日はみなさんにお話があります」

開場前、軽食をとっているみんなに、いつものように正子はそう切り出した。いつの間にか、正子がお茶やおむすびを用意しなくても、食べものは集まるようになっていた。誰かが持ってきた巨峰は大粒で、宇宙に繋《つな》がっているような、漆黒に近い紺色をしている。一粒頬ばりたくてうずうずした。

「私は十一月から、陽子ちゃんが入っている、柏エターナルハウスという老人ホームに入居します」

真っ先に表情を曇らせたのは、杏奈だった。

「あのホームから、ここに通うっていうこと？」

「交通費がばかにならないし、もう今までみたいに、朝から晩までかかりきり、準備もすべて参加するというわけにはいかないわ。集団生活だから限られた時間しか外出できない。私はここを抜けるけど、客演したり、アドバイザーをすることはできるわよ。そうね、スカイプというのの使い方を覚えて、ミーティングには参加できるようにするわ」

「お金を貯《た》めて、この家を取り壊す計画はどうなっちゃうの？　入居するお金は？　正子さん、そんなところ入らなくたって、十分やっていけるじゃん」

「そう見えてるかもしれないけど、もうここで暮らしながら女優をやる気力はないのよ。家を売りたいのもそれが一番の理由。貯金は今、百八十万円まで増えたわ。これの一部を入居費にあてるの。それとは別に毎月十万円ずつかかるから、お化け屋敷の売り上げからオーナーとして何割かいただきます。足りない分は自分で稼ぐようにするわ。幸い、仕事のオファーはそこそこ来ているの」

「あんたが辞めるなら、俺もここを辞めるからな」

そう言うと、野口さんは猛然と立ち上がり、庭に出ていった。その横顔は苦しそうに額に皺が寄り、こめかみに血管が透けていた。小さくなっていく背中を見つめるうちに、ずっと使っていなかった心の一部がうずき出した。自分が居なくなって、一番辛いのは、彼ではないか。ほんのりと甘い予感が、しびれるような強い確信に変わっていく。

「野口さんの言う通りだよ。正子さんが抜けたら、このお化け屋敷自体、破綻するよ。私たちがこの間、言ったことを気にしてるの？　だったら、謝るよ。居なくならないでよ。寂しくなるじゃん」

杏奈は眉を吊《つ》り上げ、怒鳴るように言った。正子は彼女の手を取り、落ち着かせる。

「杏奈ちゃん、ありがとう。でも、ここは私の人気でもっているわけではないのよ。この間のワイドショー覚えてる？　一般人だけじゃなく、芸能界でも、ここでお化けを演じたいと思っている年配の俳優はごまんといるわ。日本のエンターテインメント界に演じがいのある老人役はとても少ないのをよく知ってるでしょう？　私が抜けたら、ここにスターシステムを導入して存続したらいいと思うわ」

明美さんがなるほど、とつぶやき、正子は流れがこちらに傾いている手応えを感じた。

「つまり、月替わりで、有名なベテラン俳優がメインのお化け役を演じるの。誰が演じるかは訪れた人にしかわからない。口コミを加速させるはずよ。実は一人、出演依頼を承諾してもらっているの。今まで以上の集客が見込めると思うわ」

この間のワイドショーでコメンテーターを務めていた有名シニア俳優に、設楽さんを通じてオファーしたら、ギャラに関係なく是非引き受けたい、と乗り気な返事を貰《もら》ったところだ。ずっと黙っていた清野が口を開いた。

「でも、正子さん、それでもいいんですか？　正子さん、おしきせのおばあちゃんを演じたくなくて、ここを立ち上げたんでしょう？」

「そうね、この間の火事騒ぎで、私はつくづくわかったのよ、自分っていう人間の限界。陽子ちゃんを守るだけの才能も財力も私にはないの。でも、ないならないで、やり方を変えることはできるわよね。お化け屋敷での経験を利用して、マジカルグランマにも、自分なりの個性を出すこともできると思う。ここでの人気はみんなの力があったからよ。私が居なくなったら、管理は孝宏に任せます。杏奈ちゃんは引き続きここに住んでいても構わないのよ。でも、あなたはもっと自由にあちこち飛び回るのが合ってる気がするわ」

「なにそれ、なんか、正子さんがこのまま、天に召されるみたいな言い方じゃん」

杏奈はかすかに声を震わせている。武さんの膝の上の真美ちゃんが、杏奈の膝に小さな手を伸ばし、撫《な》でさすっている。

「みんな、私やこの家にとらわれることなんてないの。抜けた分は人を雇えばいいわ。あなたたちはもう、どこに行ったってやっていけるんだから。ハロウィンまで二週間、このメンバーでする最後の『東京ホラーハウス』です。全力でやりきりましょう。今までどうもありがとうございました」

正子はぺこりと頭を下げた。杏奈が顔を伏せて、早足で真美ちゃんを庭に連れ出したのをきっかけに、みんながぱらぱらと席を立ち始めた。正子がようやく巨峰に手を伸ばし、皮をちまちまと剥いていたら、明美さんが座ったまま、膝をこちらに向けてきた。

「正子さんが、そんなにちゃんと陽子さんのことを考えていたなんて、私、誤解していました。この間、失礼なことを言いました。謝ります。ごめんなさい」

「ああ、いいのよ。あなたの言う通りだったもの。私は自分のために、陽子ちゃんの隣に居たいだけよ。エゴよエゴ。ちえこばあちゃんみたいな聖人とは違いますからねえ」

つるりと剝けた翡翠《ひすい》色の果実は、ところどころペンキで藍色をさっとひとはけしたように皮の色素が残り、食べるのが惜しいコントラストだった。

「あ、そういう意味で言ったんじゃないんですよ。聖人だなんて言ってないですよ」

明美さんは片手を大きく振った。

「ちえこばあちゃんて、正子さんとは全然、違いますよ。だって、ちえこばあちゃんて若い人のことは助けても、自分と同じようなシニアのことは絶対に助けないじゃないですか」

正子は巨峰を口からぽろりと落としそうになった。明美さんはさっさと立ち上がると、娘たちの居る庭に行ってしまった。巨峰のジュースで濡《ぬ》れた顎を拭いながら、どきどきしていた。彼女の言う通りだった。マジカルニグロは白人しか助けない。マジカルゲイはヘテロセクシャルしか助けない。そして、マジカルグランマは健康な若者しか助けない。何故なら、差別する側にとって都合よく作られた人格だからだ。つまり、自分と似たような立場の誰かと助け合うことで、この世界が押し付けてくる規範に抗《あらが》うことはできるのではないか。

真美ちゃんが飛ばした竹とんぼが、その日、誰よりも空高くに舞い上がっている。

柏エターナルハウスの経営が苦しい、という噂《うわさ》は本当だったようだ。正子がしおらしく入居のパンフレットを求めるや否や、冷淡だったスタッフの態度は一変したのである。ハロウィン当日に過去最高の入場者数を更新した「東京ホラーハウス」は現在一ヶ月間の休業状態に入っていて、杏奈たちは有名俳優をキャストに迎えた企画に向けて動き出している。正子は陽子ちゃんの顔を見るためにここを訪れては、新生活の準備を着々と進めていた。七畳ほどの二階の北向きの風呂付き角部屋ならすぐにでも入居可とのことだったが、できたら、陽子ちゃんと同じ四階が望ましいので、焦らずもう少し様子を見るつもりだ。

「ほら、これがあれば、ここからだって仕事もできるのよ」

多目的ルーム中央の絵の具のパレットのような形のテーブルで、正子は清野のおさがりのノートパソコンを立ち上げてみせた。すごいわねえ、と隣の陽子ちゃんは頰を上気させている。彼女と再会してからというもの、憧れとときめきの視線をシャワーのように浴び続けているため、正子はおっとりした気持ちで過ごしている。それは義母が生きていた頃の、甘ったれた嫁だった時代を蘇らせた。屋敷で起こした騒ぎを、もはや陽子ちゃんはほとんど覚えていないらしいし、一ヶ月近く会えなくて寂しかったというわけでもなさそうだが、それでも正子がホームに現れるなり、片時もそばを離れようとしない。パソコンの使い方はおぼつかないが、陽子ちゃんの前ならいくらでもしったかぶって振る舞うことができる。正子はさも慣れた風にキーボードを叩いてみせ、YouTubeを立ち上げると、陽子ちゃんが好きだった昭和の歌謡番組を再生した。同じようにパソコンに向き合う男女が何人もテーブルを取り囲んでいる。中華丼の餡《あん》のにおいが残っていた。最近はここで昼食を済ませることが多い。調理や皿洗いが必要ないせいもあって、正子はほぼなんでも不満なく口にしている。

スマホの着信名を見て、正子は目を丸くした。この部屋のみ通信は自由なので、正子は遠慮なく、通話ボタンをタップした。

「お久しぶり、正子ちゃん」

紀子ねえちゃんの少しだけかすれているのに、語尾だけは甘くしっとりとした懐かしい声だった。

「こっちは夜の二十一時よ。十七時間の時差だから、そっちはお昼過ぎだから、いいかなと思って……。お取り込み中ではない？　今話してて大丈夫？」

心なしか、声に元気がない気がする。表情を確認したくて、正子は即座に提案した。

「お気遣いありがとう。なんの問題もなく、話せるわ。ちょっと待って、今、私、パソコンの前で、スカイプというものを練習中なの。せっかくなら、お顔を見ながら、お話できないかしら」

予想通り、紀子ねえちゃんはSkypeの使い方に精通していた。正子は勝手がわからずもたついてしまい、近くにいたパソコン使用中の男性に手伝ってもらい、ようやくビデオ通話をクリックすることができた。ぽぽぽん、という耳の奥がふくらんでいくような音色がして、画面には紀子ねえちゃんの顔が映し出された。長いまつ毛を伏せて少し下を見るような角度のせいか、頬がこころなしか、削《そ》げて見える。すっぴんにバスローブ姿で、髪は無造作にタオルを巻きつけているだけだが、不明瞭な画面であれ、大きくせり出した額は照り輝いていた。カーテンの隙間から覗《のぞ》く闇に光るネオン、白い壁に飾られたプールサイドに寝そべる水着の女のリトグラフから察するに、ホテルの室内のようだった。

「北条紀子だわ！　私、大好きよ！　本物なの？」

陽子ちゃんは正子を押しのけんばかりにして、画面に顔を近づけた。

「あら、初めまして。以前どこかでお会いしたことありますか？　正子さんのお友達？」

動画に対して音声は少し遅れてついてくるのか、動く紀子ねえちゃんからはぎこちない印象を受ける。五十七年前、「北条紀子の妹」役のオーディションであなたたち会っているわ、と言いかけて、正子は口をつぐんだ。久しぶりに胸がざわざわする。陽子ちゃんの反応に嬉しそうな顔をする紀子ねえちゃん。紀子ねえちゃんにまっすぐな憧れを滲《にじ》ませる陽子ちゃん。それは今まで正子が、それぞれの女たちからこの身一つで独占してきたものだった。面白くなくなって、二人の間に割り込んでいく。

「それでお話ってなんなのかしら？　撮影の真っ最中でお忙しいんじゃないの？」

陽子ちゃんに下がって、と目だけで命じるが、彼女はなおも紀子ねえちゃんと向き合っていたそうだ。正子にしつこく促され仕方なく離れた席に移動するものの、画面を気にしてそわそわと首を伸ばす陽子ちゃんは子犬のようである。向こうの画面から陽子ちゃんが消えたのか、紀子ねえちゃんはくだけた口調になった。

「今は時間に余裕があるの。リズ役の女優が骨折したせいで、ラストシーンの撮影のみ延期になってるのよ。再開は十二月になるかしら。それで今、脚本を見直しているところなの」

そのイギリス人女優は出演者の中でも最高齢の八十六歳だと聞いている。

「それでね、監督は、正子ちゃんに是非、会いたいと言ってるわ」

「監督が？　私に？　え、私？」

びっくりして正子は聞き返した。紀子ねえちゃんが居るきらびやかな世界とこちらが地続きである実感が湧いてきて、彼女との格差も時差も砂のように消えていく。餡のにおいを急にきつく感じ、吐きそうになった。

「そう、リカルド・アンドリュー監督というアクション映画の若き巨匠よ。実は新たに加わった役柄のイメージがあなたにぴったりなの。監督は、こっちでも話題になっている、あなたの動画をネットで見て、すごく気に入ってたの。私の妹分と知ると、ぜひ、ダメもとで出演交渉をしてもらえないか、と今さっき頼んできたのよ」

「どんな役なの？」

「正確には人間ではないような役柄なのよ。名前はワクチン。その名の通り、人型ワクチン役よ」

正子は紀子ねえちゃんの言葉を一言も聴き漏らすまいと、身を硬くした。

「わずかに残った緑地を統治していた、超能力を持つ十八歳の少女よ。ゾードという甲殻で身体を覆われた異生物によって、岩の砦《とりで》に拉致され半年で、言葉と正気を失い、肌は爛《ただ》れ、急激に老化して、脊椎も損傷して四つん這い、見ためは八十歳くらいに見える。でも、普通の人間なら毒素を持つゾードの巣になんて居たら死滅してしまうけど、彼女は洞窟を這い回って湧き水や苔《こけ》を摂取しながらボロ布一枚で生存しているの」

　ぬるぬるした冷たい岩肌や、柔らかで苦味のある苔の味が、舌や肌に広がっていく気がして、正子は目を細めた。

「それは彼女の身体にゾード菌への特殊な抗体があるためなの。MAD8が彼女を奪還することで、ゾード菌への予防策をうてるようになるだけじゃなく、緑地や水源を回復することができるのよ。もともと十代の新人女優を特殊メイクで老人に見せるはずだったんだけど、アンドリュー監督が最近になって、それじゃあ、これまでの若さばかりが礼賛されるハリウッド作品と変わらないから、七十代以上のあまり知られていない女優を起用したいと言い出したの。若返る場面は特殊メイクするそうよ。正子ちゃんは少女めいたところがある。小柄だから、歳《とし》をとった女性キャストたちでも持ち上げられそうだわ。なにより、手垢《てあか》がついていない。監督、あなたが床を這い回る蛇みたいな演技をネットで見て、イメージが湧いたんですって」

「いいのかしら、私なんかで」

心地良いはずだったホーム内の空調が、急に暑すぎるように感じられてきた。おもてに飛び出して、寒くてもいいから新鮮な空気を思う存分吸い込みたかった。

「まずは動画で、正子ちゃんが演技するところを見てみたいって言ってるの。メールで和訳した台本を送るから、目を通してもらえないかしら。監督のお眼鏡にかなえば、ハリウッドまでオーディションを受けにきてもらう。アーティストビザだけはすぐに申請しておきましょう。受かった場合、年末の撮影に間に合うようにするために、うちの事務所と私の顧問弁護士が間に入るから色々決めましょうね」

もう我慢できず、正子は陽子ちゃんに振り返り、ハリウッドよ、とささやいた。陽子ちゃんはきゃあ、と叫び、ハリウッドと手を叩いて繰り返し、周囲の視線を集めた。銀幕でしか知らない、どこもかしこも光で眩《まぶ》しいパームツリーが彩る大通り、プールつきの豪邸の並ぶ丘が、二人の目の前に広がっていく。

「ワクチンにセリフはないし、演技指導は私が通訳をするわ。ただし、こっちに来ることが決まったら、意思疎通はできるくらいに猛特訓してきてね」

「もちろんよ。こんなことが人生にあるなんて。紀子ねえちゃんみたいなすごい人にしか起きないと思っていたわ」

自分でも驚いたことに、正子は気付かないうちに泣いているみたいだった。あらあら、大げさね、と笑っていた紀子ねえちゃんは、再びまつ毛を伏せた。

「私なんて、全然だめよ」

入居者が手作りしたキルトを被《かぶ》せたティッシュケースを引き寄せ、洟《はな》をかみながら、正子は首を傾《かし》げる。

「ＭＡＤ８は確かに画期的な作品だけど、結局、私に求められているのは、便利な日本人でしかないの。撮影風景を見て思わなかった？　アサガオは、無口で献身的でミステリアスな刀の使い手よ。白人が思う、都合の良い日本人そのものよ」

「マジカル日本人てことね！　あ、マジカルジャパニーズか！」

思わずそう叫ぶと、紀子ねえちゃんが、ふっと表情を緩めた。

「面白いことを言うのねえ、正子ちゃん。そうね、もちろんそうしたステレオタイプな役柄を割り振られても、自分なりの個性を出して素晴らしい活躍をできる俳優はいくらでもいる。でも、それをはね飛ばすくらいの演技力や魅力は、私にはなかったみたいなのよね」

薄々勘付いていたことを、ずばりと口にされ、涙も鼻水もたちまち干上がっていく。

「生意気だの奔放だのといっても、日本映画界で男たちの顔色と相談しながら、うまく立ち回ってきた私には、ハリウッド女優と互角に戦うまでの力はなかったのよ。英語やアクションについていくのがやっとだったわ。八十歳になってまで、こんな惨めな思いをするなんて、思わなかったわねえ」

なんと言ったらいいのか、わからない。わかるのは、良くも悪くも紀子ねえちゃんと似た悩みに直面している八十代はそうそう居ない、ということだ。励ましめいた言葉をいくつか思いついたが、どれも口にしないほうが良さそうなものばかりである。その時、正子はこの間の明美さんとのやりとりを突然、思い出した。

「でも、紀子ねえちゃん、聞いて。私がもし、この役を掴《つか》んだら、映画の中の紀子ねえちゃんは日本人を助ける日本人ということになるわ。それって、マジカルジャパニーズには絶対できないことよね？　紀子ねえちゃんが日本人を守る場面さえ作れれば、アサガオは白人を助けるためだけに存在する便利な黄色人種にはならないわ。私、紀子ねえちゃんのためにも、必ずオーディションに受かってみせるわ。大丈夫よ、五十七年前だって結局、お運びの役を掴んだんだもの。必ずＭＡＤ８の現場に合流して、紀子ねえちゃんを助けるわ」

「正子ちゃんて、本当にすごい人よねえ」

しばらく黙りこんでから、紀子ねえちゃんがため息混じりにそう言った。本当に感心しているようだった。

「あのお屋敷から一歩も出ていなくても、いつも私より、たくさんのものを見ていて学び続けているの。私はずっと、そんなあなたが、うらやましかったわ」

この言葉があれば、正子はこの先なんでも耐えられるような気がした。台本の和訳をメール添付で貰ったその日から、高校時代のオーディション前さながらに、正子は陽子ちゃん相手に、特訓を開始したのである。

MAD8　シーン216

ジャッキー、リズ、マドレーヌ、アサガオ、アンバー、ナディ、ダヤ、マイリー。ゾードの砦である洞窟に武器を構えて入っていく。手足を鎖に繋がれ、地面を這い回るワクチンを発見する。

リズ「ヘイ、ガール、お目覚めね」

アサガオが日本刀で、鎖を断ち切る。ワクチンが奇声を発し、正面にいたリズに襲いかかる。ねばねばした暗い色の液体をぴゅっと吐き出すワクチン。リズ、顔をしかめて液体を手で拭う。アンバー、爆弾を仕掛けている。

リズ「モーニングコーヒーなんて二十年ぶりに飲んだわ」

アサガオが背中にワクチンを背負い、洞窟を出る。一同、ジャッキーの運転するジープに乗り込む。最後の一匹となったゾードが車の正面に飛び出してくる。ゾードの口の中からドリル状の脊椎がこちらに向かって伸びてくる。

ジャッキー「ワクチン、新しい世界にようこそ。ほら、男はだいたい死んじゃったけど、私たちみたいな最高のレディは、デート相手には事欠かないってわけよ」

ジャッキー、ゾードを轢《ひ》き殺す。フロントガラスに緑色の内臓がぶちまけられ、ガラスごと溶けていく。背後で大爆発が起きる。砂漠を走るジープ。ワイパーが緑色を蹴散らす。後部座席で暴れ回るワクチンを押さえつけるマドレーヌとナディ。緑地だった場所に到着したMAD8は、ワクチンをひとつかみほど残った草の上に横たえる。ワクチンが次第に大人しく、徐々に若返っていく。彼女の寝ている場所から、水面のような輪が広がっていく。

**エンドロール**

少女に戻ったワクチンが目を覚まし、起き上がると、MAD8の姿は消えている。砂漠は緑地になり、赤い空は青空に変わっている。遠くから、味方のジープの群れがやってくるのが見える。先頭にはMAD8。

ワクチンが微笑《ほほえ》み、大きく手を振り始める。

（終）

白内障手術の六日後、屋敷で行われた送別会には、孝宏と清野、杏奈ばかりではなく、ホラーハウスに携わったご近所全員が参加してくれた。正子のしたことといえば、庭で採れた果実を刻み、台所の片隅で忘れ去られていた調理用赤ワインと葡萄《ぶどう》ジュース、それぞれに混ぜて、サングリアを二種類用意しただけである。昨日は杏奈と一緒に有楽町にパスポートを取りに行き、間島さんに借りた大型トランクに着替えと化粧品、そして、渡航経験の多い清野のアドバイスに従い、大量のジップロックとレトルトのおかゆ、梅醬《うめびしお》を詰め込んだら、それだけですっかりくたびれ果てて、英会話の勉強さえしないで、寝てしまった。栗《くり》ご飯、きのこのマリネ、鰯《いわし》や秋刀魚《さんま》のフライに漬物入りタルタルソース、卵黄で輝く焼きたてのミートパイなどで賑《にぎ》やかな食卓を見下ろし、持ち寄りにしておいてよかった、と胸を撫でおろした。

着飾りたいところだったが、保護メガネの外せない今、いっちょうらのコムデギャルソンで無難にまとめている。それでも、徐々に視力が回復していくのも手伝って気分は高揚し、頬も唇も色づいていた。白い靄《もや》が消えている。手術の前と後で、見える世界が違っている感覚は、ワクチンの役作りにも役立ちそうである。痛みもなく短時間の手術だということはもちろん知っていたけれど、ここまで心持ちが変わるとは思わなかった。もっと早くすればよかったという気もしないでもないが、このタイミングだからこそ、身体全体が若やいで背筋も手足もぴんと伸びているのだろう。乾杯の音頭を杏奈がとって、義母のとっておきの江戸切子で乾杯したあと、正子は一同を見回し、咳払《せきばら》いした。かつてのバッシングを思い出し、ここは謙虚に振る舞わねばと内心言い聞かせつつも、ついつい言わなくていいことまで口にしてしまう。

「みんな、オーバーだわ。今生の別れじゃないのよ。正式にアンドリュー監督のオーディションを受けて、一週間後に帰ってくるだけよ。もう最終確認みたいなものらしいんだけどね。紀子ねえちゃんに比べたら微々たるギャラだけど、私にしてみたら大金よ。映画が公開されたら、オファーは殺到するだろうしこれから忙しくなるわ」

柚子《ゆず》に蜜柑《みかん》、姫林檎《ひめりんご》の入った甘いサングリアは、すいすい飲める分、酔いが回るが、今日くらいはハメを外してもいいかな、と思えた。

首をがくがくさせながら喉をかきむしり目を剝く演技をスカイプで見せただけだが、孝宏よりずっと若いであろう、浅黒い肌にくりっとした褐色の瞳をしたその男は、パソコン画面越しにも、正子に興味を示していることがはっきりわかった。もともと日本カルチャーの大ファンということで、正子がちょい役で出演した映画もすべて観《み》ているとのことだ。エクセレント、というあの甲高い叫び声はお世辞ではないだろう。

「監督は二人まで同行させていいと言っているの。旅費も滞在費ももちろん支給されるわ。陽子ちゃんをアシスタントとして連れていくつもり。いつかハリウッドに行くのが、高校時代からの約束だったの。ヘアメイク兼マネージャーとして杏奈ちゃんも」

ご近所さんたちの羨望の眼差《まなざ》しがこそばゆいのか、杏奈はにやりと笑い、こちらの二の腕に軽く肩をぶつけてきた。ハリウッドに行こう、と誘った時の陽子ちゃんの表情を、正子はこの先ずっと宝物にするつもりである。自分の望みを叶《かな》えられるかどうかはまだわからないが、ひとまずは親友の夢を実現することができるのだ。何者にもこの事実は奪えないと思うと、巨大な銅像を駅前の目立つところに立てた気分である。柏エターナルハウスへの入居は、当面先延ばしとなった。

「それにしても、認知症の人でも、海外旅行なんてできるものなのねえ？」

間島さんは、ごぼうとベーコンの甘辛煮をせっせと取り分けながら、興味津々といった様子で口を挟んだ。

「トラベルヘルパーを手配したんだよ、母さん」

武さんが秋刀魚のフライを真美ちゃん用に千切りながら、そう言った。

「介護が必要なお年寄りの旅行に同行するヘルパーの需要は今、増えてるんだ。正子さんから相談を受けて、陽子さんのためにトラベルヘルパー専門の小さな派遣会社を僕が探したんだけど、そことやりとりするうちに、社長とウマが合ってね。明美ちゃんと一緒にPRを請け負うことになったんだよ。正子さんと陽子さんの初めてのハリウッド旅行を杏奈ちゃんが記事にして、公開すること、正子さんが公式ツイッターアカウントを持って旅行の様子を逐一発信することを条件に、ヘルパーさんの渡航費と滞在費も負担してくれることになったんだよね」

旅行代理店で添乗員としての勤務経験もある五十代の女性介護ヘルパーの若林《わかばやし》さんは、渡航前に少しでも彼女に慣れてもらおうと、柏エターナルハウスに今から足繁く通って、陽子ちゃんの荷造りを手伝っているらしい。ベテランだけあり辛抱強く向き合ううちに、猜疑心《さいぎしん》の強い彼女とも打ち解けつつあるようだ。杏奈も生まれて初めての海外旅行とあって、毎日のようにハリウッド映画を観たりリスニングを勉強したりと、準備に余念がない。その合間に、新企画や地元の大病院のプロットなどを練っているというのに、かつての姿が嘘のように、疲れた顔を見せなくなっていた。

正子はふらりと庭に出た。夕暮れにはまだ間があり、枯葉のにおいと澄んだ風が心地よかった。いつの間にか、白樺《しらかば》の木肌がささくれて、大きくめくれている、そんな季節になっていた。

「オーディションには絶対に受かるよ。俺にはわかるんだ」

デザートの焼き芋のために、竹箒《たけぼうき》で枯葉を集めていた野口さんは、そう声をかけてきた。

「そうね。私もそんな気がするわ。落ちるなんてありえないってかんじだわ」

ほろ酔いで足元がおぼつかないながらも、正子は胸を張ってみせた。

「けいこさんに今のあんたを見せたかったな。あんたのファンだったんだよ。あの人はあんたに憧れていたんだ。友達になれてとても嬉しいと言っていた」

「そう、嬉しいわ。けいこさんのこと、今も想《おも》ってらっしゃるのね。でもね、私、そろそろ、野口さんは次の恋をしてもいい頃だと思うわ」

愛の告白に誘導してやろうと、正子は相手の好意になんて少しも気付いていない、おぼこ娘めいた微笑を浮かべて、彼にそっと身を寄せていく。

「本当にあんたの言う通りだよ。実は、一緒に暮らそうという女性がいるんだ。ご近所の人なんだけど、今日のパーティーにも来てるよ。あとで改めて正式に紹介するな。『東京ホラーハウス』は続けるよ。物販チームに彼女がいるからな」

正子はしばらくの間、口をあんぐりと開けていた。酔いはどこかに吹き飛んでいた。

「え、野口さん、私のことが好きなんだとばかり思ってたのに！」

「それは、ないよ。好きは好きでも、そういう好き、ではないんだ」

きっぱりと短く野口さんは言って、にこにこと笑った。

「失礼しちゃうわ」

正子は悔しいやら恥ずかしいやらで、頬をふくらませて、足元に転がっていたカボチャを蹴飛ばした。腐りかけていたのか、つっかけのつま先がずぶずぶと刺さって、片足立ちでよろけてしまう。野口さんはすぐに屈《かが》みこんで、正子の足からカボチャを外してくれた。靴下が種やら果肉やらで黄色に汚れ、正子はむっとして足元の草にそれを乱暴になすりつけた。酔いが醒《さ》めたら、レンズの曇りが気になってきて、保護メガネを外してみた。一瞬光を強く感じたが、これまでのようにぼやけるということがない。景色の隅々までが明瞭で、すべてが目に飛び込んでくる。色の洪水に正子は立ちすくんだ。

突然、巨大な顔が迫ってきた。それは庭側から見る浜田邸だった。二階の窓が両目に見える。一階の出窓は大きな口に見える。この屋敷から初めて遠く離れるという時になって、正子はようやく気付いた。回復した視力で眺めるこの屋敷は、正子に瓜《うり》二つだった。一見取り澄ましているが、たくさんの顔があり、あらゆる状況に対応することができる。似ているから嫌いだし、似ているから一目見るなり愛着を感じていたのだ。はるか昔、夫が正子に惹《ひ》かれたのも、この家に似ていたためではないだろうか。今、ボロボロでガタがきているところまで同じだった。

「そうちゃんとあの屋根によく座ったって言ったじゃない？」

顔でいえばまつ毛部分に当たる、銅瓦の屋根を正子は指差した。

「あそこから何が見えるの？」

「そうだね。こういう季節は、紅葉がとても綺麗《きれい》で、撮影所までよく見えたよ」

「いいわねえ。秋の撮影所、そういえば森の中に居るみたいだったわ。もう何年も中に入っていないわね。寂しいわ」

「撮影所なんてもう、用はないだろ。あんたには。もっともっと遠くに行ける人間のはずだよ。俺たちの代わりに見てきてくれよな」

野口さんはそう言うと、しばらくの間、浜田邸を目を細めて見上げていた。食堂から子どもが次々に駆け出して、枯葉のベッドに飛び込んで、辺りに香ばしいにおいを撒《ま》き散らした。

若林さんが所属するトラベルヘルパー派遣会社のPRを兼ねて、正子が初めて自分名義のTwitterアカウントを持ったのは、二〇一七年十一月十五日、朝八時半過ぎの成田空港でのことである。ロサンゼルスは直射日光が容赦なく照りつけると聞いて、孝宏に借りたサングラスをヘアバンド代わりにしてさっそうと歩く正子は、杏奈、陽子ちゃん、若林さんと、三名ものお付きを従えているせいもあり、人目を引いた。若者にスマホを向けられてもまごつかず、その度にさっとサングラスを前髪から下ろす。本当は久しぶりの電車での遠出にくたびれていたし、天井が空のように高く、どこもかしこもつるつるした空港に戸惑っていたが、いでたちだけは野口さんの言うところの大女優だった。若林さんのおかげで、旅慣れない三人も、チェックイン、セキュリティチェックを滞りなく済ませた。腹巻きに挟んできたジップロックからパスポートを出し、ちょっぴり緊張しながら出国手続きを終え、搭乗ゲートに四人がたどり着いた時間帯は、乗客の中でもかなり早い方である。ガラス越しの空は真っ白で透明感がなく、滑走路を行き来する飛行機の色と境目がわからないほどだった。ロビーのソファに並んで、杏奈にTwitterの使い方を習った。陽子ちゃんとソファで寄り添って写真を撮り、個人が特定できないように画像加工し、当人に確認させ投稿した。

『みなさん、こんにちは。柏葉正子75歳です。私はこれからハリウッドにオーディションを受けにいきます。初めての飛行機で、緊張しています。トラベルヘルパーさんのおかげで、認知症の親友を同行させることができました』

その投稿が、ひとり、ふたりと拡散されていく。とりあえず、フォローしてくれた人を無差別にどんどんフォローしていく。あっという間に十人ほどの仲間が出来、正子はわくわくして、彼らの日常のリボンを手繰り寄せる。夫もこれが楽しくて仕方なかったのだろうか。タラップを昇って飛行機に乗り込んで、硬い座席に腰を沈めてもなお、正子は仲間たちそれぞれの暮らしから目が離せない。隣の杏奈に促されて手荷物を頭上の棚に収め、靴を脱いで、スリッパに履き替えた。座席はとても狭く、ここで十時間も過ごすと思うと、身体がきゅっと縮こまる。機内は乾燥していてオーディションのために整えていた肌がたちまち硬くなっていく。今すぐにでもワクチンを演じられそうな気分である。後ろの席を振り向けば、若林さんが陽子ちゃんに毛布をかけて、腕のあたりを優しく叩いている。柏エターナルハウスから遠く離れたことで緊張が続いたのか、搭乗ゲートでも言葉少なだった。うとうとしている様子なので、正子はひとまず胸を撫で下ろし、スマホに向き直る。

「ねえ、なにかしらこれ」

タイムラインから目に飛び込んできたそれは、英会話ガイドで真っ先に覚えた、Nice to meet you によく似た言葉だった。

「ああ、これ Me Too だよ。今話題だよね。ハリウッドから始まったの。セクハラやパワハラの被害者たちが業界の大物をどんどん告発してるんだよね。正子さんもつぶやいたらいいじゃん」

杏奈がガイドブックをめくりながら、こともなげに言った。

「おばあさんがそんな目に遭ったといっても、誰も相手にしてくれないわよ」

「おばあさんだからこそ、だよ。正子さんが訴えれば、セクハラはあらゆる世代の人間が被害者になりうるってことを証明できるじゃん」

それもそうかも、と思い直し、正子はスマホと首っぴきになった。眼球が乾き、タップする指さえ、かさかさと滑りが悪い。飛行機の前方のドアが閉まったらしい。いくつものアナウンスが重なる。

「ほら、もう離陸態勢に入るよ。機内モードにするか、電源切りな」

杏奈にせかされ、もうこれでいいや、と正子は送信ボタンをタップし、電源を切ると、睡眠導入剤を割ったものを舌に載せ、水なしで飲み下す。足の裏から伝わり始めた振動に、身体全体ががくがくと震え出し、悲鳴をあげた。

『新人の頃、セクハラなんて言葉はなかったけれど、毎日男たちにからかわれるのが当たり前でした。75歳になっても状況は同じ。最近受けたオーディションでAVに出ればいいのにと言われたばかりです。周りに求められるまま振る舞っていても、時代はよくなりません。声をあげませんか。#Me Too』

約十時間後、真夏のようなロサンゼルス空港でスマホを立ち上げて、離陸ぎりぎりで投稿した人生二度目のつぶやきが、十万人以上にリツイートをされていることを正子は知るのである。

間島明美さま

お久しぶりです。いや、先週もメールしましたね。他人行儀な書き方で申し訳ありません。ファンレター以外で手紙を書くなんて生まれて初めてで、どうしても硬くなっちゃう。でも、今の気持ちを紙にペンで書いてみたかった。広い青空と強い日光、どこもかしこも眩しくて、誰もが白い歯をむき出しにして笑っている、良くも悪くも、はりぼてみたいなこの街では、アナログなものが無性に恋しくなるのです。何もかも巨大で遠くに感じるせいで、宇宙空間みたいな深夜のスーパーマーケットで、このピンク色の便箋を見つけ、ついつい買ってしまいました。

先週メールでお送りした「マッドサイエンティスト柳橋《やなぎばし》教授の恐怖の実験室」第二稿どうでしたか？　子どもが集まるお化け屋敷にしたいから恐怖感は少なめで、という考え方はとても孝宏さんらしいので、尊重したいです。お化け屋敷はそのままに、敷地内の離れを取り壊し、庭もかなり整地して保育園を建て、平日十七時まで運営、ホラーハウス来場客の子供たちの一時預かり所も兼ねる、という孝宏さんのアイデアがこんなに早く実現するとは思いませんでした。大好きなお父さんとの思い出のつまった離れを壊すことに、孝宏さんなりに迷いもあったのでしょうが、市から除却費用が出るだけではなく、固定資産税や都市計画税まで免除されるだなんて知りませんでした。ご近所さんもお化け屋敷の騒ぎですっかり慣れたのか、反対の声は起きませんでしたね。真美ちゃんも入れますように、と陰ながらお祈りしています。

清野さんと孝宏さんの浜田邸での同居も順調なようですね。私がいつ帰ってもいいように、女中部屋だけは今も空けていてくれています。「東京ホラーハウス」のスターシステムは話題のようですし、大物俳優が次々に名乗りをあげていると聞きます。監督の借金を返すために、土地を売却する必要もひょっとしたらなくなるのかもしれません。

明美さんもお忙しくされているようですね。お金のない若者と一人暮らしのお年寄りのシェアハウスのためのマッチングアプリ開発プロジェクトを武さんと立ち上げたと、つい最近、ネットで知ったばかりです。

私は今、滋賀県のアパレル企業から仕事の依頼を受けています。明治時代に建築された洋館で、ファッションショーをやるとのことで、私はそのプロデュースを任されました。地元のモデルたちを使って、ミニドラマを撮ることになり、そのシナリオも担当することになってます。

それにしても……。一体、誰が予想したでしょうか。まさか正子さんがオーディションに落ちるなんて。

その上、付き添いのはずだった陽子さんが、アンドリュー監督に惚《ほ》れ込まれ、即採用されてしまうなんて。考えてみれば、オーディションの話がきてからというもの、正子さんの演技の相手を務めていたのは彼女だから、のみ込みも早いわけです。そういえば、五十七年前、正子さんが端役をつかんだのも、陽子さんが演技指導をしていたからでしたね。陽子さんにはなにか特別な魅力というのか、勘や度胸があるのは、我々もなんとなく気付いていたのかもしれません。やってみたい、と陽子さんは若林さんの前で、はっきり言いました。正子さんがどんなに横で泣こうと騒ごうと、まったく気にしていない様子です。女優になるのが夢だった、だから、どうしてもやってみたい、と。認知症患者の雇用は、労働法上今はまだ難しいけれど、女優は個人事業主なので制約を受けない、というのは、今回初めて知りました。考えてみれば、ワクチンは陽子さんのためにあるような役です。自分を十八歳だと思い込んでいて、夢の世界をさまよっていて、それでいて、意志は誰よりも強い。彼女の記憶力は大変あやふやなものですが、サポート体制を万全にして臨む、ということで、落ち着きました。

オーディションの結果を受けて、紀子さんの所属する最大手の芸能事務所がすぐに動き出しました。陽子さんと契約しアーティストビザを申請。現地の日本語ができるソーシャルワーカーを雇用、若林さんも年内は休職し、専属ヘルパー兼マネージャーとしての契約が決まりました。会社の方も若林さんが注目されることで宣伝効果を見込んでいるので、融通を利かせたようです。マスコミが陽子さんに飛びついたのは言うまでもありません。なにしろ彼女はハリウッド超大作に抜擢《ばってき》された日本最高齢の新人女優にして、世界初の認知症俳優なのです。ご存知の通りまだまだ撮影中だというのに、新聞や雑誌にインタビュー記事がたくさん載りましたね。

陽子さんの契約に付き添って私と帰国した正子さんですが、あの時は屋敷の部屋にこもりきりで、突然怒り出したり、わっと泣き出したり、本当に可哀想《かわいそう》でした。さすがの私もちょっとだけ、もらい泣きしてしまいました。誰にも会いたがらなかったので明美さんも心配していたことと思います。ところが、です。正子さんは新しい展望を見出《みいだ》しました。ご存知の通り、二月にクランクインが決まっていた蔵元俊のドラマを蹴って、陽子さんの付き人として彼女にくっついて再び渡米し、撮影現場に出入りするようになったんです。それだけではなく、オーディション前に申請したアーティストビザを利用して、自分をほうぼうに売り込み始めました。現在、陽子さんの滞在するホテルを住みやすく整えて同居し、小さなキッチンで和食を作り、夜は同じベッドで添い寝しています。トラベルヘルパーのPR業は終わっているものの、私も一応はヘアメイクということになっているし、若林さんがいるとはいえお年寄り二人を異国に残すのも心配なので、滋賀の仕事が一段落すると、紀子さんの事務所に旅費をもらって、こうしてハリウッドに戻りました。

二週間ぶりに会う正子さんは、以前よりずっとわがままになっていました。撮影現場でさんざん周囲に迷惑をかけたらしく、紀子さんにまで疎んじられ、監督から立ち入り禁止令を出されていました。それでもあきらめられないのか、スタジオ内にあるコーヒーショップで働き始めたのです。女優の卵やモデルがウエイトレスとして働き、監督の目に留まることを夢見て、しのぎを削ることで有名なお店です。どういうわけか、正子さんはかたことの英語で面接に受かってしまい、オレンジ色のワンピースの制服に揃《そろ》いの帽子、エプロンを身に付けて、毎日コーヒーやパンケーキやベーコンエッグを、若い美女に交じって、映画人に運んでいます。

有名監督がやってきたというので、他のウエイトレスを押しのけて、喜びいさんでアピールしたものの、ただのそっくりさんでがっかりしたとか、毎晩そんなことばかり私相手に話しています。正子さんは陽子さんへの嫉妬をまったく隠そうとしません。「陽子ちゃんて、昔から悪女めいたところがあったわよね。私はなんてお人好しだったのかしら」などと、意地悪く顔を歪《ゆが》めて本人に言い続けます。こんなことを言ってはなんですが、陽子さんもたいした方で「そうねえ、『イヴの総《すべ》て』でそんな新人女優がいたわねえ」なんてうすらとぼけています。毎晩のように同じベッドに横たわって二人で思い出話をする習慣は、結局なくなっていません。

正子さんには悪いのですが、私は面白くて仕方ありません。

あのお屋敷に初めて来た時、私は正子さんが嫌いでした。監督の話やＣＭのイメージから、優しく面倒見がいいおばあちゃんとばかり勝手に思っていました。それなのに、なんて冷たい人なんだろう、なんて自分のことしか考えない人なんだろうと、苦い気持ちになりました。だけど、自分の未来や自分の生活を真剣に考えることの、何がいけないのでしょうか。私たちはどこかでおばあさんは、いや、女というものは、自分を後回しにして、他人のために尽くすべきだと考えてはいないでしょうか？　誰かの犠牲や献身で生まれた幸せはある日突然、終わってしまうことに、もうみんな気付きはじめているのに。

昨夜、思い切って、慰めるつもりで正子さんにこんな話をしてみましたが、彼女はうんと顔をしかめてこう言い放ちました。

「私が今、幸せじゃないんだから、そんなもん、どうだっていいことよ！」

彼女はプリプリしてそのまま雪崩のように愚痴り続けましたが、私は笑いが止まりませんでした。ねえ、明美さん、あんな風に、当たり散らす彼女って、とっても幸せに見えませんか。少なくとも私にはそう見えるんです。

年が明けたら、もう梅の季節ですね。浜田邸のお庭は、ピンクに染まると聞いています。あのお屋敷を訪れた子ども達もきっと喜ぶことでしょう。帰国するのが、私は今からとても楽しみです。

杏奈

# 解説

宇垣美里

私の記憶の中の祖母はいつだってゴージャスだ。海外で仕立てたオートクチュールのスーツを身に纏い、お気に入りのネックレスはゴールドのスカラベ(黄金虫、というかフンコロガシ)。その年代にしてはスラリと背が高く、しゃなりしゃなりと歩くたびに黒々としたボリュームのあるショートカットがふわふわとたなびいていた。いつだって祖父のことが一番大好きで、「パパぁ〜」と甘えた声で逐一相談する姿は私よりよっぽど少女然としていて、呆れを通り越して笑ってしまうくらい可愛らしかった。私が父の持っていたパンを欲しがって食べてしまうと、憮然とした様子で父のためにもうひとつ買ってくるほど子煩悩で、お年玉を手にどの本を買うべきか必死に計算する私を前に「私はお金のことなんてよく分からないわ」と困惑するほどお嬢様な、私の祖母。ぽたぽた焼のパッケージやドラえもんにおけるのび太のおばあちゃんとは、まるで違う。祖母である前に母であり、女であり、人間であったあの人は、この本を読んだらどんな感想を持ったのだろう。聞いてみたかったな、と思う。

七十代半ばの元女優である正子は東京郊外の古い屋敷に住み、同じ敷地内の別宅で暮らす映画監督の夫とはもう四年ほど口をきいていない。別居費用を稼ぐためにシニア俳優として再デビューしたところ、CM出演をきっかけに「日本の理想的な優しいおばあちゃん」として一躍人気者に。ところが夫の突然の死によって冷え切った夫婦関係が世間にばれてしまい、一気に国民から背を向けられることとなる。おまけに夫の借金も発覚。家を売ろうにも解体には一千万の費用がかかると分かった正子は、夫のファンである映画監督志望の居候・杏奈や近所に住むパートタイマーの明美などの協力を得て、メルカリで家の不用品を売り、自宅をお化け屋敷のテーマパークにすることを考え付く。

本作の『マジカルグランマ』という題名を見て、はたして誰が正子のような主人公を思い浮かべただろう？　隠し切れないほどに貪欲でゴーイングマイウェイな正子は、〝マジカルグランマ〟という言葉から想像する、シンデレラにおけるフェアリーゴッドマザーのような、可愛くて優しくて素敵な魔法の力で若者をそっと導くおばあちゃんとは大違いだ。なにせ息子より若い杏奈を意地悪にも正論で言い負かし、公道で取っ組み合いのけんかをしちゃうくらいなのだから。欲張りで、俗物で、夢見がちでしたたかで、面倒だけどおちゃめで、放っておけない魅力にあふれた正子は、脇目も振らず女子教育の普及にまい進する『らんたん』の河井道や、小説家として売れることへの執念すさまじい『私にふさわしいホテル』の中島加代子など、私の大好きな柚木麻子さんの作品らしいキャラクター。底抜けに明るくてパワフルでどうしたって目が離せない存在は作者自身とも被る。そんな正子の想像の斜め上を行く野心的な生き様が痛快で、いつしか「もっとやってやれー!」とけしかけるような気持ちでページをめくる自分がいた。なぜなら私もまた、マジカルの呪縛に囚われた一人だからだ。

〝マジカルグランマ〟とは、世間の求めるいつでも優しく従順で、老いてもキュートな万人にとって都合のいい理想的なおばあちゃん像を意味する。まさしく正子がCMで演じた、機械に疎くて孫の幸せが自分の幸せ、そんないつもニコニコしている「ちえこばあちゃん」のような。

このようにマジョリティにとって都合のいいイメージで固められたマジカル○○は世間に未だ溢れている。例えば『風と共に去りぬ』の黒人の乳母・マミーのような、白人を救済するためだけに存在する従順で献身的な黒人を指す〝マジカルニグロ〟、『プラダを着た悪魔』におけるナイジェルのように、ヘテロな主人公の恋愛や仕事を手助けする毒舌でオシャレな〝マジカルゲイ〟、いつだって夫や子どもが第一優先で自分の部屋や一人の時間なんて必要としない料理上手な〝マジカルマザー〟、知的で華やかながら天然で控えめで決して男性を脅かすことなどない〝マジカル女子アナ〟……そんな人、いるわけないのに。気の弱い女性アナウンサーなんて、少なくとも私は会ったことがありませんね。

　かく言う私も、気も口も強いように見えて、誰よりも長女らしい長女であるが故に、空気を読むことや黙って我慢すること、相手の求める範囲の〝わがまま〟を演じることが未だにやめられない。窮屈に思いながらもいつの間にか内面化された〝こうあるべき〟という価値観に自分を当てはめてしまう。その方が生きやすいからだ。それ以外の生き方をまだよく知らないからだ。だって、理想像から逸れるのは、怖い。自分らしく在ろうとしても、世間がこうあるべきと迫る理想と己とのギャップに、つい怯えてしまう自分がいる。だから、自由奔放で力強く自立して見えた紀子ねえちゃんもまた、マジカルの枠の中で上手に振舞っていたに過ぎず、新しくあてはめられた理想像に苦しんでいる描写に、胸がぎゅっと苦しくなった。

　けれど正子はそんなステレオタイプに苦しむ紀子ねえちゃんに、新しい解決策を提案する。

「自分と似たような立場の誰かと助け合うことで、この世界が押し付けてくる規範に抗うことはできるのではないか」

　なんて軽やかなんだろう。なんて柔軟なんだろう。あらゆるステレオタイプをなぎ倒すように、己の望む人生を爆走する正子の姿が眩しくてしかたがない。

前述の紀子ねえちゃんと正子の関係はもちろんのこと、台風のように周りを巻き込む自分勝手な正子に嫌悪感を覚えながらも、いつしかバディのような存在となる杏奈や、適切な距離感で助け合う明美など、脇を固めるキャラクターたちと正子が結ぶ関係もまたシスターフッドそのもので、これもまた柚木作品らしいところ。そうだ、私たちはいつだってお互いに励まし合って支え合って、生きてきた。そしてこれからも。

ひとっとびに自由にはなれないかもしれないけれど、自分の中に巣食う、知らぬ間に植え付けられた〝こうあるべき〟は依然なくならないけれど、同じように苦しんでいる女の子たちのことも救わんと戦い続けていたら、いつの日か私もマジカルの呪いから解ける日がくるんじゃないだろうか。くるといいな、と思う。

「私たちはどこかでおばあさんは、いや、女というものは、自分を後回しにして、他人のために尽くすべきだと考えてはいないでしょうか？　誰かの犠牲や献身で生まれた幸せはある日突然、終わってしまうことに、もうみんな気付きはじめているのに」

杏奈の綴るこの言葉は、作者自身の社会に対する眼差しを、煮えたぎるような怒りを、燃えるような反骨精神を感じさせる。だから、柚木作品を読んでいると、ふつふつと闘志がわいてくるのを感じる。ああ、なんだか力がみなぎってきた。

「できるわよ。なんだって。私はなんでもできる」正子は言った。

そうだね正子さん。やろうとさえ思えば、私たちは何にだってなれる。どこにだって行ける。年甲斐もないと顔を顰《しか》めるやつらの前でミニスカート穿《は》いてやろう。そろそろ落着けとアドバイスしてくる人の前でキレキレのダンスを踊っちゃう。「いい子は天国に行ける。悪い子はどこにでも行ける」メイ・ウエストのこの言葉は私たちフェミニストのスローガン。天国なんかにゃてんで興味ないの。理想的な女でも母でも祖母でもない私たちは、どこまでも限りなく自由だ。

天国のおばあちゃん、グランマらしい無地の地味な着物なんて、あなたには似合わないから着なくていいよ。白髪を一本も許さない、あの美意識が大好きだった。次会う時がいつになるかは分からないけど、私も「私が買わなきゃ誰が買う」の精神でゲットしたド派手なトンチキ服着て颯爽《さっそう》と駆けていくから、まあ楽しみに待っててよ。

（うがき　みさと／フリーアナウンサー）

# マジカルグランマ

朝日文庫

2022年7月30日　第1刷発行
2024年4月30日　第2刷発行

著　者　柚《ゆず》木《き》麻《あさ》子《こ》

発行者　宇都宮健太朗
発行所　朝日新聞出版
〒104-8011　東京都中央区築地5-3-2
電話　03-5541-8832（編集）
03-5540-7793（販売）

印刷製本　大日本印刷株式会社


Published in Japan by Asahi Shimbun Publications Inc.


ISBN978-4-02-265051-1